A GASTEIZ
XABIRRA-IBIÑA
MURGUÍA
IZARRA
KUARTANGO-TAL/URBINA BASABE
SALINAS DE AÑANA/VALLE SALADO
VITORIA
SUMPF VON LEGUTIAN
ARTEA
BILBAO
ALGORTA
GETXO
LEKEITIO

Edition
CONVERSO

KATIXA AGIRRE

DIE LUSTLOSEN TOURISTEN

ROMAN

Aus dem Spanischen
von Silke Kleemann

Dieser Roman ist Lea gewidmet.

Du bist auf halber Strecke gekommen
und hast alles besser gemacht.

01 Die Straße. Das Auto auf der Straße. Eine gerade Linie. Die gerade Linie lädt zum Reden ein, zum Stillsein, zum Durchdrehen. Die gerade, endlose Linie. Die gerade, dann plötzlich kurvige Linie. Direkt Richtung Norden. Eine Straße und ihr entlang die Gräben. Eine Straße und ihre Signale, gespensterhaft auftauchende Tramper, durchgezogene Linien, unterbrochene Linien, Tankstellen, Insekten, die - platsch! - gegen die Windschutzscheibe prallen und sterben. Blut, Schweiß und Tränen: weiter, immer weiter.

Raststätte. Restaurant El Figón. Travel Club. Club La Bohème. Maut. Wegegeld.

Go on, go on.

Straße und Reise, Metapher aus Asphalt, Weg zur Selbsterkenntnis. Buße, Exil, vierzig Jahre Wanderung durch die Wüste. Ithaka. Ein Motiv mit satter Tradition in der Literaturgeschichte. Was dachtest du denn? So etwas macht frau gründlich. Unter Durchsicht aller vorangegangener Literatur. Der *status quaestionis*, weißt du doch.

»Don Quijote von der Mancha«, als die Wege noch nicht mit Asphalt bedeckt waren. McCarthys »Die Straße« in einer postapokalyptischen Ära, wo asphaltierte Straßen nicht mehr von Nutzen sind. Oder sonst wann, in einer Zeit irgendwo dazwischen: »On the road«, ein (meiner bescheidenen Meinung nach überschätzter) Klassiker. Oder

»Früchte des Zorns«, ein weiterer Klassiker. Nicht zu vergessen die kleine »Lolita«. Was soll ich zu Lolita sagen? Lo-li-ta.

Die Nordamerikaner stechen heraus, wie sollte es auch anders sein - nicht ohne Grund haben sie ja die Überlandstraßen erfunden.

Doch auch hier, auf den spärlichen Seiten der baskischen Literatur, wenn man nur genau hinschaut. Die Geschichte hat auch Basken hervorgebracht, die ein Faible für Straßen hatten. Zündkerzen. Benzingeruch. Nicht alle sind über die Weltmeere gesegelt, um Indianer abzuschlachten, das Evangelium nach Japan zu tragen, die fernen Philippinen zu erobern. Manche widmeten sich lieber den Straßen. Jean Etchepare, von Beruf Arzt, schrieb 1931 sein Buch »En automóvil«. Automobil, was für ein schönes Wort, warum nur ist es nicht mehr in Gebrauch! Wie viele der Wörter, die ich im Folgenden verwende, werden wohl ungebräuchlich geworden sein, bis du dann alles in den Händen hältst? Wie viele leere Bedeutungshülsen wirst du ertragen können?

Aber es ist zu früh, um dich mit meinen lexikalischen Sorgen zu belasten. Gehen wir es langsam an, lass uns den ersten Gang einlegen, ein schweres Gefährt muss in Bewegung gesetzt werden.

Von wem ist die Idee? Von dir. Lass uns sagen, die Idee ist von dir. Sie muss von dir sein, na klar. Aus heiterem Himmel sagst du zu mir:

— Und warum nicht, Ulia?

Und ich antworte dir:

— Und wozu das jetzt, Gustavo?

Du bist Gustavo, wenn du mir verwirrende Vorschläge

machst. Gus, wenn ich dich darum bitte, mir unbedingt dunkle Schokolade aus dem Supermarkt mitzubringen. Gustavito, wenn ich mich über dich lustig machen will. Gusiluz, wenn du Fieber hast und dich wie ein Vögelchen zusammenkauerst. Der G-Punkt. Gustavo der Frosch. Gustav Mahler. Gustave Eiffel. Gustave Flaubert. Gustavo Adolfo Bécquer. Mein Sklave, mein Meister, mein Gebieter. Mein Reiseführer und mein Fahrer. Das vor allem.

Nehmen wir mal an, du willst das neue Auto ausprobieren. Es einfahren, wie du sagst. Nehmen wir an, du willst also das neue Auto einfahren. Nehmen wir an, du brauchst einen ruhigen Urlaub, guten Wein, einfach nur dasitzen und aufs Meer schauen. Kleine Genüsse, langsame Genüsse. Nebenstraßen. Aber wir fahren immer nur über Nebenstraßen, einverstanden? Du hast ein hartes Jahr hinter dir. Hast praktisch den Koffer von deiner letzten Reise noch nicht ausgepackt: eine Woche in der Dominikanischen Republik, wo du bei einem Masterstudiengang für Internationale Prozessführung unterrichtet hast. Dein Leben ist nicht einfach. Das muss ich verstehen. In Ordnung. Nehmen wir an, du möchtest - und jetzt aber richtig! - mein Land kennenlernen, meine Wiege, den Ursprung von all dem. Es wird aber auch Zeit, nicht wahr? Du hast die hektischen Besuche für nur ein Wochenende satt, die Hochzeiten und die Begräbnisse. Du möchtest mein Land, meine Landschaft, meine Heimat in dich aufsaugen. Meinen Ruin, um es mal klar zu sagen. Aber das weißt du noch nicht. Du wirst es schon noch rausfinden. Zu gegebener Zeit. Das macht die Reise ja letzten Endes aus, Selbsterkenntnis mit allem Drum und Dran.

Gustavo, ich habe mit dir die kretische Messara-Ebene bereist, aber noch nie die Hochebene von Álava. Ich bin mit dir in die Mojave-Wüste gefahren, in einem Mietwagen, dessen Klimaanlage plötzlich den Geist aufgegeben hat, aber in die Bárdenas Reales, die Halbwüste in Navarra, haben wir uns noch nie vorgewagt. Wir haben mit der Fähre die Meerenge von Gibraltar überquert und auf der Schifffahrt durch den Bosporus Brassen verspeist, aber die berühmten Flysch-Felsformationen von Zumaia haben wir nie vom Boot aus erkundet. Wir haben Eintritt gezahlt, um schlecht kostümierte Darsteller im Hexenmuseum von Salem zu sehen, doch den Hexen von Zugarramurdi und ihrem Hexensabbat haben wir bis jetzt keine Beachtung geschenkt.
Es wird langsam Zeit, nicht wahr?
Nehmen wir also an, ich sage Ja und füge mich deinen Wünschen, liebevoll. Denn hin und wieder bin ich so zu dir. Nehmen wir an, ich antworte dir mit wohldosierter Begeisterung:
Na, das ist gar keine so schlechte Idee. Ich rufe mal meine Mutter an und erzähle ihr davon.
Wirklich, so etwas hab ich mir nicht erwartet, aber …
Und auf einmal, kaum wahrnehmbar für mich, ist der Plan bereits skizziert und zu groß geworden, es ist zu spät für einen Rückzieher. Es ist mir entglitten. Und wir brechen auf Richtung *Patria*, dorthin geht's. Und da sind wir nun. In dem neuen Auto. Wir fahren es ein. Auf der Straße. Durchgezogene Linien und unterbrochene Linien. Und so weiter.
Anfangs reden wir nicht viel, es ist noch früh und wir sind noch etwas verschlafen. Dann machst du Musik an. Eine

eigens für diesen Anlass zusammengestellte Liste. Sanfte elektronische Musik: Tracey Thorns zweites Solo-Album, erklärst du mir, als würden mich solche Dinge interessieren. Nach einer Weile verlangst du, dass ich unbedingt mit dir reden, dich unterhalten soll. Du schläfst fast ein. Ich tue, was ich kann. Erzähle dir von meiner Mutter. Sage dir, dass wir im Grunde, mit kühlem Kopf betrachtet, ohne sie besser dran sein werden, auch wenn wir alle größte Enttäuschung vorgespielt haben, als sich herausstellte, dass unser Besuch genau in die Zeit ihres Urlaubs in Granada fallen würde.

Du siehst glücklich aus im Auto, beim Fahren. In letzter Zeit hast du etwas Erstaunliches entdeckt: die Liebe zu Gegenständen.

Auch wenn es mir leidtut, dir sagen zu müssen, dass du bei der Wahl deines Liebesobjekts nicht sonderlich originell gewesen bist.

Fünf Jahre zu früh durchlebst du die typische Midlife-Crisis der Vierzigjährigen, und doch kommt diese ganze Leidenschaft für ein Automobil bei dir fünfzehn Jahre zu spät. Außerdem versuchst du, sie zu verbergen, diese unzeitgemäße Anhänglichkeit ist dir sicherlich peinlich. Aber ich bemerke sie. An der Art, wie du die Hände auf das Lenkrad legst. Stolz und selbstbewusst, ja. Doch da ist noch etwas anderes, eine robuste Zärtlichkeit, etwas, das ich »Liebe« nennen würde. Besagtes Wort macht mir keine Angst.

Gegenstände, bestimmte Gegenstände wecken Gefühle in uns, und wir reagieren - wie absurd! - mit einem wahren Gefühlsrausch. So sind wir eben.

Soweit ich weiß, ist mit dem Rauchen aufzuhören, psychologisch betrachtet, ein recht ähnlicher Prozess wie die Trauer um einen Freund. Tabak ist wie ein Fels. Er flößt uns Vertrauen ein. Er ist immer da, wartet darauf, dass wir ihn brauchen. Selbst wenn wir gerade nicht rauchen, allein schon, die Hand in die Tasche zu stecken und die scharfen Kanten der Schachtel in der Handfläche zu spüren, reicht normalerweise aus, um die Momente von Ruhe und Freiheit, die das Rauchen uns verschafft, wieder lebendig zu machen, sie vorzukosten. Der Tabak hört unseren Hilferuf immer, er ist die Unterbrechung inmitten des peitschenden Sturms, der letzte Gast, der ganz selbstverständlich zu einem Abendessen unter Freunden dazustößt, der Dunst, der in einer sternenübersäten Sommernacht für die gebührende Transzendenz sorgt. Er macht die guten Momente noch besser und die schlechten noch schlechter. Für ihn ist es ein Leichtes, den Knoten im Magen zu lösen, die unterdrückten Tränen fließen zu lassen. Und, falls nötig, kann er auch unser öffentliches Image passend ergänzen. Ist das nicht alles, was wir von einem guten Freund verlangen?

Das Nikotin zählt nicht als Ausrede. Die körperliche Abhängigkeit vergeht nach den ersten vierundzwanzig Stunden. Der emotionale Prozess aber, das endgültige *adiós* von einem Freund, wird manchmal ein Leben lang nicht verwunden.

Was alles lässt sich da erst über ein Auto sagen! Perfektes Totem des Kapitalismus, das innerhalb nur eines Jahrhunderts Unmengen an symbolischem Kapital angehäuft hat, ganz zu schweigen von der maßgeblichen Rolle, die es für die Identität und das Selbstwertgefühl der Männer zunächst in der Ersten Welt gespielt hat und noch immer

spielt; und nun in zunehmendem Maße auch in den Ländern, die als Schwellenländer bezeichnet werden. Die perfekte und ultimative Maschine. Der größte und teuerste Gegenstand, den der Durchschnittsbürger sich je zulegen wird. Der heilige Raum, in dem die langen Stunden im Stau verstreichen. Ein Zufluchtsort auf Rädern. Die anthropomorphe Form, welche die Schnauzen der Autos im Laufe der Zeit angenommen haben, befeuert die emotionale Beziehung zwischen dem Fahrer und seiner Maschine. Lächelnde, konzentriert und feierlich dreinblickende Autos. Für die englischsprachigen Fahrer sind ihre Autos *Mädchen*. »Good girl!«, rufen sie ihnen begeistert zu, wenn der Motor nach einer frostigen Nacht unter freiem Himmel mit einem potenten und willigen Schnauben anspringt. Der Grund für diese Geschlechtszuschreibung ist mir nicht bekannt.
Ja, Gustavo, du liebst deinen neuen BMW 1er wie verrückt. Farbe Bluewater. *Urban line*. Du liebst ihn nicht nur, du bist hoffnungslos *fallen in love*. Das nimmt wirklich lächerliche Ausmaße an. Ich habe dich ertappt, wie du im Internet einen Mikrofaser-Handschuh bestellt hast, für die sanfte Massage seiner sinnlichen Kurven. Einen Mikrofaser-Handschuh, bei aller Liebe!
Kurzum: Du liebst ihn, und es gibt kein Zurück. Du würdest Rotz und Wasser heulen, wenn du ihn in einen Abgrund stürzen sähst, oder er bei nächtlichen Straßenkrawallen abgefackelt werden würde; und die Erinnerung an ihn würde dich immer wieder, in ganz unerwarteten Momenten, heimsuchen. Du bist spät an diesem Punkt angelangt, spät und mit der Inbrunst des Konvertiten. Aber warum erst jetzt? Warum nicht, frage ich mich, als du achtzehn wurdest, oder als du mit deiner Abschlussar-

beit fertig warst, oder als du zu arbeiten begonnen oder die feste Stelle bekommen hast? Warum nicht damals, als du in den USA lebtest, einem Land, das einzig mit dem Vorwand, das Automobil zu benutzen, weit voneinander entfernt liegende Städte gründete? Warum nicht zu Weihnachten, oder aus Anlass eines Geburtstags? Warum jetzt, zu Beginn eines ganz normalen Sommers ohne irgendein Kreuzchen im Kalender? Und warum dieses Auto, ein brandneuer BMW? Wie bist du überhaupt zu diesem Auto gekommen? Ich will dich erinnern. Angefangen hat es damit, dass du die Anzeigenblätter nach Stichwörtern durchforstet hast. Etwas aus zweiter Hand, das brauchtest du. Du hast irgendein Gefährt gesucht, das dich von A nach B bringen kann. Einen Clio. Einen Ford Ka. Wirklich alles wäre gut genug für deine Bedürfnisse. Doch dann hast du mehr in Richtung Neuwagen tendiert, geleitet von dem Gedanken, dass es sich langfristig auszahlen würde, und hast in deinem Freundeskreis Rat gesucht. Einen Mégane, hieß es, ein Auto, das mit ein paar Extras sehr zweckmäßig sein kann. Oder einen Seat León, auch wenn der genau genommen zu aggressiv für dich ist, Gustavo, das ist nicht dein Stil. Einen Volvo? Nein, dafür bist du noch zu jung. Einen VW Polo, ideal für alle, die nichts weiter als einen verlässlichen Wagen suchen. Das interessiert mich, erzähl mir mehr. So fing es an mit deiner Obsession für deutsche Autos. Du hast sie alle in Betracht gezogen, von Bayern bis Baden-Württemberg. Du sahst dich in einem Opel und phantasiertest von einem Porsche.

Zu guter Letzt setzte sich der kompakte Münchner durch: für Leute, die an die Marke glauben, aber jede Protzerei scheuen. Es ist ein BMW, ja, aber er ist klein, schlicht, effizient und unauffällig. Weißt du, dass deine Freunde Wetten auf dieses Thema abgeschlossen haben? Ich habe zehn Euro darauf gesetzt, dass du dir letztlich einen Audi A3 kaufen würdest. Der Wagen hat mir insgeheim besser gefallen. Die Audis kamen erst spät nach Spanien, 1993, sie brachten ihrer direkten Konkurrenz, den BMWs, jedoch eine schwere Schlappe bei. Es waren ebenfalls Premium-Autos, daran bestand kein Zweifel, ausgestattet mit bayrischer Technologie, aber sie hatten dieses junge, lässige Flair, eindeutig *casual*: das perfekte Auto für die überaus gut ausgebildeten jungen Leute, die bereit sind, sich alles ironisch zunutze zu machen, was der Kapitalismus ihnen zu bieten hat. Ohne eine Spur von Pomp oder Korruption. BMW brauchte ein Weilchen für eine Reaktion, schließlich schlugen sie zurück, indem sie die Welt der Werbung ein für alle Mal revolutionierten. Fährst du gern? Auf den einschlägigen Anzeigen war nie auch nur ansatzweise ein Auto zu sehen. Eine Landstraße, eine Hand, die aus dem Fenster hängt, Reminiszenzen an eine Kindheit auf Rädern, die Lichter der Stadt, die bei zunehmender Dämmerung nach und nach angehen. Der Erfolg kam sofort und war durchschlagend. Ganze Heerscharen entdeckten plötzlich, dass sie liebend gern Auto fahren und dass man ein Auto lieben kann. Das war nicht nur möglich, es war sogar erstrebenswert.

Auch du fährst gern, Gustavito, nicht wahr? Habe ich deshalb die zehn Euro verloren? Natürlich fährst du gern. Erinnerst du dich, dass du gleich nach dem Losfahren gesagt hast, ich dürfe dich am Steuer ablösen, falls wir einmal zwischendrin auf einen Kaffee anhalten? Naja, inzwischen haben wir schon angehalten und einen erbärmlichen Kaffee und einen trockenen Donut in einem staubigen Dorf in der Provinz Burgos zu uns genommen. Und wieder zurück im Wagen habe ich nichts gesagt, aber du hast dich auch gehütet, mir das Steuer anzubieten. Deshalb, weil du mein Fahrer bist, wegen deinem konzentrierten Blick auf die Straße und deiner Entschlossenheit, hast du das Schild als Erster gesehen.

EUSKADI

ARABA/ÁLAVA

Wir sind also schon da. Álava, oh, Álava. Mein Herz macht einen kleinen Sprung und ich fange an zu singen. *¿Acaso eres tú la séptima hija? En el norte, bosques imponentes; en el sur, campos desnudos.*[1]

Aus Respekt gegenüber meiner Gesangsdarbietung schaltest du die Musik aus. Ich weiß, dass dir meine Stimme gefällt. Meine ruinierte Stimme. Meine halb vergessenen Melodien. *En un lugar semioculto de la campiña alavesa, hay un humilde molino de bella rusticidad*[2] … Auch das gehört zu unserem kleinen ethnographischen Ausflug. Dafür bist du doch mitgekommen, oder nicht? Dann musst du es auch aushalten. Ja, ich weiß, ich singe gut, aber schauen wir mal, ob du noch vier weitere Strophen von Donnay aushältst. Dieser baskische Komponist war in seiner Jugend Anarchist und hat später miserable Liedtexte verbrochen.

Tatsächlich, du schaffst das. Und wie. Deine Laune scheint sogar noch besser zu werden. Bald können wir ausruhen. Ich werde mich entspannen, und wenn ich erst einmal entspannt bin, halte ich auch den Mund. Doch für den Augenblick schließt du dich dem Konzert an, du lernst schnell. Als wir endlich die erste Zufahrt nach Vitoria nehmen, singen wir gerade gemeinsam eine schöne Habanera. Wir sind da. Wir sind fast da. Ganz nah am Ziel. Hast du etwas gespürt? Habe ich etwas gespürt? Nehmen wir mal an, das haben wir. Nehmen wir mal an, wir haben es beide gemerkt.
Blancas como palomas, se ven las casas allá en la aldea[3] ...

02 Es war zu Beginn jenes schrecklichen Jahrs 1939, als Benjamin Britten und Peter Pears in Amerika landeten und an der äußersten Spitze von Long Island ein Häuschen bezogen, das ihnen Elisabeth Mayer, Verlegerin, Übersetzerin und vor allem ihre Mäzenin, überlassen hatte. Es war ein Cottage im englischen Stil und stand auf dem Gelände eines von Elizabeths Ehemann geleiteten psychiatrischen Krankenhauses. Ihre neue Behausung war schnuckelig und lag für sich allein, wie gemacht für die Bedürfnisse von Künstlern, Intellektuellen, Bonvivants und meist armen Schluckern, die mit Mühe und Not aus Europa hatten fliehen können. Im schrecklichen Jahr 1939 war das Haus schon weithin als Zufluchtsort bekannt.
Nach Abklingen der ersten Euphorie, die jeden überkommt, der seinen Fuß ins Land der Freiheit setzt, sahen sich Britten und Pears aus Geldmangel gezwungen, die erstbeste

Arbeit anzunehmen, die ihnen angeboten wurde. Und während der Tenor die unwahrscheinlichsten Auftritte abnickte (darunter eine Tournee durch eine Vielzahl von High Schools in New England), willigte der Komponist ein, das Suffolk Friends of Music Orchestra zu dirigieren, ein Amateurorchester mit Sitz in der Kleinstadt Southold. Nicht ohne eine gewisse Voreingenommenheit trat der Musiker, der aus der Grafschaft Suffolk im alten England stammte, diese wenig attraktive Stelle in Suffolk County im neuen England an.

Aber es handelte sich um zeitlich begrenzte Tätigkeiten. Irgendwie mussten sie das neue Leben ja in Angriff nehmen. Auf die kleinen Aufträge würden größere folgen. Es war nur eine Frage der Zeit. Immerhin waren sie in den Vereinigten Staaten, wo die Anregungen neuer Komponisten nicht verachtet oder ignoriert wurden, wie es in Großbritannien sehr wohl geschah. Zumindest hatte man Britten das so versichert, bevor er an Bord gegangen war, bald schon werde er es mit eigenen Augen sehen, es bräuchte nur etwas Geduld.

Der berühmte Ladenbesitzer David Rothman (berühmt selbstverständlich nur in seinem Städtchen) hatte Britten für die Stelle empfohlen, kurz nachdem sie sich auf einer musikalischen Soirée in Elizabeth Mayers Irrenanstalt kennengelernt hatten. Der junge Komponist akzeptierte ohne langes Hin und Her die zehn Dollar, die ihm pro Probe geboten wurden.

Rothman, Inhaber eines gutsortierten Gemischtwarenladens, war obendrein ein begeisterter Hobbymusiker, der sich seit zartester Jugend ungemein bemühte, einer alten Geige annehmbare Klänge zu entlocken. Im Sommer 1939,

als der deutsche Reichskanzler Adolf Hitler bereits öffentlich unverhohlenes Interesse am benachbarten Polen zeigte, war der berühmteste *emigré* von Long Island so freundlich, in Rothmans Laden vorbeizuschauen, wo er mit unbeholfenem Auftreten für großes Aufsehen sorgte. Albert Einstein hatte es mit seinem amüsanten Erscheinungsbild bereits bis in jenen abgelegenen Winkel des Bundesstaats New York zur Berühmtheit gebracht. Rothman war augenblicklich klar, dass er den Nobelpreisträger nicht für sich würde einnehmen können, indem er seine spärlichen Physikkenntnisse aus der Schule hervorkramte. Und so beschloss er, das andere Thema aufs Tapet zu bringen, das den Wissenschaftler mit dem wirren Haar begeisterte, und tischte gleich kräftig und unerschrocken auf:
— Lieber Herr, mir ist zu Ohren gekommen, dass Sie ein großartiger Violinist sind. Wie der Zufall es will, spiele auch ich Geige, in bescheidenem Maße, so oft es mir möglich ist, sprach er den preisgekrönten Wissenschaftler an, während er ihm das dritte Paar Sandalen zum Anprobieren reichte.

Rothman machte keinen Hehl aus seinem für einen Autodidakten typischen Stolz, und so schlug Albert Einstein ihm unverzüglich ein musikalisches Stelldichein vor. Seit er für den Sommer nach Nassau Point gekommen war, hatte er noch keinen passenden musikalischen *partenaire* finden können. Albert Einstein langweilte sich, das ließ sich nicht leugnen. Und so brauchte er es sich nicht zweimal zu überlegen, bevor er die Gelegenheit ergriff, die sich ihm in Gestalt eines Ladenbesitzers bot. Er probierte die linke Sandale an, und sie verabredeten ein Treffen.

Rothman war beglückt, doch plötzlich auch besorgt ob seiner begrenzten künstlerischen Fähigkeiten - nun war die Bescheidenheit des Autodidakten an der Reihe -, bis ihm die Idee kam, die beiden Engländer, Benjamin Britten und Peter Pears, zu der musikalischen Verabredung dazu zu bitten. Die zwei waren die beste Wahl, denn sie würden nicht nur das musikalische Niveau des Treffens heben, sondern dienten überdies als Aushängeschild für interessante Freundschaften. Gesagt, getan. Die beiden jungen Männer sagten umgehend zu, und ihre Gastgeberin Elizabeth Mayer wurde ebenfalls eingeladen.

Die Szene kann man sich unschwer vorstellen. Mayer und Britten setzten sich ans Klavier, Pears ließ seiner Tenorstimme freien Lauf, und Einstein spielte unbeschwert und selig auf der Geige.

Benjamin und Peter waren damals zwei junge, zwei sehr junge Männer. Einer sah aus wie ein Amerikaner (Pears war blond, groß gewachsen, mit einem Repertoire recht kindlicher Gesten und Grimassen); der andere hätte als jüdischer Bibliothekar durchgehen können (Britten hatte kleine Augen, eine große Nase und war ein eher schweigsamer Typ). Beide waren ernst, rechtschaffen, im wahrsten Sinne *very british*. Und es war offensichtlich, dass sie es gewohnt waren, ihre Beziehung geheim zu halten[4].

Die Darbietung begann mit einer gefühlvollen, wenn auch recht konventionellen Interpretation von Schuberts »Die schöne Müllerin«, doch als das Eis einmal gebrochen war, belebte sich die Nacht mit einer Reihe folkloristischer Lieder, feinsinnig von Britten selbst arrangiert. Albert Einstein würde sich immer an den rührenden Augenaufschlag von Peter Pears erinnern, wenn er die ganz hohen Töne von »The Salley Gardens«[5] sang.

Und was tat der gute Rothman währenddessen? Er hatte beschlossen, sich diskret im Hintergrund zu halten, und war glücklich und zufrieden, derart illustre Personen unter seinem Dach zusammengebracht zu haben. Wie er in seinen Memoiren schreibt, war jener Abend sein glücklichster während des ganzen Sommers 1939. Das Konzert ging bis in die frühen Morgenstunden, und nachdem Pears und Britten im Wagen ihrer Gastgeberin verschwunden waren, hatte er noch Gelegenheit, die magische Zusammenkunft gemeinsam mit dem deutschen Physiker ausklingen zu lassen. Einstein holte seine Pfeife hervor, Rothman eine Flasche Bourbon, und laut seinen Memoiren sollten sich die Worte des aus Ulm stammenden Gasts als äußerst zutreffende Voraussage erweisen.
— Ein außerordentlich talentiertes Paar, die Jungs werden es sicher noch weit bringen.
— Daran hege ich nicht den geringsten Zweifel, erwiderte Rothman, rückte seinen dicken Hintern auf dem Sessel zurecht und nahm einen Schluck, leicht beschämt, weil er vor seinem abstinenten Freund trank.
— Und jetzt, Albert, erzähl mir doch, was du heute Morgen so Wichtiges in den Händen hattest?
— Ach, das ..., antwortete Einstein mit einem gequälten Seufzer. — Ich habe an Roosevelt geschrieben, um ihm ein paar Dinge über das Uran zu erklären. Ich weiß nicht, ob ich mich auch verständlich ausgedrückt habe. Zum Wohle aller hoffe ich, dass er mich verstanden hat. Doch lass uns diesen Moment nicht mit solch düsteren Spinnereien verderben. *Alea iacta est*. Habe ich dir schon erzählt, dass es meine Mutter war, die mir das Geigenspiel beigebracht hat? Und du, David, wie hast du es gelernt?

Die Geschichte belegt, Roosevelt hat besagtem Brief Einsteins großen Glauben geschenkt. Und sein Nachfolger, Harry S. Truman, hat gewisse darin enthaltene Ideen bis zur letzten Konsequenz fortgeführt. An jenem schwülen Sommertag, während eine von Britten, Pears und Einstein ausgelegte Klangspur ertönte, nahm auch eine feine Linie von Nassau Point aus ihren Anfang: eine zielsichere Linie, welche die äußerste Spitze von Long Island mit Washington D.C. verbinden und später bis nach Alamogordo weiterlaufen sollte, um schließlich den Sprung über den pazifischen Ozean zu machen.
Der Legende zufolge war Einstein die Jahre nach den Bombenabwürfen von Hiroshima und Nagasaki - die letzten zehn Jahre seines Lebens - von Reue geplagt.

03 Sie hatte ihn gesehen. Mal hier, mal da. Als sie endlich genug Mut beisammenhatte, fragte sie nach seinem Namen. Möglichst ohne allzu großes Interesse durchscheinen zu lassen. Man nannte ihn ihr. Einen Namen. Dann einen anderen. Sie hat nicht weiter nachforschen wollen. Das klingt nicht einmal wie ein richtiger Name. Eher wie ein Spitzname, ein Deckname. Jetzt steht er da vorne, am Altar. Ohne Bart, mit kurzem Haar - unverkennbar er. Und dann seine Stimme. Vor allem diese Stimme. *Seine* Stimme. Es ist nicht so sehr, was er sagt, vielmehr wie er es sagt. Dieser selbstsichere Ton. Irgendwie erinnert er sie an den gutaussehenden Geschichtslehrer aus der achten Klasse. Der dann einen Monat nach der Hochzeit ein für alle Mal miesepetrig wurde. Diese Stim-

me. Sie hallt von den Zementwänden der Kirche wider. Und die Gemeindemitglieder sind ganz Ohr, alle sind sie fügsam, wie gezähmt. Jetzt heißt es Ruhe bewahren und Widerstand leisten. Natürlich, das ist es. Die Gemeindemitglieder nicken, applaudieren, machen sich gegenseitig Mut. Aber die Nervosität ist spürbar. Die Polizei bewacht beide Eingänge der Kirche. Schutzhelme, Waffenmündungen. Eine Rückkopplung, das schrille Kreischen des Mikrofons füllt die Kirche. Die Messe ist gleich zu Ende.
Ihre erste Begegnung mit den Schreckgespenstern, die jetzt den Kircheneingang bewachen, ereignete sich in der Calle Reyes Católicos. Zwei von ihnen sind auf sie zugekommen, haben ihre Lehrerinnenmappe durchsucht. Weshalb sind Sie nicht im Unterricht, Fräulein? Ich bin krank, ich bin auf dem Weg nach Hause, hat sie ihnen erklärt und war sich nicht sicher, ob sie husten sollte oder lieber nicht; immerhin hat sie den Mantel fest über der Brust zusammengezogen. Ihre Beine haben gezittert. Dann ab nach Hause und halten Sie unterwegs ja nirgendwo an. Jaja, ich gehe schon. Aber sie ist nicht nach Hause gegangen. Sie ist in die Kirche gegangen.
— Auf der Avenida haben sie angegriffen, sagt einer in der Bank hinter ihr, im Flüsterton. — Und hier, hier werden sie auch nicht untätig zuschauen, du wirst schon sehen.
Kaum hatte sie diesen beängstigenden Gesprächsfetzen mit angehört - fast wirkte es wie ein schlechter Witz! -, war von draußen das erste Wummern zu hören. *Bummbumm-bumm.* Sofort hämmerte es auch an den Türen. *Bumm-bumm-bumm.* Und wieder hat die Stimme die Kontrolle übernommen, sicher, die Hand fest am Mikrofon:

Alle ganz ruhig, hier werden sie nicht reinkommen, das wagen sie nicht.
Es heißt jetzt Widerstand leisten. Im Sitzen auf den Bänken. Oder im Stehen. Jedenfalls Widerstand leisten. Die Kräfte vereinen. Der Stimme zuhören. Die Schreie hören, die von draußen kommen. Warten. Friede sei mit dir, Bruder.
Es ist der dritte Generalstreik seit Schuljahresbeginn. Die Mädchen freuen sich. Mit dreizehn Jahren braucht es nicht viel, um überglücklich zu sein. Sie applaudieren jedes Mal heftig, wenn sie ihnen ankündigt, dass am nächsten Tag keine Schule ist. Sie muss um Ruhe bitten. Bitte, Mädchen, ich bitte euch.
Zum Beispiel einen Monat vor Weihnachten, als Schwester Mercedes ganz niedergeschlagen und verzagt in ihre Klasse kam:
— Der Caudillo ist gestorben, beten Sie mit den Mädchen ein Vaterunser für den Frieden seiner Seele und schicken Sie sie für drei Tage nach Hause.
Der Gefühlsaufruhr jener Tage, das Lachen der Backfische, das dringende Bedürfnis, rauszugehen und tief durchzuatmen. Kommt schon, Mädchen, packt eure Sachen ein und ab nach Hause, aber ganz ruhig, ja? Mari Carmen, was habe ich gerade gesagt? Eine nach der anderen und ohne Radau. Am Montag geht es weiter. Ja, am Montag schreiben wir den Test, vergesst das bloß nicht.
Der Gefühlsaufruhr jener Tage ist heute auch in der Stimme des Mannes. Aufregung und Angst. Er legt das Gefühl hinein, die anderen steuern die Angst bei. Junge Körper, nicht mehr ganz so junge, schwitzend, zitternd, alle warten. Zum ersten Mal sucht sie mit dem Blick nach ihrem

Bruder. Er kann nicht weit sein. Aber das ist, als suchte sie die Nadel im Heuhaufen, hier drängen sich tausende Menschen. Er ist erst sechzehn Jahre alt. Versteht fast nichts. Er arbeitet nicht, rasiert sich nicht. Aber sicher ist er gekommen. Ohne sich darum zu scheren, was der Vater ihm gesagt hat. Ihr war das auch egal. Doch sie ist ja auch schon erwachsen. Zwanzig Jahre. Eine richtige Frau. Und plötzlich schlägt ein Stein durch ein kleines Fenster in die Kirche, und als zwei- oder dreitausend Blicke in die Richtung fliegen, segelt eine harmlos aussehende Rauchbombe durch die Öffnung. Die Bombe segelt weiter und fällt zu Boden, direkt vor den Beichtstuhl. Und von dort beginnt sie ihr Gift zu verbreiten. Stille tritt ein, auch am Mikrofon. Es braucht noch zwei weitere Rauchbomben, bis Panik ausbricht. Dann kommen noch mehr, aber keiner verfolgt mehr ihre Flugbahn. Man sieht nichts mehr. Nur noch Rauch überall, und plötzlich sind da auch Schüsse. *Bumm-bumm-bumm.* Gummigeschosse prallen gegen den Zement. Aber vor allem der Rauch, der Rauch, der Rauch. Die Geschosse sind nicht zu erkennen, treffen aber Jung und Alt gleichermaßen. Schreie. Angst, totgetrampelt zu werden. Alle wollen hier raus, doch es scheint unmöglich, es gibt keine Fluchtmöglichkeit, keinen Ausweg. Angst zu ersticken. Niedergetrampelt und erstickt, doppelte Todesangst. Eine neue Angst, eine konkrete Angst. Der Rauch brennt in der Kehle. Sie hustet. Diesmal wirklich.

— Wir müssen hier raus! Wir müssen hier raus!

Mit tränenden Augen, die Füße bleiern vor Angst, versucht sie auf das Licht zuzulaufen. Sie muss aus dieser Kirche raus, mit dem Frieden des Herrn. Das Licht ist dort, so nah. Zwei- oder dreitausend fromme Seelen drängen dem Licht entgegen. Ein grauer Tag, alle wollen raus in den grauen Tag. Splitterndes Glas. Die Fenster sind zerschlagen, die Leute klettern durch sie hindurch ins Freie. Das ist die Rettung. Alles andere ist Rauch. Glassplitter, Schnitte an den Händen. Auf der anderen Seite der Fenster warten die Maschinengewehre. Die Flüchtenden drücken jetzt nach hinten zurück, niemand möchte jetzt noch raus, sie kommen zurück nach drinnen und überrollen die, die hinter ihnen waren. Und dann hört man: die erste Gewehrsalve, sie dauert ewig, eine Schussorgie. Alle Schreie verstummen, wie im Unterricht, wenn sie mit dem Lineal auf den Tisch klopft. Nur für einen Moment, es ist der Schreck. Dann beginnt das Schreien wieder, das Schubsen, der Druck auf der Brust. Sie möchte nicht mehr raus, sie möchte ganz still bleiben, vom Rauch verborgen. Die Augen schließen. Ein bisschen ersticken, ohnmächtig werden und später aufwachen, wenn alles wieder vorbei ist. Doch dann kommt es so, dass sie plötzlich draußen ist, sie weiß nicht, wie das geschehen ist, die Menge hat sie bis hierher gedrängt. Sie ist draußen, und die Schüsse wummern weiter. Sie ist draußen und sieht Männer, fast noch Jungs, einige Frauen. Viele fallen. Sie schreien, ohne dass ein Laut aus ihren Mündern dringt (und wo ist ihr Bruder? Ist das nicht ein Freund von ihm aus Jesús Obrero?). Manche werden ohnmächtig. Ein paar starke Männer versuchen, die Gefallenen aufzuheben, doch die Schüsse pfeifen zu dicht an ihren Ohren vorbei, und sie fliehen mit eingezogenem Kopf. Wo entlang flüchten? Wieder denkt sie daran, sich tot zu stellen, bis alles vorbei ist. Die Schüsse wummern weiter, und das Geschrei schrillt unaufhörlich.

Da sind blutdurchtränkte Hemden und Kinder, die in die Knie sacken und nicht wieder aufstehen. Und dann, mitten im Getümmel, eine Hand:
— Mariluz, hierher, los, komm!
Auch er hat nach ihrem Namen gefragt, hier und da. Sie müssen einander nicht vorgestellt werden, offiziell. Das wird nie geschehen. Seine Stimme. Und jetzt auch seine Hand. Ist sie gerettet? Der Mann weiß, wo sie langgehen, wo entlang sie fliehen können. Die Schüsse wummern weiter, und der Platz färbt sich allmählich rot. Sie springen über eine niedrige Mauer und entkommen.
Gehet hin in Frieden.

04 Wir sind also in Vitoria. Hier bin ich vor zwanzig und etlichen Jahren zur Welt gekommen. Hier habe ich fast zwanzig Jahre lang gelebt. Hier bin ich an den frühreifen Oktoberabenden zuerst zum Ballett-, später zum Klavierunterricht gegangen. Hier habe ich das Radfahren gelernt, und wie wichtig es ist, den Hals immer schön zu bedecken, wenn man das Haus verlässt. Hier wurde ich zum Milchkaffee-Fan. Hier habe ich mich allmählich zur Exzentrikerin entwickelt oder einfach begriffen, dass ich nie im Zentrum würde stehen können. Hier habe ich mein erstes Mal erlebt, gegen eine Tür gepresst: Und dieses Detail habe ich hervorgehoben, als ich dir die ganze Geschichte erzählte, dabei hätte ich vielleicht andere Aspekte betonen sollen. Von hier bin ich voller Ungeduld aufgebrochen, bin geflüchtet und unversehens dir begegnet, an einem Märzmorgen, gegen Ende des Winters.

Es ist drei Uhr nachmittags, als wir endlich das Haus meiner Mutter betreten. Einen Parkplatz zu finden war schwierig: Meine Überzeugung, dass das Parken im Sommer in dieser Stadt kein Problem wäre, ist offensichtlich veraltet. Beim Eintreten fällt mir als Erstes die Stelle auf, wo bis vor sechs Jahren das Klavier gestanden hat. Denn die leere Stelle an der Wohnzimmerwand gibt es immer noch. Ein befreiter Raum.

— Ich komme um vor Hunger, sagst du.

— Lass uns irgendwo zum Mittagstisch gehen.

— Es ist schon spät, ich gehe besser runter zum Supermarkt und besorge ein paar Kleinigkeiten. Ruh du dich aus.

Und so lässt du mich im Haus meiner Mutter allein. Hier stelle ich sie mir normalerweise vor, hier, auf diesem Sofa. Oder am Küchentisch, auf der Stuhlkante sitzend. Oder wie sie vom Balkon, falls der Regen und die Temperaturen es zulassen, auf den Río Batán schaut und dabei eine Mandarine schält, das Telefon zwischen Ohr und Schulter geklemmt, um mit mir zu sprechen. All diese Orte, an denen ich sie mir vorstelle, habe ich jetzt vor Augen, sie aber fehlt, ihre Stimme, ihr Körper. Ich gehe zu ihrem Schlafzimmer und schaue von der Tür aus hinein, traue mich nicht einzutreten. Über dem Kopfende des Bettes hängt ein Druck von Chagalls »Les mariés dans le ciel de Paris«, der den ganzen Raum beherrscht. Hier und da etwas Hippie-Kram, kaum mehr als Fossilien: An der Wand hängt ein Pashmina, ein paar bunte Kissen im Patchwork-Stil liegen herum, auf der Kommode steht ein Räucherstäbchenhalter aus Holz, ohne Reste von Räucherstäbchen. Ich schließe die Augen und meine, sie zu riechen. Genau

wie mir der Geruch von Aldeburgh in den Sinn kommt. Der von der Nordsee kommende Wind mischt sich mit Möwenkacke. In Wirklichkeit ist es nicht leicht, in Wirklichkeit rieche ich gar nichts.
Etwas beschämt schließe ich die Tür und gehe in mein Zimmer. *Mein Zimmer.* Jetzt ist es voller Bücher, die nicht mir gehören, Bücher auf dem Boden, zu wackligen, schiefen Stapeln aufgetürmt. Bücher über reisende Frauen, Bücher übers Abnehmen, Biographien von Mata Hari und Mary Pickford. Neben dem Bett zwei Gedichtbände von mir unbekannten Autoren. Nur an den Wänden sind noch Spuren von mir geblieben, die Poster von damals: eine Ankündigung für das Konzert, das mein Chor unter der Schirmherrschaft des Instituto Cervantes in Moskau gegeben hat (viele durcheinandergewürfelte, umgedrehte Buchstaben), und ein anderes Poster, vom Instituto de la Mujer aus den achtziger Jahren: »Beschneide ihre Bildung nicht: Sie ist eine Frau des 21. Jahrhunderts.« Auf dem Foto ein Mädchen in einer Jeanslatzhose, die auf einer Obstkiste steht; vor einem Notenständer mit einer Partitur aus großen bunten Noten hält sie einen Stab in der Hand und tut fröhlich so, als dirigierte sie ein großes Orchester. Sie muss etwa sieben oder acht Jahre alt sein, ungefähr so alt, wie ich war, als meine Mutter mir dieses Plakat an die Wand hängte. Jetzt blickt mich das Poster ironisch an, mich, diese Frau des 21. Jahrhunderts, eines Jahrhunderts, in dem eine Frau, die ein Orchester leitet, nichts weiter ist als eine exotische Ausnahme. Wenn überhaupt.
Neugierig durchstöbere ich den Schrank (alte Mäntel und Geruch nach Mottenpulver), als ich die Wohnungstür aufgehen höre.

— In fünf Minuten ist das Essen fertig!, rufst du begeistert.
Ich antworte nicht, setze mich aufs Bett und teste die Matratze.

05 Bei dem, was je nach Blickwinkel unser erstes oder unser zweites Rendezvous sein könnte, gingen wir in ein Jazzkonzert. Du hast mich mitgenommen, nach Huertas. Es war ein Flamenco-Jazz-Konzert, mit Chano Domínguez am Klavier. Damals mochte ich Jazz nicht sonderlich und Flamenco überhaupt nicht. Aber du hast die wenigen Infos, die du über mich hattest, zusammengezählt und eine in jeder Hinsicht forcierte Schlussfolgerung gezogen: Du warst nämlich der Meinung, dass Jazz mir gefallen müsse, oder vielleicht gingst du einfach davon aus, dass du mich mit Jazz beeindrucken könntest. Jedenfalls hast du die Tickets gekauft und dir das ganze Konzert lang nichts anmerken lassen. Damals mochtest du Flamenco eher weniger und Jazz absolut gar nicht. Aber manchmal ist es halt so, perfekte Momente sind nur möglich, wenn wir uns trauen, die Grenzen, die uns von unserem Charakter her gesetzt sind, zu überschreiten. Die Vorsicht fällt von uns ab, je weiter wir uns auf unbekannte Wege vorwagen. Innerhalb der Grenzen unserer Persönlichkeit mögen wir angenehme, ruhige, ja sogar glückliche Momente genießen können. Aber keine perfekten. Denn perfekte Momente haben unweigerlich etwas Überraschendes an sich: Ist es nicht ausgesprochen sonderbar, wenn man keine Wünsche mehr hat, dieses unwirkliche Gefühl vollkommener

Zufriedenheit? Zusammen haben wir den Jazz lieben gelernt, wie die Pawlow'schen Hunde, an einem Tischchen im Café Central. Dort, vor ein paar Gin Tonics, berührten sich unsere Knie zum ersten Mal, und du sahst mir in die Augen, während ich auf deine Zigaretten schielte. Ich dachte, Sängerinnen rauchen nicht. Einmal wird schon nichts machen, sag's keinem weiter, ja? All das, während Chano Domínguez eine besonders langsame Version von »La Tarara« spielte.

Nehmen wir mal an, so war es. Wort für Wort.

Später dann, nachdem wir uns geoutet hatten, beschlossen wir, zum Spaß weiterzumachen. Wir kehrten oft ins Café Central zurück und probierten neue Sachen aus, die uns bis in die Sala Clamores an der Metrostation Bilbao brachten. Und genau wie die Mode mit den Gin Tonics sich weiter ausbreitete, genau so, wie wir mit neuer Coolness Cocktails mit Kardamom und Süßholz bestellten, genau wie wir streng diese oder jene Art von Tonic für diesen oder jenen Gin verlangten, auf genau dieselbe Art wurde unser Geschmack bei allem, was mit Jazz zusammenhing, immer raffinierter. Zum Spaß, aber voller Ernst. Wir verpassten kein Konzert. Wir fingen auch an, Platten zu kaufen. Lasen Rezensionen in Fachzeitschriften. Immer du und ich, ohne diese Vorliebe mit irgendwem zu teilen. Damit niemand sonst etwas davon mitbekam.

Und dieser Vorliebe frönen wir immer noch. Du hast mir viel beigebracht. Von Anfang an habe ich deine Fähigkeit bewundert, Liebhabereien zu kollektionieren. Im Allgemeinen ist die Tendenz eine andere: Es gibt Menschen, die viele Hobbies ausprobieren, ja sogar versuchen, ein paar davon leidenschaftlich zu verbinden. Aber nach einer gewissen Zeit geben die meisten fast alle dieser Hobbies wieder auf (die Ölfarben kommen in die Rumpelkammer, die Ski in den Second-Hand-Laden). Bestenfalls ist es, als ob der Geschmack nach einer Jugend voll *trial and error* nach und nach ausgefeilter wird und es nur noch Zeit und Lust für eine einzige Sache gibt: Ölfarben oder Ski, aber nie beides zusammen. Ich komme aus der Welt der Musik, einer manischen, in sich geschlossenen und selbstbezüglichen Welt, in der Musik das einzige Gesprächsthema ist, ebenso auch Tätigkeit, Nahrung, Leidenschaft, Ansporn. Und plötzlich lerne ich dich kennen, Gustavito, der du es liebst, viele Interessen gleichzeitig zu unterhalten, sie zu sammeln und zu praktizieren, und dabei einem für mich völlig neuartigen Phänomen folgst, das ich bei mir »Harmonische Polymanie« nenne.

So warst du mein Mentor und hast mir geholfen, diese neue Vorliebe auszubauen. Jazzmusik. Das ist nicht der Raum, der alle Elemente enthält, die A und B, also du und ich gemein haben, wie die Mengenlehre es behauptet. Sondern eher ein Raum, der aus unseren Kreisen herausgelöst ist, den wir beide miteinander geschaffen haben, und der uns hermetisch von allen anderen absondert.

Und der nennt sich in der Mengenlehre *Ehe*.

Dennoch herrscht im tiefsten Inneren unserer Herzen weiterhin unser wahres Wesen vor. Weiterhin hältst du an deiner Liebe zur Popmusik fest, und ich werde mich, komme was wolle, zur kulturellen Überlegenheit der klassischen Musik bekennen. Der Pop ist in meinen Augen wenig mehr als eine kindische Schnapsidee (Pop! Schon der Name sagt alles!), während die klassische Musik für dich ein schwülstiges Marmordenkmal ist, mit dem du

nichts anzufangen weißt. Deshalb soll auf deiner Beerdigung einmal »Watching the Wheels« gespielt werden, der posthume Song von John Lennon. Ich hingegen werde dafür sorgen, dass jemand »Erbarme dich, mein Gott«, die schmerzvollste Arie aus der Matthäus-Passion singt. Nichts davon wird aus unseren Testamenten gestrichen werden. Wir werden uns wehren. Und selbst wenn wir bis zum Ende unserer Tage zusammenbleiben, werden wir zur letzten Party weder Esperanza Spaldings Kontrabass einladen, noch Lorraine Feathers Scat und Vocalese und erst recht nicht Brad Mehldaus Klavier. Nach dem letzten Atemzug werden wir zum Ursprung zurückkehren.
Auch wenn wir momentan noch leben und den Jazz haben.

06 Gustavo, ich weiß nicht, ob es dir aufgefallen ist, aber wenn du in Madrid in einen Supermarkt gehst, kaufst du Milch, Eier, Müsli der Hausmarke und Coca-Cola. Doch wenn du hier in *la Patria* in einen gehst, hast du nur Augen für die Delikatessen. Falls das Ministerium für Handel und Tourismus der baskischen Regierung je einen lebenden Beweis für den Erfolg seiner Werbekampagnen braucht, dann bist du das, Gustavito, komm her und iss es.
— Ich wollte einen Weißwein besorgen und hatte an einen Txakoli gedacht, aber schließlich bin ich auf den hier gestoßen. Der Korken ploppt genau im passenden Moment. — Ein weißer Rioja, von denen gab es jede Menge, deshalb habe ich den teuersten genommen, hier, probier

mal, wie findest du den? Zu Hause wäre ich, ehrlich gesagt, nie auf die Idee gekommen, ein weißer Rioja? Wozu denn? Aber ich weiß nicht, ich hatte so eine Eingebung. Wie ist er? Remelluri Blanco heißt der, wenn du sagst, er ist gut, schreibe ich mir das auf.
— Er ist hervorragend.
— Zum Glück, das waren dreißig Euro.
— Gustavo!
— Um den Ferienanfang zu feiern, *chica*!
— Du kannst dich nicht beherrschen und das nennst du dann eine Eingebung!
Danach schaue ich mir den Rest der Leckereien an, die Gustavo auf dem Küchentisch ausgebreitet hat, und ich habe keinen Zweifel daran, dass sie ihm einen roten Teppich ausgerollt haben, als er den Supermarkt verließ. *Ventresca de Bonito del Norte*, Bauchfleisch vom weißen Thunfisch in Olivenöl, Käsespezialitäten aus Idiazábal und Roncal, Paprika aus Ibarra und als Einziges, was kein Eusko-Label trägt: norwegischer Räucherlachs mit seinem unzertrennlichen Begleiter, dem Dijon-Senf.
— Was ist denn? Das sind doch nur ein paar Häppchen, mach doch nicht so einen Wirbel. Um den Ferienanfang zu feiern.
Wir konzentrieren uns also aufs Essen. Du, wie üblich ganz erfüllt von deinem Gourmet-Geist. Ich stelle mir dich in acht oder zehn Jahren vor, dann rundlicher, eigentlich schon dick. Deine Haare halten momentan noch durch, aber gegen die Fettansammlung im Bauchbereich wirst du mittelfristig nicht viel tun können. Über dem Gürtel ist schon ein bisschen was zu sehen. Du wirst ein glücklicher Dicker sein, einer von der alten Schule. Einer

von denen, der das Abendessen vom Vortag nochmal Gang für Gang mit seinen Freunden durchkaut - seinen dicken Freunden -, während ihm der Saft eines guten Koteletts am Kinn herunterläuft. Einer von denen, die jede Menge *vino de autor* trinken, mit dem Argument, der sei viel leichter als ein normaler Wein. Oder der das Schnäpschen nach dem üppigen Festmahl nur deshalb nimmt, weil es verdauungsfördernd ist. Und dann, vielleicht mitten bei einem Bankett, oder in einem beliebigen anderen Moment: akuter Herzinfarkt, kaum das Erschauern eines Blattes, ein freundliches und feinsinniges Ende. Du wirst zu Boden stürzen, lang wie du bist. Oder vielleicht auch in meinen Armen sterben. *La pietà*. Ich werde da sein.
Kurz gesagt, ich bin unfähig, mich in den Freuden dieser Welt zu verlieren. Die Natur hat mir diese verquere Vorstellungskraft geschenkt, dieses Murphy-Neuron, die Gabe der Schwarzmalerei. Wo du Pata-Negra-Schinken siehst, sehe ich nur Cholesterin. Du, Gran Reserva; ich, Leberzirrhose, oder zumindest einen Mordskater, wenn ich meinen optimistischen Tag habe. Und deshalb wäre es mir auch lieb, wenn ich nur an eines denken könnte, während du mich nach unserem ersten Ferienessen stolpernd, strauchelnd, gegen die Wand prallend, mit vielen Ohs und Achs in mein Zimmer schiebst, an eine einzige Sache, während ich dich beiße, zwicke, ziehe, lecke. Nur an eines oder besser noch an gar nichts, wenn ich meine Haut vergessend mich ganz in deiner verlieren dürfte. Worte flüstern, ohne vorher darüber nachzudenken. Aber ich kann nicht. Im Flur, im Bett, auf dem Stuhl, wo ich das Periodensystem auswendig gelernt habe - ständig dieses Rumoren. Die strengen Grenzen meines düsteren Charakters.

07 Die vergessenen Straßen von Álava. Die vergessenen Täler. Die aus dem Gedächtnis getilgten Schlachten. Du findest das toll. Diese Stille, dieses Sich-selbst-überlassen-Sein. Und ich auch, warum nicht. So weit weg von Madrid. Weit weg von der grausamen Drohung des unendlichen Stadthimmels. Elftausend Kilometer weit weg von dem Büro für Doktoranden im Fach Musikwissenschaft. Weg. Weit weg. Weit weg von diesem Geruch. Und mich noch weiter entfernend, so das möglich ist.

Im Tempo eines Kreuzfahrtschiffs stoßen wir mit deinem BMW nach und nach auf Namen, die mir vertraut sind: Etxabarri-Ibiña, Murguía, Izarra. Alle bekannt und nah, jedoch ohne dass eine konkrete Erinnerung damit verbunden wäre, wie bei schon vor Jahrzehnten verstorbenen Verwandten.

Im Nu sind wir im Tal von Kuartango angekommen, wie schnell selbst auf den Nebenstraßen alles vorbeifliegt. Einen Moment lang haben wir uns wie Forschungsreisende gefühlt, wie Eroberer, wie britische Geographen. Wir sind allein. Das Auto ist auf einem leeren Parkplatz geblieben.

Du hast einen nicht unbeträchtlichen Teil deines Lebens damit verbracht, von A bis Z die eintausendsechshundert Seiten »Verfall und Untergang des Römischen Imperiums« von Edward Gibbon zu lesen, und zum Schluss ist der Funke auch auf mich übergesprungen. Deshalb hast du dich übermäßig für das winzige Dörfchen Urbina Basabe interessiert, und es war für dich ein absolutes Muss, das Schlachtfeld von Andagoste zu besuchen, das in der unmittelbaren Umgebung liegt. Und deshalb willigte ich auch gern ein. Eine der wenigen oder möglicherweise die einzige archäologische Fundstätte, die Beweis dafür ist, dass die Ureinwohner einmal imstande waren, den römischen Invasoren eins überzubraten. Im hintersten Winkel der Provinz Álava. Wir fahren hin, oder? Na klar, mein Liebster, weiter, immer weiter.

Für einen Eingeweihten wie dich sind die Angaben, die uns das Informationszentrum in der Casa Torre Urbina Basabe liefert, viel zu simpel. Ein ganz anderes Lied ist das Schlachtfeld. Ein friedlicher Hügel, Gras in seiner ganzen sommerlichen Pracht, wenig betretenes Land - hierher verirren sich kaum Touristen, das ist offensichtlich - und einige nicht sonderlich eindrucksvolle Bäumchen. Wenn wir still sind, hören wir den Gesang verschiedener Vögel. Man kann sagen, hier gibt es nicht viel, was Interesse wecken könnte, aber das Vorhandene reicht, um deine Vorstellungskraft anzufachen. Jetzt möchtest du mich als Copilotin mit auf die Zeitreise nehmen, die du gleich antreten wirst:

— Stell dir die römische Legion vor, eine perfekte, quasi wissenschaftlich aufgebaute Tötungsmaschine, entwickelt und immer weiter verbessert von den herausragendsten und blutrünstigsten Köpfen des Imperiums, dafür gedacht, zahlenmäßig zehnfach überlegenen Feinden zu widerstehen und sie sogar zu besiegen. Und trotzdem konnten sie gegen den hiesigen Stamm nichts ausrichten. Schmachvoll mussten sie fliehen, ließen Waffen und Tote zurück, zwei niedergemetzelte Kohorten. Haben sie ihre Gegner unterschätzt? Sicherlich. Haben sie die Kräfte schlecht kalkuliert? Ziemlich schlecht, so wie es aussieht.

— Das war der Überraschungseffekt, füge ich im Expertenton hinzu, den Blick auf den Horizont gerichtet, als kämen all meine Kenntnisse über das Thema nicht nur von dem dreizehnminütigen Video, das wir uns im Informationszentrum angeschaut haben.

— Die Römer wurden in dem Moment angegriffen, als sie ihre Befestigungen bauten, sie waren unvorbereitet, vielleicht erschöpft infolge einer anderen, kürzlich geschlagenen Schlacht. Die Bewohner des Tals hingegen hatten sich strategisch zusammengeschlossen und kannten sich wohl auch mit dem Gelände aus, schließlich war das hier ihr Zuhause. Sie tauchten aus dem Nichts auf und gingen volle Kanone auf die armen Legionäre los. Ehe sie sich versahen, war es wahrscheinlich schon vorbei.

— Das glaube ich nicht, Schatz, denk an die Überreste, die hier gefunden wurden: Bleieicheln, *caligae*, Pfeilspitzen ... Hunderte davon! Zu Zeiten der rudimentären Waffen war der Tod langsam und schmerzhaft, hab daran mal keinen Zweifel.

— Wie kannst du Blei*eicheln* sagen, ohne zu lachen?

— Weil die wirklich einschüchternd waren. Wir sprechen hier von fünfzig Gramm schweren eichelförmigen Bleigeschossen, die von gut ausgebildeten Legionären mit einer Schleuder abgeschossen wurden. Genug, um dem Feind mit einem einzigen Treffer den Schädel zu zerschmettern; und von denen wurden hier noch nach über zweitausend Jahren einhundertvierzehn Stück entdeckt. Das ist kein Spaß, meine Liebe. Stell dir das Blut vor. Überall verspritzte Gehirnmasse. *Morituri*, wo man auch hinsieht.

Die Vaskonen im heutigen Navarra kamen mit den Römern gut aus und wurden ohne große Dramen zu Verbündeten der Invasoren. Die Ureinwohner dieses alavesischen Tals, die für das heutige Publikum nicht einmal einen Na-

men haben (dem Video zufolge nur »Individuen keltiberischen Ursprungs«), widersetzten sich den römischen Kohorten jedoch, eine saubere Scharte im Mythos der unblutigen Romanisierung des Baskenlandes (oder wie man es nennen möchte oder es zur damaligen Zeit genannt wurde, falls es überhaupt irgendwie genannt wurde). Und das alles hier, im wildesten Westen, in diesem vergessenen Tal. *Wild, wild west.*
Jetzt machst du Fotos, haufenweise, sicher lädtst du sie dann in dem Forum für Geschichte und Archäologie hoch, das du so super findest.
— Acht Legionäre bildeten ein Contubernium; zehn Contubernia eine Zenturie; sechs Zenturien eine Kohorte, erzählst du der Windschutzscheibe, als du den Wagen wieder in Gang setzt.
— Wie interessant. Ist das das Einzige, woran du dich aus dem Buch von Gibbon erinnerst?
— Ach was, ich erinnere mich an einen Haufen Sachen. Hör doch mal die Geschichte von Kaiser Elagabal, die ist faszinierend. Wir sind schon wieder auf der Straße. — Er war der erste Kaiser aus dem Orient, er stammte aus dem heutigen Syrien. Und heiratete fünfmal, fünf Frauen, die längsten Beziehungen hatte er aber mit Männern. Zuerst mit seinem Wagenlenker, und später mit einem Athleten aus Smyrna. Den hat er öffentlich geehelicht, in einem von ihm selbst entworfenen Ritus. Er spielte nämlich gern mit der Religion und ging sogar so weit, Elagabal, den in seiner Heimatstadt verehrten Gott, von dem in späterer Zeit sein heute bekannter Kaisername abgeleitet werden würde, ins Pantheon der römischen Götter zu stellen, sogar noch über Jupiter. Aber am allerliebsten verkleidete

er sich als Frau, er rasierte und schminkte sich entsprechend. Böse Zungen behaupten, so sei er durch die Straßen Roms gezogen, bereit sich dem Erstbesten hinzugeben, der ihm ein paar Münzen zuwarf. Er verwandelte das Leben im Kaiserpalast in eine einzige Orgie. Außerdem gewährte er seiner Mutter und seiner Großmutter einen Sitz im Senat, sie waren die ersten weiblichen Senatorinnen. Er bot demjenigen der Ärzte die Hälfte seines Reichs, der es schaffen würde, ihm den Schwanz abzuschneiden und durch weibliche Genitalien zu ersetzen. Schließlich machte ihm gerade ebendie Prätorianergarde, die ihn eigentlich schützen sollte, den Garaus: Sie schlugen ihm den Kopf ab, vierteilten seinen Körper und warfen ihn in den Fluss. Ciao, Elagabal. Die Lebenserwartung der römischen Kaiser war zwar allgemein gering, aber Elagabal brach alle Rekorde: Als er ermordet wurde, zählte er erst achtzehn Jahre.

— Wir haben es also mit dem ersten Transgender-Märtyrer zu tun.

— Ganz genau.

— Sieh mal einer an, die Geschichte ist wirklich interessant.

— Ich wusste, dass sie dir gefallen würde. Du hast eine dunkle Seele.

Beim Reisen in die Vergangenheit vergeht die Zeit wie im Flug. Jetzt müssen wir schneller essen, als uns lieb ist, in dem Restaurant in einem anderen winzigen Örtchen namens Escota (wieder dank des Blogs, ich hatte weder von dem Restaurant noch von dem Ort je zuvor gehört), sonst kommen wir zu spät zu der Führung, die wir für den frühen

Nachmittag im Salztal, in Salinas de Añana, vereinbart haben. Keiner hat behauptet, das Leben von Forschungsreisenden wäre einfach.

08 Jahre nach dem Krieg, nach der Hochzeit, der Tochter, der Scheidung, sah sie ihn in einer Bar wieder. Nicht direkt ihn, aber sein Bild. Ein Schwarz-Weiß-Foto. In der verwaschenen Qualität der Fotokopie einer Fotokopie. Unter dem Bild, das Datum seines Geburtstags. Schreib ihm, stand in dem Text, beglückwünsche ihn zur Würde, die er beweist, jeden Tag aufs Neue. Das war in einer Bar, in der sie noch nie zuvor gewesen war und die sie nach jenem Abend auch nie mehr aufsuchte.
Eine Kollegin, Txari, sollte in die Rente verabschiedet werden. Deshalb das Essen. Deshalb die Bar. Ein Abend, der anders war, ein Abend, passend, um mit Themen und Motiven gefüllt zu werden, die nichts mit der Arbeit zu tun hatten. Gelegenheit zu beweisen, dass sie außerhalb der Schule so fröhlich und interessant wie jeder andere sein konnten. Sich das vor allem selbst zu beweisen. Txari, gerade sechzig geworden, beneidenswerte Gesundheit und ein frisch erworbenes Häuschen in Cabo de Gata: ein sonniger Ruhestand zusammen mit ihrer Bildhauer-Freundin.
Und wer wird wohl die Nächste sein?, haben alle gefragt. Ein schneller Blick über die versammelten Kolleginnen und Kollegen, die ältesten schütteln diese Ehre ab, wie man sich ein paar Brotkrumen vom Pullover streicht. Mariluz, also das wirst du sein. Und Mariluz: Wie bitte? Ich? Im

Ernst? Das kann nicht sein. Und die Augen dieser Frau, die, ohne es zu wollen, zum ersten Mal an ihr eigenes Altern gedacht hat, treffen direkt auf die Augen des Häftlings. Jung, immer jung auf diesem Bild, fern, sehr fern der Rente, sofern er überhaupt in einer Welt leben würde, in der es so etwas gibt. Aber mir bleiben noch ein paar Jahre, mal schauen, nicht mein Problem, wenn ihr wirklich alle ein Haufen Jungspunde seid, und verderbt mir nicht länger den Abend, kommt schon, und lenkt vor allem nicht von Txari ab. Übrigens, wer hat heute Abend die Kasse?

Lachen, Fußstüber, Klapse, manch einer nimmt sich ab einer gewissen Uhrzeit gewisse Freiheiten bei der einen oder anderen Kollegin heraus. Dinge, die bei Sonnenaufgang schon wieder vergessen sind. Futter für die Amnesie. Zum Beispiel bei Mariluz. Frisch geschieden. Unmöglich, das Angebot von einem deutlich jüngeren Kollegen abzulehnen. Er sieht nicht schlecht aus, Mariluz. Der Hintern sitzt noch am richtigen Fleck, sicher treibt er Sport. Und in diesem Leben muss man eben alles ausprobieren.

Mariluz hingegen würde lieber in der Bar bleiben. Lernen, wie es sich an diesem Ort so lebt. Warten, bis hier die Angehörigen und Freunde der anderen Häftlinge von den anderen Fotos auftauchen. Und sie fragen. Wie läuft das Ganze an diesen weit entfernten Orten? Wahrt ihr bei den Besuchen den Anschein? Kommen euch eure Angehörigen vertraut vor, bleibt noch etwas, wenn auch nur wenig, von dem, was sie einmal waren?

Zwanzig Jahre sind vergangen, denkt sie. Aber es sind noch einige mehr. Jetzt gerade ist es zu spät, um genau nachzurechnen. Sie bleibt bei dieser Zahl, zwanzig, die muss wohl etwas Magisches haben, so viele Tangos und Boleros können nicht irren. *Que veinte años no es nada, que febril la mirada* ...[6]

Dann geht die Nacht weiter, es wird weitergedrängt. Raus aus der Bar. Jetzt in eine Diskothek. Als die Hälfte der Kollegen sich schon verabschiedet hat. Die Stunde der Mutigen. Oder anders gesagt: die Stunde derer, die nichts zu verlieren haben.

Diskothek, na gut, auf geht's. Ein heftiger Ansturm von Sinneseindrücken. Eine Hand, eine kleine Spuckesalve, ein Gesicht, das ihrem, um ihr etwas zu sagen, zu nahe kommt, die Lippen liebkosen fast ihr Ohrläppchen. Keinen Widerstand leisten. Nicht denken. Mit dem Strom schwimmen. In diesem Leben muss man eben alles ausprobieren.

Koldo ist Englischlehrer. Kahlköpfig. Muskulös. Jung. Im Grunde könnte es auch jeder andere sein. Weil sie getrunken hat, weil sie frisch geschieden ist, weil sie das Foto von dem Häftling gesehen hat. Wegen all dem, oder einfach so. Weil sie es möchte, weil sie es kann. Jedenfalls hat sie sich die Adresse der Strafvollzugsanstalt Teneriffa II eingeprägt. Sie hat sie sich die ganze Nacht lang immer wieder insgeheim vorgesagt, auch während der Mann sich, schon bei ihr zu Hause, auf sie gelegt hat, auch als sie sich auf ihn gehockt hat. Und am nächsten Morgen, als Koldo sich ohne größere Umschweife von ihr verabschiedet hat (mach dir wegen mir keine Gedanken, ich frühstücke normalerweise sowieso nicht), hat sie sich hingesetzt und einen Brief geschrieben. Ohne dem zugedröhnten Kopf groß Beachtung zu schenken. Mit einem Kaffee und dann noch einem. Ohne vorher zu duschen. Sie hat über ihre Scherze

aus der Vergangenheit gelacht. Sich gefragt, was das für Leute sind, die normalerweise nicht frühstücken.
Sie weiß nicht recht, wo sie anfangen soll, deshalb fängt sie damit an. Jota, ich weiß nicht, wie ich verdammt noch mal diesen Brief anfangen soll ...

09 Einer dieser Tage, die einen den Glauben an den Sommer verlieren lassen. Aber ja, Gustavo, so ist das hier in der Gegend. Mitte Juli garantiert dir niemand Sonne. Es kann sogar kalt sein, wie heute. Nordwind und Regentropfen spitz wie Babyeckzähne. Gestern mussten wir uns, während wir die Füße im Valle Salado ins Wasser steckten, zum Schutz vor der Sonne Tücher um den Kopf binden. Heute hingegen ... aber ja, das ist vollkommen normal, ganz sicher.
Du schlägst mir vor, zu Hause zu warten, bis der Regen aufhört. Ich lache dich aus, armer Kerl. Dann kommst du auf die Idee, das Auto zu nehmen. Und eine Spazierfahrt durch Vitoria machen? Also bitte. Schließlich, nachdem ich mir aus dem Schrank im Flur Regenmäntel und -schirm geschnappt habe, kann ich dich doch von der Fußgängernatur unseres Abenteuers überzeugen.
Da ich mir vorstelle, dass wir sehr bald in einem Café Unterschlupf finden, gehen wir statt bergauf nach Armentia - dort gibt es meiner Erinnerung nach keine Schutzmöglichkeit, es sei denn, wir stellen uns unter den Bogen von San Prudencio, dem Schutzheiligen des Ortes - in entgegengesetzter Richtung abwärts und laufen zwischen den hohen Bäumen hindurch Richtung Zentrum.

Ich möchte dir den Uni-Campus zeigen. Wenn ich mit einem Schuhmacher unterwegs wäre, würde ich ihm alle Schusterläden der Stadt zeigen wollen.
Auf dem Paseo de la Senda erwarte ich das übliche Panorama: Grüppchen gelangweilter Jugendlicher mit Süßigkeitentüten der Marke Gretel; Familien mit guten Namen und noch besseren Genen, die der Größe nach geordnet spazieren gehen; frisch verwitwete, frisch geschminkte Damen auf dem Weg zum Bingo. Aber nein. Heute scheint ein besonderer Tag zu sein. Es gibt Touristen. Daneben graue Männer, die rasch und ohne aufzusehen vorbeihasten. Schlanke Frauen, die mit einem Pulsmesser am Arm joggen. Doch vor allem Touristen. Sie sind - wie wir - für das Jazzfestival gekommen, und wie wir lassen sie sich vom Regen nicht abschrecken. Sie machen Fotos von der offiziellen Residenz des Lehendakari[7], Ajuria Enea, während zwei *ertzainas*[8] den Eingang bewachen und auf nichts anderes achten als auf ihre eigene Unterhaltung. Das erste Knospen einer Liebe vor den Toren des Präsidentenpalasts. Es ist so offensichtlich und so witzig, wenn man aus der passenden Entfernung zuschaut.
Der Regen lässt uns einen Gang zulegen. Wir sprechen kaum, ducken uns gemeinsam unter den Schirm, das genügt uns. Fast ohne es zu merken, laufen wir an der Fakultät für Pharmazie vorbei. Wenn nicht gerade Juli wäre, würde es hier von Studenten wimmeln. Wir würden sie am Eingang zur Bibliothek sehen, verzweifelt oder mit verführerischem Gebaren an ihren Zigaretten ziehend. Wenn nicht gerade Juli wäre, würden uns mit ein bisschen Glück zwei hübsche Mädchen aus Azpeitia über den Weg laufen, die in diesem so reinen und hübschen Euskera sprechen.

Ich würde dann unauffällig zu dir hinüberspähen und nach Anzeichen für Überraschung suchen. Vor allem bei den ersten Besuchen hast du mich nämlich immer wieder gefragt:
— Ist das Euskera, was die da sprechen?
Und ich folgte mit dem Blick der aus deinem Zeigefinger entspringenden Geraden und spitzte die Ohren.
— Ach was, das muss Russisch oder Polnisch oder was weiß ich sein.
Zehn Minuten später, ein paar Straßen weiter:
— Und die da? Sprechen die Euskera?
Und ich, ohne die Ohren spitzen zu müssen:
— Machst du Witze? Siehst du nicht, dass sie Schleier tragen? Die sprechen Arabisch.
— Aber spricht denn hier keiner Euskera oder was verdammt noch mal ist los?
Du hast aufgehört, mich jedes Mal dasselbe zu fragen, wenn du eine Sprache hörst, die du nicht verstehst. Du hast aufgehört, mich nach Euskera zu fragen. Du hörst es jetzt nur noch, wenn ich mit Joseba telefoniere, und das kommt nicht so oft vor. Es gab eine Zeit, in der es auch die Sprache war, die ich mit meiner Mutter benutzte. Das war in den Jahren, als sie freigestellt war, um es zu lernen. Es war eine Bedingung, die sie mir auferlegte und an der sie unabänderlich festhielt. Nachdem sie die Prüfung dann bestanden hatte, entspannte sich das Ganze langsam wieder. Du liest manchmal Plakate, Schilder und Etiketten laut vor: HI-RI-IR-TE-E-RA, O-SA-SUN-ZEN-TRO-A. Und ich korrigiere dann deine Aussprache, weiter nichts.
Jetzt erst fällt mir auf, dass wir kaum über das Konzert von gestern Abend gesprochen haben. Man könnte mei-

nen, dass wir sogar ein wenig peinlich berührt sind. Uns kam es eher wie ein Popkonzert für Teenies vor und nicht wie eine Jazz-Jam. Gar nicht so sehr wegen der Musik, es lag eher am Publikum. Diese ganzen Fans, die aufsprangen, unrhythmisch klatschten und mit schlechter Aussprache und noch schlimmerer Tongenauigkeit mitsangen. Und »*Guapo*! *Guapo*!« skandierten, zuerst bei José James, dann bei Jamie Cullum, die dem schwammigen Kriterium des Publikums nach beide gleich *hübsch* waren. Ich sage nicht, dass sie nicht gut singen, das tun sie wirklich, auch wenn ich James vorziehen würde, müsste ich mich für einen entscheiden. Nein, diese lautstarke Vergötterung passt einfach nicht zu der Art, wie wir den Jazz verstehen. Abgestandenes Bier in Plastikbechern, verzerrte Gesichter, die nur auf den großen Leinwänden seitlich der Bühne erkennbar sind. Eigentlich glaube ich, dass uns gar nicht der Jazz an sich gefällt, sondern seine unverfälschtesten Nebeneffekte: die dunklen, dekadenten Lokale, die verschlissenen Wandbehänge mit dem Rauchgeruch mehrerer Jahrzehnte, eine abgegriffene Karte mit vierzig Gin-Marken.

Du bist zu freundlich um nachzufragen, warum wir noch einen Tag länger in meiner Geburtsstadt geblieben sind. Der Ausflug ins Tal von Kuartango war interessant, aus Salinas de Añana sind wir mit einer Ladung Salz zurückgekehrt, die ausreichen wird, um sehr viele zukünftige Koteletts zu würzen. Trotz des abgestandenen Biers hat uns das Konzert auch einige Freuden beschert, mittags und abends haben wir ausgiebig gespeist, aber das war's dann auch. Es gab keinen Grund, den Aufenthalt zu verlängern. Du glaubst, es läge daran, dass ich mich dieser Stadt un-

verhältnismäßig stark verbunden fühle, eines dieser Gefühle, die mit Worten nicht zu erklären sind und den Basken so häufig zugeschrieben werden. Aber das ist es nicht. Wenn du wüsstest, dass mich mit dieser Stadt eher wenig verbindet, würdest du mir dann zustimmen, dass dieser untätige Tag in Vitoria-Gasteiz etwas verbergen muss? Meine Mutter ist nicht da. Ich habe auch keine Verwandten, die ich besuchen könnte. Sofern ich hier je Freunde hatte, habe ich sie vergessen. Bei deinen früheren Besuchen haben wir schon die Sehenswürdigkeiten in Augenschein genommen, die jeder Reiseführer hervorhebt: das Artium-Museum, das spätgotische Adelshaus Casa del Cordón, die alte Kathedrale. So bleibt uns nichts weiter übrig, als ohne feste Route durch eine der Städte zu spazieren, die auf den vorderen Rankingplätzen in Sachen Lebensqualität steht. Und dann regnet es auch noch.
Okay, vielleicht sollte ich dir erzählen (aber ich werde es nicht tun, noch nicht), dass ich in letzter Zeit begierig die aktuellen Nachrichten verschlinge. Ist dir nicht aufgefallen, wie ich jeden Morgen die Onlinezeitungen durchsehe? Du glaubst natürlich, das mache ich nur, um Zeit zu schinden, eine unter Doktoranden so typische Prokrastinationsübung. Aber das ist es nicht. Ich bin gut informiert, weil ich es sein muss. Ich folge einer bestimmten Art von Presse, aber man kann sagen, dass mein Blick auf die Realität ein ziemlich vielschichtiger ist. Ich weiß von der Demo heute in Bilbao. An dir wird sie unbemerkt vorbeigegangen sein. Du bist im Urlaub, wieso sollte es dich auch interessieren. Wenn wir dann nach Bilbao kommen und schon alles vorbei ist, umso besser. Reine Folklore!, würdest du sagen, wenn ich dir doch davon erzählen sollte.

Warum willst du das vor mir geheim halten? Das gehört doch auch zur Reise!
Und du lägst falsch, Gustavo.
So halb.

10

EINE »MENSCHENFLUT« GEGEN DIE STRAFVOLLZUGSPOLITIK

»Für einen Frieden, der die Zukunft dieses Volkes möglich macht.« So haben es die Organisatoren der für heute in Bilbao einberufenen Demonstration ausgedrückt. Der Aufruf lautet, »die Straßen mit Solidarität und Volkswillen zu überschwemmen«. Da »der Frieden, nach dem wir uns alle sehnen« womöglich durch die rachsüchtige, grausame Haltung des spanischen und des französischen Staates in Gefahr ist, sei es an der Zeit, so verkündeten sie bei der Pressekonferenz, »dass das Volk öffentlich seine Stärke und seine Würde demonstriert«.
Der heutige Protestmarsch ist von den tragischen Ereignissen in den Gefängnissen von Soto del Real und Albolote in den letzten Wochen geprägt. Ereignisse, die für die Veranstalter zu der vom Staat vertretenen repressiven Strategie gehören. Am vergangenen 2. Juli starb der Häftling Iñaki Ruiz Esteban aus Basauri im Krankenwagen, als er vom Gefängnis von Soto del Real ins Krankenhaus verlegt werden sollte. Iñaki hatte seit den frühen Morgenstunden gesagt, dass er sich schlecht fühlte, wurde aber bis um vier Uhr nachmittags nicht in der Krankenabteilung des Gefängnisses behandelt. Er musste noch ei-

ne weitere Stunde warten, bis der Krankenwagen kam, und zu jenem Zeitpunkt »war es schon zu spät für Iñaki«. Ruiz Esteban war fünfunddreißig und seit zwölf Jahren im Gefängnis, unter anderem in den Haftanstalten von Alicante, Extremadura und Soto del Real. Verurteilt dafür, zwei Busse und einen Geldautomaten angezündet und einen Molotowcocktail gegen einen Polizisten der Ertzaintza geworfen zu haben, hätte er im Dezember des Jahres seine Strafe vollständig verbüßt gehabt. Die Autopsie ergab, dass der Gefangene einem Herzinfarkt erlegen ist. Die Familie hat eine zweite Autopsie durch einen Arzt ihres Vertrauens beantragt.

Die heutige Demonstration wird auch im Zeichen der Solidarität mit dem Gefangenen José María Ortiz de Zárate im Gefängnis von Albolote (Granada) stattfinden, der sich seit dem 9. Juni im Hungerstreik befindet. Ortiz de Zárate hätte am 19. Mai dieses Jahres aus der Haft entlassen werden sollen, aber seine Strafe wurde im letzten Moment um weitere sieben Jahre verlängert. Der Häftling aus Vitoria leidet zudem an Prostatakrebs, trotzdem wurde bei ihm nicht der Artikel 92 des Strafgesetzbuchs angewandt. Der Hungerstreik kann bei ihm zu »einem totalen körperlichen Zusammenbruch« führen, weshalb unter Angehörigen und Freunden größte Sorge herrscht.

Die Organisatoren der Demonstration appellieren einmal mehr an die »Solidarität und Courage« der baskischen Gesellschaft und fordern, dass die politischen Häftlinge nicht als »Tauschwährung« in diesem Friedensprozess eingesetzt werden, von dem es, wie sie wiederholten, »kein Zurück mehr gibt«.

Der Demonstrationszug wird sich um neunzehn Uhr von der Sportarena La Casilla aus in Bewegung setzen und vor dem Rathaus enden, wo Persönlichkeiten aus Kultur und Politik eine Erklärung verlesen werden.

11 Ich weiß, dass du zu Schulzeiten stolzes Mitglied der Anarchistischen Jugend von Ávila warst, und dass dir das, in einer Stadt wie deiner und bei einem Vater wie deinem, hoch anzurechnen ist. Ich weiß es, weil du mir erzählt hast, wie du Wände bekritzelt hast (den Inhalt der Kritzeleien hast du vergessen) und auf endlosen, im Nichts verlaufenden Versammlungen Joints geraucht hast. Ich vergesse auch nicht, dass das, was je nach Blickwinkel unser erstes Rendezvous sein könnte - unsere erste Verabredung oder eine Zufallsbegegnung ohne jegliche romantische Absicht -, bei einer Demonstration oder so was in der Art stattgefunden hat.
Ich erhielt deine Nachricht an einem Samstagmorgen. Mir war, als klingelte das Telefon irgendwie anders, und tatsächlich, du warst es. Eine Nachricht von dir, empfangen mit der Scham, mit der man einen Preis entgegennimmt, den man sich nicht verdient hat. Du sagtest Bescheid, dass wir uns zu der und der Zeit an dem und dem Ort treffen sollten. Sag es weiter, endete die Nachricht. Ich sagte es niemandem weiter.
Ich wollte dich für mich allein. Auch damals regnete es, und viel mehr und auf verzweifelte Art. Ich hatte Schwierigkeiten, dich zu finden, an jenem Samstagabend vor dem Sitz der Regierungspartei. Die abgesperrte Straße quoll über von Demonstranten in Regenmänteln, Plastikplanen und mit selbstgemachten Schildern. Es regnete. Ich bekam einen Ellbogen in die Rippen. Fing an, mich irgendwie fehl am Platz zu fühlen. Ich brauchte etwa zwanzig Minuten, bis ich dich entdeckte. Du hattest eine Trillerpfeife im Mund, standest inmitten einer Menschenmenge, es sah aus wie ein extravagantes Fest, bei dem der Ehrengast

noch nicht eingetroffen ist. Du nahmst die Pfeife aus dem Mund:
— Hey, du bist gekommen! Wie geht's? Alles in Ordnung?
Und verlorst dich wieder in der Menge, ohne meine Antwort abzuwarten, weil irgendwer dich schubste oder nach dir rief. Mit deiner Pfeife.
Wer-ist-es-ge-we-sen.
Wir-wol-len-die-Wahr-heit.
Jetzt behauptest du das Gegenteil, aber ich vermutete schon damals, dass du nicht mal mehr meinen Namen wusstest, und dass die Nachricht mich entweder irrtümlich erreicht hat oder du sie standardmäßig an sämtliche deiner Kontakte im Adressbuch verschickt hast. Jetzt behauptest du das Gegenteil.
Wer-ist-es-ge-we-sen.
Wir-wol-len-die-Wahr-heit.
Ich lief zu Fuß zurück nach Hause, mit klatschnassen Socken, es schwappte in den Stiefeln. Mit der klammen Scham von jemandem, von dem ein Preis zurückgefordert wird.
Der Anfang der Liebe ist absurd, genau wie ihr Ende. Ein paar Unsinnigkeiten, sofern sie nicht mit den üblichen narrativen Mitteln ausgekleidet werden (gibt es überhaupt irgendetwas, das ohne die üblichen narrativen Mittel Sinn ergibt?). Die beiden Wachposten an den Toren der Ajuria Enea zum Beispiel, was glaubst du, werden sie ihren Kindern in zehn, fünfzehn Jahren erzählen? Dass es die Langeweile eines absurden Jobs war, der sie einander in die Arme fallen ließ? Der routinemäßige Mechanismus der Pheromone? Dass ein Tourist aus Sabadell, der frisch in Vitoria angekommen war, um Paco de Lucía zu hören, un-

bemerkt ein Foto von ihnen machte, weil sie sich unablässig in die Augen schauten und dumm lachten? Natürlich nicht. Sie werden von beherzten und von zögerlichen Momenten erzählen. Werden sich eine Geschichte ausdenken, der zufolge einer von ihnen ganz klar das ihm vorherbestimmte Leben an der Seite seiner großen Liebe sah, während die andere überhaupt nichts checkte. Der Erzählung nach wird es in diesem Prozess Missverständnisse geben, gnädige, kleine Notlügen, und Lächeln und Tränen, Schritte vor und zurück. Doch schließlich fällt das Schicksal sein Urteil und setzt es durch. Die Liebe triumphiert.

Was also über uns sagen, wo es doch unvermeidlich scheint, in die Klischees aller romantischen Komödien zu verfallen? Gut, in unserer Geschichte kommen Bomben vor, und Tote. Vielleicht macht sie das anders. Anders als die romantischen Komödien, meine ich, nicht anders als tausende und abertausende Geschichten, die auf der Welt ihren Anfang nehmen und wieder enden.

Ist gut, ich erzähle sie. Einfach aus reinem Genuss.

12 Es geschah an einem Donnerstagmorgen, in der Früh. Ich war selten so zeitig am Tag unterwegs, doch ich hatte eine Verabredung mit einem Pianisten, und der konnte nur morgens. Wir probten gemeinsam einige Schumann-Lieder für ein Konzert, zu dem man uns in einer Kleinstadt nördlich von Madrid eingeladen hatte. Nach Collado Villalba, ich erinnere mich gut, denn es war mein erster und letzter professioneller Auftritt.

Ich machte mir Sorgen wegen meiner Stimme, war mir nicht sicher, ob sie zu dieser frühen Stunde schon einsatzfähig sein würde. Daher nahm ich es mit den Aufwärmübungen sehr genau. Das machte ich immer in der Metro, mir war mittlerweile egal, ob der Zug wegen der Rushhour gerammelt voll war. Das waren keine Individuen, nur eine warme Masse, mit der es um ein winziges Stückchen Platz zu wetteifern galt. Eine Masse, die keinen Augenblick auf eine junge Frau verschwenden würde, aus deren Mund kehlige Laute drangen. Im Stehen an einer Metallstange hängend, wärmte ich meine Stimme durch wiederholte nasale Klänge auf, wobei ich jeweils einen Halbton höher ging. Plötzlich fiel mir auf, dass der Wagen eigentlich gar nicht so voll war, aber dem schenkte ich keine weitere Beachtung. Dann verkündete eine Männerstimme: »Nächster Halt ...«, und gleich darauf ergänzte eine Frauenstimme: »Nuevos Ministerios«, und machte jede Spannung zunichte. Einige wenige stiegen aus. Keiner stieg ein. Das fiel mir dann doch auf, denn es ist normalerweise eine der betriebsamsten Stationen von Madrid. Die Türen gingen zu und plötzlich wieder auf. Und so blieben sie dann stehen, sperrangelweit offen, wie ein überrascht aufgerissener Mund. Der Zug rührte sich nicht vom Fleck.

Fingst du im angrenzenden Wagen wohl an, dir Sorgen zu machen? Oder hattest du die Augen noch im Halbschlaf geschlossen und hast überhaupt nichts mitbekommen? Vielleicht völlig vertieft in die Stunde über Internationales Privatrecht, die du zu geben hattest? Wer hat zuerst etwas bemerkt? Du oder ich?

Zunächst tun die Passagiere gleichgültig. Nachdem der

Zug zwei Minuten lang unbeweglich und mit offenen Türen dagestanden ist, beginnen die Ersten, nervös auf die Uhr zu blicken und durch die Tür hinaus auf den Bahnsteig zu spähen.

Hinten aus dem Wagen ist ein »Verdammt« zu hören. Ein anderer, auf den ein kleinlicher Chef oder eine ungeduldige Geliebte wartet, murmelt: »Na los, jetzt komm schon.« Jemand schwitzt und macht seine Jacke auf. Ein blonder Junge nimmt seinen Rucksack ab und stellt ihn auf den Boden.

Schließlich spricht von oben eine Stimme zu uns: »Aus Gründen, die nicht bei Metro Madrid liegen, wird der Dienst für einen geschätzten Zeitraum von ungefähr fünfzehn Minuten eingestellt.« Gleich darauf fordert die Stimme uns auf, den Zug zu verlassen.

Wir steigen alle aus. Ganz gehorsam.

Damals gab es noch keinen Netzempfang in der Metro von Madrid, und trotzdem zogen die meisten der ahnungslosen Passagiere ihre Mobiltelefone hervor. Um überhaupt etwas zu tun. Niemand traute sich, zu weit wegzugehen, falls der Zug im nächsten Moment seine Fahrt fortsetzen würde. Es war noch zu früh, um sich einen Nachweis zu besorgen, den man mit zur Arbeit nehmen könnte. Es gab noch Hoffnung. Bis ein Sicherheitsbeamter uns zuschrie, wir sollten auch den Bahnsteig verlassen. Er sagte nicht »bitte schön«, nichts der Art. Doch wir gehorchten alle. Dann kamen noch mehr Wachmänner und verteilten sich in den Wagen: Anscheinend suchten sie etwas.

Bevor sie aus meinem Blickfeld verschwanden, konnte ich sehen, wie einer von ihnen vorsichtig einen schwarzen Regenschirm vom Boden aufhob, den jemand liegen gelassen

hatte. Er sah aus wie eine prähistorische Fledermaus, die tot in den Händen des Wachmanns lag.
— So einen Aufstand machen die niemals wegen eines Selbstmörders, sagte jemand zu mir, während wir mit genervten Gesichtern die Rolltreppe hochfuhren.
Dieser jemand warst du.
An einem Kiosk neben dem Fahrscheinautomaten bekamen wir allmählich mit, was passiert war, dank dem Radio des Zeitungsverkäufers. Mindestens zwanzig Tote, fasste jemand zusammen. Im Bahnhof Atocha. Schon standen wir, zwölf oder dreizehn auf der Strecke gebliebene Fahrgäste, um das Radio herum. Weitere Namen, weitere Orte wurden genannt: zwölf geborgene Tote an der Station Santa Eugenia, Zahl steigend. Eine weitere Explosion am Bahnhof El Pozo del Tío Raimundo.
Dann kamen die Wachmänner hoch, die wir auf dem Bahnsteig gesehen hatten. Einer von ihnen trug die riesige Fledermaus und sie ordneten an, die Station komplett zu räumen und zu schließen. Wir mussten alle raus, auch der Zeitungsverkäufer. Er schaltete das Radio aus und setzte seine Mütze auf. Der Befehl wurde über das Lautsprechersystem wiederholt. Wir sollten raus, und zwar möglichst plötzlich. Keiner rannte los, aber ich glaube, wir erwarteten alle, dass unter unseren Füßen eine Bombe hochgehen würde. Eine weitere Explosion in Nuevos Ministerios. Mindestens siebenundvierzig Tote. Das war möglich. Alles war möglich.
Kaum draußen auf der Straße, hörten wir das Heulen mehrerer Krankenwagensirenen, und fast alle Passagiere griffen wieder nach ihren Telefonen, nun mit klarerer Absicht.

In diesem Moment nahm ich dich neben mir wahr.
— Ich hab mein Telefon zu Hause vergessen, darf ich deins benutzen?, fragtest du mich.
— Mein Akku ist leer.
Das stimmte. Ich achtete nicht besonders auf dieses Gerät, das ich erst kürzlich gekauft hatte, und manchmal vergingen Tage, bis ich überhaupt merkte, dass der Akku leer war. So wie an diesem Morgen.
Und dann hast du etwas sehr Überraschendes getan. Statt mein Gesicht für immer zu vergessen und irgendeinen von den anderen achtzig Fahrgästen, die ein Telefon in der Hand hatten, um Hilfe zu bitten, nahmst du mich am Arm und führtest mich die Straße hinunter.
— Komm, wir suchen eine Telefonzelle.
Mein Wegweiser, mein Gebieter.
Du hast sicher gemerkt, dass ich völlig blockiert war. Innerlich sang ich weiter Schumann. *Die Lotosblume ängstigt* ... Und dachte, dass El Pozo del Tío Raimundo nur ein fiktiver Ort sein konnte.
— Sicher macht sich jemand Sorgen um dich. Wo ist deine Familie?
— Meine Familie?
Wir standen mitten auf der riesigen, trostlosen Straße, die an die Hauptstadt eines sozialistischen Landes erinnerte. Nuevos Ministerios, neue Ministerien: ein Wahrheitsministerium. Ein Friedensministerium. Statt des üblichen Verkehrs nur Krankenwagen. Vorführung des Doppler-Fizeau-Effekts im großen Stil. Und Taxis, auf einmal Unmengen von Taxis. Niemand war zu Fuß unterwegs. Außer uns. Die beiden einzigen Überlebenden der Apokalypse.

Mit der Zeit begriff man, wie enorm die Unterschiede zwischen den Reaktionen auf die Madrider Anschläge und denen auf die in London, ein Jahr später, doch gewesen waren. Eine Frau, die das Attentat auf die Piccadilly Line unverletzt überstanden hatte, rief beispielsweise zu Hause an, um Bescheid zu sagen, dass mit ihr alles in Ordnung sei, und beschloss dann, ihren Tag normal fortzusetzen und mit dem Bus der Linie 30 weiterzufahren. Sie dachte sicherlich, dass ihr Chef ihr die leichte Verspätung unter den gegebenen Umständen nachsehen würde. Doch hinter ihr stieg ein Selbstmordattentäter in den Bus, und diese zweite Explosion überlebte die gute Frau nicht mehr. Diese tragische Geschichte allein zeigt uns, mit welcher Natürlichkeit die Bewohner Londons die Anschläge aufgenommen hatten.
In Madrid geschah nichts Vergleichbares, hätte gar nichts Vergleichbares geschehen können. Die Stadt verfiel schlicht und ergreifend in Schockstarre. Es war ein von allen Bewohnern akzeptierter Ausnahmezustand, freiwillig und ohne eindeutige Hinweise von Behördenseite befolgt. Die Busse unterbrachen ihre Fahrt und kehrten verschreckt an ihre Sammelplätze zurück. Die Metro stellte für den ganzen Tag den Betrieb ein. Diejenigen, die die Nachricht auf dem Weg zur Arbeit erreichte, fuhren nach Hause zurück, und die, die schon bei der Arbeit angekommen waren, beschlossen, nachdem sie den Vormittag gebannt vor Telefon und Fernseher verbracht hatten, um die Kaffeemaschine herumgestromert waren und Theorien ausgetauscht hatten, nach Hause zurückzufahren, um die Nachrichten von dort aus weiterzuverfolgen. Die Zeitungen jenes Tages waren auf einen Schlag veraltet, alles, wovon

sie berichteten, war plötzlich unerheblich, seicht, ja anstößig; deshalb brachten die großen Blätter eine Abendausgabe heraus, voll mit Blut und Zugtrümmern. Drei Tage lang stellten Theater und Kinos ihre Vorstellungen ein. Es waren Tage, die in den Älteren die Erinnerung an die Karwoche weckten, wie sie früher einmal gewesen war. Man konnte nichts tun, außer sich der Trauer und Sorge anzuschließen. Das Fernsehen zeigte statt Römerfilmen ununterbrochen Nachrichten, Sondersendungen, Reporter, die eine Version und dann wieder die entgegengesetzte erzählten, Proteste, Beleidigungen, Kundgebungen, Anrufe bei Botschaftern, eine kollektive Hysterie.

Am 11. März 2004, um halb zehn Uhr vormittags, lief ich gemeinsam mit dir von Nuevos Ministerios los, auf der Suche nach einem öffentlichen Fernsprecher. Ich kannte deinen Namen noch nicht, und du den meinen auch nicht. Wir fanden keinen, kein Telefon, meine ich.

— Ich hoffe, meine Mutter hat noch nichts mitbekommen, sonst ist sie sicher gerade am Durchdrehen und wählt unablässig meine Nummer. Sagtest du, und ich merkte, wie du immer nervöser wurdest, während ich mich zugleich immer ruhiger fühlte. — Sie ist krank, weißt du?

— Oh, das tut mir leid.

— Krebs.

Also übernahm ich die Führung und schlug vor, in ein Café zu gehen, wo es sicher ein Telefon geben würde. Ich nahm dich am Arm - eine gespiegelte Geste - und bog rein intuitiv mit dir auf die Modesto Lafuente ab. Dieses Terrain von Beamten, Beratern und Büroangestellten war mir völlig fremd. Sicher sind wir damals auf den Schatten des Windsor-Turms getreten, den wir einige Monate später

vom Fenster deiner Wohnung aus brennen sahen, du umarmtest mich von hinten, versuchtest die Gänsehaut auf meinem Rücken zu besänftigen. Meine Intuition täuschte mich nicht und wir fanden sofort ein Café, in dem gut sichtbar an einem Ende der Theke ein Telefon stand. Es war eines von diesen Etablissements, wo die Angestellten noch Jackett und Fliege tragen müssen, etwas schmierig, ein Laden, dessen Boden am frühen Nachmittag schon von benutzten Servietten, Zahnstochern und Olivenkernen übersät war, einer Schicht, die keiner der Kellner mit Fliege wegfegte, weil man glaubte, dass dieses Chaos dem Lokal Flair verlieh.
Hinter der Theke warteten zwei Kellner, einer jung und der andere nah am Rentenalter, beide klebten wie hypnotisiert vor dem Fernseher. Unsere erste Regung war ebenfalls, alle Sinne auf den Apparat zu richten, mit Furcht und Dringlichkeit gleichermaßen. Alle drei Explosionen zusammengenommen war damit zu rechnen, dass es über hundert Todesopfer gegeben hatte. Auch darin unterschieden sich Madrid und London. In London geschah alles unter der Erde, und das einzige oberirdische Attentat, das im Bus der Linie 30, wurde unverzüglich hinter einem dezenten Vorhang verborgen. Von den Attentaten in Madrid hingegen gibt es noch immer eine große Anzahl expliziter Bilder, die vom ersten Augenblick an im Fernsehen und in den Zeitungen gezeigt wurden, vor allem ganz zu Anfang. Die Titelseiten der Abendausgaben oder die vom nächsten Morgen hätten einen Ehrenplatz im Museum des Snuff-Horrors verdient. Auf einer davon kann man neben einem Gedicht von Bernardo Atxaga die Wirkung sehen, die eine Bombe entfalten kann, wenn sie in der Nähe eines

jungen, kräftigen Körpers hochgeht, in einem Detailreichtum, wie er zuvor nur Medizinstudenten oder gestörten Internetusern zugänglich war.
Von da an wird meine Erinnerung wirrer, und ich kann nur noch wild durcheinander erzählen, was der Rest des Tages für mich bereithielt. Die liebevollen Worte, die du deiner Mutter sagtest, die trockenen, die ich für meine fand, die öffentlichen Verlautbarungen des Lehendakari im Fernsehen (»Das sind keine Basken, das sind Tiere«), die scheußlichen Milchkaffees, die Beleidigungen, die die Kellner gegen den Lehendakari und die gesamte baskische Regierung losließen, der Austausch grundlegender persönlicher Informationen (Gustavo, Ulia, beide ledig und wohnhaft in Madrid) und die Schilder, die der jüngere Kellner eilig anfertigte und ausdruckte, um sie unverzüglich mit breitem Klebeband an der Scheibe des Cafés zu befestigen.

- MADRID ERGIBT SICH NICHT -

stand auf dem ersten, neben einer schwarzen Schleife. Und rechts davon, ebenfalls in Großbuchstaben, noch eins:

- TODESSTRAFE FÜR ETARRAS -

Als wir den Kaffee ausgetrunken hatten und schon etwas ruhiger waren, kamen wir an den Punkt, wo wir ohne zwingenden Grund unsere Telefonnummern austauschten. Ulia, was für ein schöner Name, das ist baskisch, oder? Woher kommst du? Aus Bilbao? Nein, ich bin aus Vitoria. Ich wusste von Anfang an, dass du Baskin bist, dein Akzent verrät dich. Zum ersten Mal sagte jemand zu mir, dass ich einen Akzent habe. Und ich glaube, auch zum letzten Mal.

Wir verabschiedeten uns auf der Straße, und ich sah dich in Richtung Nuevos Ministerios weggehen, ohne mich überwinden zu können nachzufragen, wohin du liefst, was du von da an mit deinem Leben anfangen würdest. Ehrlich gesagt bereitete ich mich darauf vor, dich nie wiederzusehen. Ich zweifelte, ob ich dir die richtige Telefonnummer gegeben hatte, und war ängstlich besorgt, ob du mir wohl eine falsche gegeben hattest. Ich lief zu Fuß zurück nach Hause, anderthalb Stunden im Roboterschritt, dabei versuchte ich, nicht auf meine unmittelbare Umgebung zu achten. Die an den Kiosken ausliegenden Zeitungen, die Taxifahrer, die Freifahrten zum Messegelände anboten, wo eine große Leichenschauhalle eingerichtet worden war. Kleine Menschengrüppchen an den Ecken, tuschelnd, flüsternd, spontane Umarmungen unter Unbekannten - Szenen, die in einer großen Stadt immer beunruhigend sind, Zeichen für ein großes Unglück.

Den ganzen Nachmittag verbrachte ich daheim und versuchte, den Pianisten anzurufen, der mich zu dem Konzert begleiten sollte. Wir mussten so bald wie möglich neue Probentermine vereinbaren. Uns blieb nicht mehr viel Zeit. Der Ruhm wartete auf uns in Collado Villalba. Bis zum nächsten Tag konnte ich ihn nicht erreichen. Unser Gespräch dauerte fünfzehn Sekunden. Er hatte den ganzen letzten Abend damit verbracht, mit seinem Vater Krankenhaus um Krankenhaus abzufahren, auf der Suche nach seiner Schwester. Sie hatten kein Glück. Sie fanden sie erst, als alle anderen Möglichkeiten erschöpft waren und sie zum Messegelände kamen. Das Mädchen war

neunzehn Jahre alt und auf dem Weg zur Uni gewesen. Sie hatte Journalismus studiert. Bei dem Konzert, das wir drei Wochen später in Collado Villalba gaben, trugen wir beide schwarze Schleifen, und der Pianist widmete alle Lieder Schumanns mit knappen, aber emotionsgeladenen Worten seiner Schwester und den übrigen 191 Todesopfern.
Zehn Wochen später hörte ich mit dem Singen auf, für eine kurze Phase, wie ich dachte. Zunächst hieß es, ich hätte eine hartnäckige Pharyngitis. Später war die Rede von der Möglichkeit einer Pollenallergie. Nein, es waren Polypen, oder so sah es zumindest aus. Ich ging zu einem, zwei, drei Ärzten. Die letzte Diagnose sprach von einer Stimmbandzyste. Ein Problem, das operativ gewiss behoben werden könne. Doch nach der Operation müsse ich das Singen endgültig aufgeben.

13 Am 1. September 1939 schrieb der blonde Dichter Wystan Hugh Auden an seinem Lieblingstisch im Dizzy's Club in Manhattan sein bekanntes und gehasstes Gedicht »September 1, 1939«[9]. Genau wie zehn Jahre zuvor in Berlin versuchte Auden in New York die Gewohnheit beizubehalten, in den fröhlichen und weltoffenen Schwulenbars zu schreiben. Im Dizzy's Club in der 52nd Street wussten sie genau, welcher sein Lieblingstisch war, und hielten ihn stets für ihn reserviert.
Unsäglicher Todesgeruch verdirbt die Septembernacht, schrieb er an jenem Tag. Doch wer kann schon so lange in einem euphorischen Traum leben, fragte er sich. Und tat-

sächlich verströmen diese Verse, obwohl sie unter dem Einfluss von Benzedrin geschrieben wurden, dem der Engländer so gerne zusprach, an keiner Stelle Euphorie. Schließlich waren die unheilvollsten Vorhersagen in Erfüllung gegangen, obgleich im Dizzy's Club alle Zwanglosigkeit und Spaß vortäuschten: Der Krieg war nach Europa zurückgekehrt.

Doch Auden war in den Vereinigten Staaten, bereit, dem Christentum eine Chance zu geben, mit derselben Begeisterung, mit der er zuvor den Marxismus und die Psychoanalyse ausprobiert hatte. Genau ein Jahr zuvor hatte ihm, als er gerade in Belgien zu Besuch bei seinem Bruder war, eine Zigeunerin, die ihm aus der Hand las, versichert, dass es keinen Krieg in Europa geben werde. Sie können ganz ruhig sein, junger Mann, keine Spur von Krieg. Verstört von dieser Enthüllung, traf Auden die Entscheidung, den alten Kontinent zu verlassen. Es galt zu fliehen, und zwar so bald wie möglich. Zurück in London fiel es ihm nicht schwer, seinen Freund Christopher Isherwood zu überreden, das amerikanische Abenteuer gemeinsam anzugehen. Doch wenige Tage bevor die Wehrmacht in Polen einmarschierte, hatte Isherwood New York verlassen, um sein Glück in der Traumfabrik zu versuchen, im Süden Kaliforniens. Das war ein weiterer Grund für Audens Kummer: Jetzt musste er aus dem Apartment ausziehen, das er mit Isherwood im Village geteilt hatte, und eine neue Bleibe finden.

Wenige Wochen nach Kriegsausbruch tat sich eine Gelegenheit in Brooklyn auf. George Davis, der berühmte Literaturredakteur von Harper's Bazaar, versuchte gerade, eine Künstlerkommune in der Middagh Street, ganz in der

Nähe der Brooklyn Bridge aufzubauen. Carson McCullers war bereits überzeugt, Auden sagte ebenfalls ohne Zögern zu, stellte jedoch eine Bedingung: nämlich dass seine Freunde und Landsleute, Benjamin Britten und Peter Pears, die seit ihrer Ankunft in den Vereinigten Staaten isoliert an der äußersten Spitze von Long Island wohnten, sich der Gemeinschaft anschließen dürften. Aber natürlich, lautete die Antwort, sie müssen nur warten, bis die Zimmer im oberen Stock bezugsfertig sind, aber du kannst fest darauf zählen. Und damit war es abgemacht.
Natürlich mussten für die tatsächliche Umsetzung auch Benjamin und Peter zustimmen, also kümmerte Auden sich darum, unter dem Vorwand von Brittens Geburtstag ein großes Fest in der Number 7 Middagh Street zu organisieren, dessen eigentlicher Zweck es war, das Paar von den Vorzügen und Freuden zu überzeugen, die das Leben in diesem Haus mit sich brächte.
Auch wenn alle Zeugenberichte von einem denkwürdigen Abend voll Jubel, Musik und Champagner erzählen, dürfte das junge Paar keinen so großartigen Eindruck vom Haus und dem Ambiente mitgenommen haben. George Davis hatte die Angewohnheit, sich ohne Vorankündigung auszuziehen (Klavier spielte er zum Beispiel ausschließlich nackt), Carson McCullers durchlebte mit ihrem Mann Szenen voller Wut und Vorwürfe, die sich ohne klaren Übergang zu Momenten entfesselter Leidenschaft wandelten; und allgemein trafen sie auf ein Haus, das dringend einer anständigen Renovierung bedurfte, insbesondere die Zimmer, die Britten und Pears beziehen sollten.
Auden versuchte es trotzdem mit allen Mitteln. Schließ-

lich bildeten Britten, Isherwood und er in jener Zeit das berühmte Trio britischer Expats. Seit Isherwood sich auf den Weg in den Westen gemacht hatte, fühlte Auden sich einsam und war zu allem bereit, um Britten an seiner Seite zu haben. Alle drei waren in die Vereinigten Staaten gezogen, bevor der Krieg ausbrach, aber je mehr britische Soldaten den Ärmelkanal überquerten, um auf den französischen Äckern zu massakrieren und selbst massakriert zu werden, desto argwöhnischer wurde die Abwesenheit der drei Intellektuellen, der drei Künstler, auf ihrer Heimatinsel beäugt. Waren diese drei brillanten jungen Männer etwa bloß Feiglinge? Mit welchem Recht flüchteten sie sich ins Ausland, gerade jetzt, da ihr Vaterland sie am meisten brauchte? Waren sie nicht schlicht und ergreifend Verräter? Oder noch schlimmer: dreckige Pazifisten? Und, obwohl über dieses Thema nicht öffentlich gesprochen wurde: Warum heirateten sie nicht? Warum trieben sie sich immer nur mit Männern herum, oft mit bartlosen Jüngelchen mit engelsgleichen Gesichtern?

— Benjy, es ist nicht nur wegen uns, auch wenn du östlich vom Hudson kaum eine bessere Gesellschaft als unsere finden wirst. Es ist wegen der Arbeit, Mann. Die Kontakte sind hier. Die Connections. Was ist denn sonst dein Plan? Weiterhin Tee trinken mit den Durchgeknallten von Long Island, Däumchen drehen und warten, dass die Aufträge eintrudeln? Peter, bitte, sag du doch was, ihr könnt so eine Gelegenheit nicht verstreichen lassen. Außerdem hab ich euch ja schon gesagt, die Miete ist spottbillig.

Tatsächlich war es um Brittens Moral zu jenem Zeitpunkt nicht zum Besten bestellt, nicht nur wegen des Kriegsausbruchs und der ständigen Gefahr, in der seine Schwester in London lebte. Mit der Arbeit ging es nicht so voran, wie er es sich gewünscht hätte. Seine erste Symphonie, ein Auftrag der Regierung von Japan für die 2600-Jahrfeier des japanischen Kaiserreichs, war im letzten Moment wegen der im Krieg aufgetretenen Rivalitäten[10] abgelehnt worden. Sein »Violin Concerto«, mit großen Erwartungen in der Carnegie Hall uraufgeführt, hatte ziemlich, wenn nicht gar grottenschlechte Kritiken erhalten. Und noch schlimmer, sein britisches Konto war aufgrund des Kriegs eingefroren worden.

Darauf zählend, dass mit New York als Wohnort Arbeit und Aufträge leichter zu ihnen finden würden, stimmte das Paar zu und zog um. Für Peter war die neue Situation ebenfalls von Vorteil, er hatte auch nicht übermäßig viele Aufträge. Und außerdem hatte sich das Zusammenleben mit Auden für Benjamin (obwohl er diesen letzten Grund vor Peter niemals zugegeben hätte) immer wieder als sehr anregend erwiesen.

Zu Beginn hemmte ihn Audens Genialität immer, aber zu guter Letzt, nach einem schmerzlichen Prozess, erwies sich dessen Einfluss stets als positiv und inspirierend. Er erinnerte sich bestens, dass es sein Dichterfreund gewesen war, der ihn mit den Versen von Rimbaud bekannt gemacht hatte, die mit den rätselhaften Worten »J'ai seul la clef de cette parade sauvage«[11] beginnen, und wie er kurz darauf, ohne den Satz überhaupt wieder aus dem Kopf zu bekommen, fast in Trance »Les Illuminations« geschrieben hatte, den Lieder-Zyklus für Tenor, der ihm so viele Befriedigungen geschenkt hatte. Außerdem versuchte Auden seit Jahren, Brittens sexueller Tutor zu sein, und Britten wollte ihm endlich zeigen, wie glücklich er mit dem

Tenor Peter Pears war, ein Glück, das er ohne die geringste Einmischung von Seiten seines Dichterfreundes erlangt hatte.
Es war jedoch keine leichte Entscheidung. Aus Gründen, die für Auden nur schwer nachzuvollziehen waren, lebten Peter und Benjamin in dem abgelegenen, konservativen Cottage auf Long Island sehr viel komfortabler als im verrückten New York der Bohemiens.
Eine Charakterfrage.

14 Eine weitere Erinnerung von jenem 11. März, die mir jetzt einfällt. Es ist Abend, ich schaue mit meinen Mitbewohnern die Nachrichten auf *Antena*3. Plötzlich läuft ein Untertitel durch den unteren Rand des Bildschirms, diskret, aber nicht zu sehr. Ein Koran wurde gefunden. Eine bestimmte Islamistengruppe. Allah ist groß.
Und ich denke: Wenn es letztlich nicht die ETA war, ruft er mich vielleicht an, dann sehe ich ihn vielleicht wieder. Absurde Gedanken zum Abschluss eines seltsamen Tages, an die ich jetzt gerade wieder denken muss.

15 Du versuchst, auf dem kleinen Bildschirm des Mobiltelefons eine Landkarte zu entziffern. Anscheinend wollen wir nicht über die Autobahn nach Bilbao fahren. Das wäre zu einfach. Wenn wir die N-240 nehmen, wird es gleich aufwendiger, in die Stadt zu kommen, doch der kompliziertere Weg wird sich lohnen: Unter anderem werden wir den Sumpf von Legutiano und das Dörfchen Artea sehen können, wo sich deinen Erkundigungen nach das Museo-Archivo del Nacionalismo Vasco befindet, was du sehr lustig findest, als sei das ein Witz.

— Eintritt und Führung durch das Museum sind kostenlos, hast du mir zu Hause gesagt, als du die Reise am Rechner geplant hast.

— Na dann, worauf warten wir noch?, habe ich geantwortet.

Zwanzig Minuten lang lasse ich dich in dem Glauben, ich wüsste, wie man aus dieser Stadt herauskommt. Danach stellen wir uns dem Offensichtlichen, und du schaust wieder auf Google Maps nach dem Weg, ohne aufzustöhnen. Nachdem wir zwei riesige Kreisverkehre durchfahren haben, sind wir endlich draußen. Und dann das:

— Wir müssen anhalten.

— Und das jetzt?

— Weißt du noch, was ich heute Morgen zu Hause nicht machen konnte? Gut, denn jetzt habe ich das Gefühl, es machen zu können. Eher gesagt, es machen zu müssen. Und zwar so bald wie möglich.

Es gibt so was wie eine päpstliche Bulle, die es in den Ferien, wenn die Mahlzeiten unregelmäßig stattfinden und man fern aller vertrauten stillen Örtchen ist, erlaubt, das eleganteste je von der Zivilisation entwickelte Tabu zu vergessen. O Scham, eindeutiger Beweis für die Errungenschaften der Menschheit. Aber in den Ferien, und so war es schon, als ich gemeinsam mit Joseba und meiner Mutter von Campingplatz zu Campingplatz durch Westeuropa reiste, ist es gesellschaftlich akzeptiert, über das Wie, das Wann, das Wieviel, über die Beschaffenheit, ja

sogar die erforderliche Anstrengung zum Vollbringen des Geschäfts zu sprechen. Fäkalferien nenne ich das.
Jetzt sind wir auf den Straßen der Cuadrilla de Zuia und suchen eine Tankstelle (*cuadrillas* heißen die sieben Landkreise der Provinz Álava, hattest du aber noch Zeit, mich aufzuklären). Dein verzerrtes Gesicht, diese Dringlichkeit.
Eine dieser Momentaufnahmen, die gegen unseren Willen im Gedächtnis haften bleiben.
Endlich finden wir ein Örtchen, widerwärtig genug: Lkws, ein Jeep der Guardia Civil, eine ramponierte Neonreklame zum Ruhme von Coca-Cola. Du parkst so nah wie möglich an der Raststätte, presst ein »Bestell-mir-einen-*cortado*« hervor und verschwindest. Ich habe Mitleid mit dir. Der Ort ist ekelerregend, der Benzingestank, die Servietten, die »Danke, kommen Sie bald wieder« flehen, ekelerregend ist auch der Milchkaffee, den ich für mich bestellt habe, und der *cortado*, der kalt wird, während er dort an der Bar auf dich wartet. Ekelerregend kommen mir auch diese verkümmerten Stühle vor, die besser in eine Schule der Franco-Zeit passen würden. Ich mag mir gar nicht vorstellen, wie die Klos aussehen.
Hinter der Theke läuft ein Fernseher, aber ohne Ton. Ich achte nicht darauf, bis Bilder aus Bilbao kommen. Von dem Moment an vergesse ich, Luft zu holen, und folge aufmerksam der Bildsequenz: Plakate, Kinder auf den Schultern ihrer Eltern, Mannschaftswagen der Polizei. Und dann Archivbilder: ein Gefängnis, ein Minister, ein Schwarz-Weiß-Foto von einem Häftling: José María Ortiz de Zárate, ein schlechter Mensch ohne passenden Spitznamen. Anschließend die Folgen der Demonstration: zwei abgefa-

ckelte Müllcontainer, ein junger Mann und ein alter Mann, die auf üble Weise in den Polizeitransporter gestoßen werden. Dann die Worte eines Glatzkopfs mit Krawatte, in viele Mikrofone gesprochen.

Aus den Augenwinkeln sehe ich dich kommen. Anhand deines eleganten Gangs würde ich sagen, dass du dein Geschäft erledigt hast. Das Anhalten hat sich gelohnt, dem miesen Ort zum Trotz.

— Alles gut, oder? Dann komm, nimm einen Schluck von diesem Gebräu hier und lass uns bitte gleich weiter. Du gehorchst mir und wir gehen.

Obwohl wir die Nationalstraße gewählt haben, kommt uns die Reise kurz vor. Es ist schwieriger für uns, aus Madrid rauszukommen, wenn wir an einem x-beliebigen Samstagmorgen mal einen kleinen Ausflug in die Sierra machen wollen. Jedenfalls schenkt uns der silbrige Sumpf die Postkartenansicht, die du dir gewünscht hast, und das Dorf Artea stellt sich als so malerisch heraus, wie du es erwartet hast. Unglücklicherweise ist das Museo-Archivo del Nacionalismo Vasco wegen Bauarbeiten geschlossen und wird nicht vor Frühjahr nächsten Jahres wieder aufmachen. Deine Enttäuschung verfliegt sofort, als du auf dem Dorfplatz ein diskretes Gasthaus erkennst.

— Erinnerst du dich an diesen Blog, dem ich folge, »Das Baskenland von Restaurant zu Restaurant«?

— Dem folgst du, im Ernst? Später heißt es dann, Universitätsprofessoren hätten ein stressiges Leben!

— Denn das da ist eine Bar, die in dem Blog immer empfohlen wird. Ich wusste doch, dass wir hier halten sollten! Na los, lass uns reingehen, es ist schon Essenszeit.

Ein weiteres üppiges Festmahl, Bohnen und nachher Entrecôte mit Kartoffeln. Als Nachtisch *cuajada* für mich und *flan* für dich. Das Essen wird uns von einer gutgelaunten Frau mit Schürze serviert, die beharrlich alle meine auf Euskera gestellten Fragen auf Spanisch beantwortet. Einige Gläschen vom neuen Wein. Dein glückliches Gesicht, jedes Mal, wenn du dir mit der Serviette über den Mund fährst. Die Rechnung schreibt uns die gutgelaunte Frau auf dasselbe Papiertischtuch, an dem wir gegessen haben (22 Euro, Kaffee inklusive). Jetzt eine Siesta, auf einer grünen Wiese, auf der Decke, die du umsichtig in den Kofferraum gepackt hast. Ein Foto von einer Vogelscheuche mitten in einem Gemüsegarten, auf deren grünweiß-roter Schirmmütze steht: GORA EUSKADI, »Hoch Baskenland«. Und als wir das Gefühl haben, genug Landleben gekostet zu haben, steigen wir ins Auto und du fährst mich in null Komma nichts nach Bilbao.

16 Die Tochter würde sich heute nicht mehr erinnern können, aber als sie zweieinhalb Jahre alt war, schaltete die Mutter in ihrer Verzweiflung als letztes Hilfsmittel den Fernseher an. Die Tochter war damals eine schlechte Esserin, ein mäkeliges kleines Mädchen. Wenn sie den Mund öffnete, dann nur zu einem schmalen Schlitz, sodass die Mutter die größten Schwierigkeiten hatte, den Löffel überhaupt reinzustecken. Sie hatte alles versucht, auch mit Zwang und List. Ihre Geduld war noch nie derartig auf die Probe gestellt worden. An jenem Tag schaltete sie also den Fernseher ein in der Hoffnung, dass das Mädchen die Bilder spannend finden und darüber den Mund

richtig aufmachen würde. Manchmal funktionierte das. Nicht immer. Eigentlich fast nie.
Es war Mittag, die Zeit für *Telenorte*, das baskische Nachrichtenmagazin. Eine Nachricht. Archivaufnahmen. Irgendein Gebäude in irgendeiner Stadt. Madrid. Sauberer Polizeieinsatz. Terroristenkommando. Konspirative Wohnung. Drei Parabellumpistolen. Verdächtigt des Mordes an …
Der Löffel fällt runter und hinterlässt eine grüne Spur auf dem Wohnzimmerparkett. Dann kommt der Mann von der Arbeit, bringt das Brot, seine Miene ist ruhig wie immer. Sie reden nicht viel miteinander. Der Mann umarmt die Frau. Jetzt ist es vorbei, sagt er zu ihr. Das letzte lose Ende. Du brauchst dir nicht länger Fragen zu stellen. Und die Frau sagt, ja, ja, so ist es, jetzt wird alles gut, das war das letzte lose Ende. Aber sie kann die Bilder vom Bildschirm nicht vergessen. Der Mann, jener Mann, verändert, aber nicht zu sehr, und die Frau, die neben ihm herläuft, beide mit Handschellen, der knappe Blick, den beide wechseln, eine kurze Einstellung, kaum einen Seufzer lang, aber genug, um zu verstehen, was da abläuft, der Mann, die Frau, das Leben im Untergrund, der Teufel der Eifersucht, der von innen zu ihr spricht.
Alles ist zu Ende, wiederholt ihr Mann. Du hast recht, antwortet die Frau und gewinnt langsam die Fassung zurück. Sie schluckt dornendurchsetzte Spucke und wiederholt: Alles wird gut.
Das Mädchen, noch immer auf dem Hochstuhl festgeschnallt, hat die Szene stumm verfolgt und freut sich jetzt, weil sie ahnt, keiner wird sie mehr zwingen, ihren Brei aufzuessen.

17 Ich könnte sentimentale Gründe vorbringen, um meine Entscheidung für dieses Hotel zu rechtfertigen, das nach neu riecht. Aber da du mich nicht gefragt hast, nehme ich an, dass dir nichts daran aufgefallen ist. Halt ein weiteres Hotel. Die harten Betten, die Schwämmchen zum Polieren der Schuhe, die Klimaanlage, die unverzichtbare Karte mit den Auswahlmöglichkeiten für Kopfkissen. Brauchen wir etwa mehr? Mir gefällt diese Einrichtung à la *avantgardistisch und zugleich funktional* nicht, und es ist nicht gerade billig. Es ist eigentlich richtig teuer. Und grau und kalt. Und es befindet sich in unmittelbarer Nachbarschaft zu einem Casino, das auf eine Weise verdächtig ist, wie nur Casinos es sein können. Aber in diesem mir so vertrauten Gebäude habe ich, in einem früheren Leben, die ehrlichsten Tränen meiner Kindheit und Jugend geweint. Bevor der Palacio Euskalduna auf den Ruinen errichtet wurde, die die Umwandlung der vormaligen Werftanlage hinterlassen hatte, hatte Joseba mich hierhergebracht, in das Theater, das damals als Coliseo Albia bekannt war. Innerhalb dieser Wände lernte ich die Oper lieben. Ich wollte Dirigentin werden, dem Beispiel des Mädchens auf dem Poster folgen, und in den ersten Minuten löste ich den Blick nicht vom Orchestergraben, auch nicht von dem Mann, der mit den Armen fuchtelte, als würde ihm niemand zuschauen. Ich möchte Dirigentin und Magierin werden, Joseba, geht das beides auf einmal? Wenn ich denselben Stab benutze? Klar, aber natürlich, Liebes, erst mal ja, später wirst du dich dann schon entscheiden.

Hin- und Rückweg legten wir mit dem Auto zurück, und wir kamen erst sehr spät nach Hause, trotz Schule am nächsten Tag. Und nicht nur das, nach den kolossalen Opernvorstellungen fiel mir das Einschlafen schrecklich schwer. Berauscht wie ich war, drehte sich das Zimmer um mich. »Nessun dorma«, sang eine fürchterliche Tenorstimme in mir. »Nessun dorma«. Im Auto erzählte Joseba mir die Handlung der Oper, die wir sehen würden. Salome verlangt den Kopf von Johannes dem Täufer. Nemorino auf der Suche nach dem *elisir d'amore*. Don Giovanni, der unablässig Zerlina nachstellt.

Zur Feier meines vierzehnten Geburtstags kam Joseba mit einer Überraschung nach Hause: Zugfahrkarten nach Paris. Er hatte dort einen alten Bekannten, einen früheren Studienkollegen aus Pamplona, der an der Opéra Bastille arbeitete. Ein ehrgeiziger Tenor, der jung nach Paris gegangen war und, obwohl er nicht viel Glück als Opernsänger gehabt hatte, schließlich einen der höchsten Posten in der Opernleitung errungen hatte. Er sang nicht mehr, normalerweise ging er nicht mal zu den Vorführungen, die er selbst arrangierte, aber er hatte ein wundervolles Büro gleich an der Place de la Bastille und eine beneidenswerte Maisonette, die wir nie sahen, im 18. Arrondissement.

Bei jener Reise nahmen wir den Nachtzug, im Schlafwagen. Die ganze Fahrt über musste ich meine schlechte Laune verbergen. Ein unbehagliches Gefühl hatte von mir Besitz ergriffen, seit ich Joseba mit den Tickets in der Hand hatte hereinkommen sehen. Seit ich sein blödes Lächeln gesehen hatte. Diese Reise war zum Scheitern verurteilt, das wusste ich vom ersten Augenblick an.

Ich hatte Joseba sehr gern, ich habe ihn immer noch gern, aber damals begann ich zu merken, was für ein armer Kerl er ist. Ein guter Mensch, vielleicht zu gut, um rechtzeitig zu reagieren. Ein Zauderer, ein Lauwarmer, ganz definitiv. Stimmt schon, mit vierzehn empfinden wir fast alle gleich gegenüber unseren Erzeugern. Die Masken fallen und wir beginnen, Papa und Mama zu sehen, wie sie wirklich sind, und normalerweise fangen wir die neue Begutachtung aus den unvorteilhaftesten Blickwinkeln an: feige, nicht sonderlich klug, naiv, seicht, lästig, vom Pech verfolgt. Arme Schlucker. Das ist vielleicht das Schlimmste, denn, wenn man anfängt, mitleidig auf jemanden zu blicken, dann gibt es kein Zurück mehr.

Dass Joseba nicht mein Vater ist, das war von Anfang an klar, und er hatte sich immer damit begnügt, die Rolle des Onkels, des besten Freundes, treuen Gefährten und sonst nichts zu spielen; die großen Entscheidungen, Reden und Strafen überließ er meiner Mutter. Und zu meiner Enttäuschung kam noch Wut hinzu, Wut, weil Joseba so leicht auf das verzichtet hatte, was ihm eigentlich zustand, denn schließlich war er in unserem Leben aufgetaucht, bevor ich ein Jahr alt war. Auf meinem Liegewagenplatz drehte und wendete ich all diese Gedanken hin und her. Josebas Gründe dafür und meine Unfähigkeit, Nein zu sagen. Ich tat kein Auge zu.

Wir frühstückten in der Nähe der Place de la Bastille, und etwas musste sich wohl schon in meinem Gesicht abgezeichnet haben, denn Joseba hörte endlich auf zu plaudern und wir konzentrierten uns ganz auf unsere Croissants. Vielleicht war er auch müde, er hatte ebenfalls kein Auge zugetan.

Um ein Uhr mittags besuchten wir eine Matinée. »Der Rosenkavalier«, Komödie für Musik von Strauss, von der ich noch nie gehört hatte. Das versöhnte uns: die Musik, der Tanz, die Requisiten, die Größe und Schönheit jenes Ortes. Später, nachdem wir auf der Suche nach Josebas Freund durch die Gänge des Gebäudes geirrt waren, ihn schließlich fanden und sich herausstellte, dass die Pläne, mit ihm zu Abend zu essen, gecancelt waren (sofern sie je existiert hatten), mussten wir noch ein gequältes, unbehagliches Gespräch mit ihm abspulen und fanden uns auf der Straße wieder, im Regen, ohne ihn, und alles bekam wieder diese Schieflage. Erbarmungslos zog ich mich in mein hartnäckiges, melancholisches Teenagerschweigen zurück und hielt daran fest, bis wir siebzehn Stunden später nach Hause zurückkamen.

Kurz darauf wurde das Coliseo Albia geschlossen, und alle Aufführungen wurden in den neuen Palacio Euskalduna verlegt. Damals sagte ich zu Joseba, dass ich nicht mehr mit ihm in die Oper gehen würde. Ich sei in der Schule sehr mit Arbeit eingedeckt, das Konservatorium verlange mir viel ab, ich hätte für nichts mehr Zeit. Außerdem hätte sich mit dem neuen Spielort der Mitgliedsbeitrag erhöht. Wir könnten zu einzelnen Veranstaltungen gehen, zu was Ausgefallenem. Aber die Routine der Fahrten nach Bilbao sei mir nicht mehr länger möglich. Ich gab ihm zu viele Erklärungen, es war ganz offensichtlich eine verkrampfte Ansprache, aber Joseba erwiderte nur, ganz in seiner Art: Das verstehe ich, Liebes, mach dir keine Gedanken, ganz wie du möchtest.

18 Da du unter der Dusche stehst, klaue ich mir dein iPad, um mit geschicktem Streichen des Zeigefingers die aktuellen Nachrichten zu überfliegen. Ich habe Lust bekommen, meine Mutter anzurufen, aber da sie mir gesagt hat, dass sie mich anrufen wird, begnüge ich mich damit, ihr eine knappe Textnachricht zu schicken. Wir sind in Bilbao, alles gut. Danke, dass wir in deiner Wohnung sein durften. Küsse.

— Was treibst du da? Du überraschst mich von hinten, überrumpelst mich, ein Handtuch um die Hüfte gebunden.

— Ich schreibe meiner Mutter und sage ihr, dass es uns gut geht.

— Sicher nicht besser als ihr. Stell dir mal vor, wie behaglich sie es am Strand von Almuñécar haben muss, in der Sonne bratend.

— Wir haben auch unsere Portion Sonne gehabt. Schau mal, deine Nase sieht aus wie eine Paprika. Mach dir mal besser Creme drauf. Ah, und sie ist in Motril.

— Was?

— Meine Mutter, sie ist in Motril in Urlaub, nicht in Almuñécar.

Du sagst nichts mehr, setzt dich neben mich, mit einem mehrdeutigen Lächeln. Du siehst zufrieden aus. Ganz fraglos genießt du die Reise, das Essen, die Ruhe. Dafür - und nur dafür - sind wir schließlich gekommen. Unter dem weißen Handtuch sehe ich etwas nach oben drücken. Ich konzentriere mich auf das iPad, ich möchte einen letzten Blick auf den Stadtplan von Bilbao werfen, um nichts in der Welt möchte ich mich verlaufen und eine schlechte Figur vor dir machen. Währenddessen schiebe ich meine Hand unter das Badetuch. Du stöhnst. Ich mache das wie nebenbei, ich bin ein unerfahrenes junges Ding, das nicht so recht weiß, was es da tut, ein harmloses Spiel, und gehe dabei zügig noch mal die Straßennamen im Zentrum von Bilbao durch: General Concha, Fernández del Campo, Alameda Urquijo, Elkano …

Ich brauche keine Erlaubnis, um dich anzufassen. Dieser Teil deines Körpers gehört auch mir. Es ist das dritte Glied, das Zugang zu unserem Bett hat, wie ein Kätzchen oder wie ein dreijähriges Kind, das aufwacht und sich zwischen uns drängt und nach Aufmerksamkeit verlangt. Und deshalb haben Penisse Eigennamen, sie sind unabhängige Wesen. Penisneid? In dem erbitterten Kampf um die größte Dummheit, die je über die weibliche Sexualität geschrieben worden ist, macht diese den ersten Platz, glaube ich. Wie sollten wir neidisch darauf sein, wenn wir dieses verspielte Stück Fleisch stets zur Hand haben? Worauf, denn neidisch, wenn es doch nur in unseren Händen sein Bestes gibt? Ich kann eventuell Männer verstehen, die Neid auf ihren eigenen Penis entwickeln, wenn ihre Partnerinnen diesem Körperteil mehr Aufmerksamkeit zu schenken scheinen als ihnen selbst. Eine solche Theorie wäre glaubhaft für mich, da würde ich hinhören. Aber dass eine Frau irgendwie auf einen Penis neidisch sein sollte, geht's noch?

Aber sprechen wir von deinem. Er ist ein fügsames Grundmodell, gut zu handhaben. Vielleicht nicht der größte, den ich je kennenlernen durfte, aber vermutlich der beste. Ich muss mir keine Sorgen machen, seine Gefühle zu verletzen, er ist mit relativ wenig zufrieden. Wenn ich ihn nur mit der Zungenspitze liebkose, wird er sich nicht beschweren. Im Gegenteil, dann wird er noch fügsamer, noch bescheidener. Mehr, bitte. Bitte schön.

Erst als ich das Handtuch ganz zurückschlage, bemerke ich, du bist ja auch da. Endlich lege ich das Tablet weg. Jetzt brauche ich dich ganz. Und du mich auch.

19 [Bist du perfekt? Absolut nicht. Ich würde gern ein für alle Mal klarstellen, dass ich dich nie idealisiert habe. Ganz im Gegenteil. Früh schon habe ich deine Mängel erkannt, und die Liste ist weiter offen, wird immer länger. Zum Beispiel:

1. Eine absolute Ablehnung aller pseudowissenschaftlichen Glaubensvorstellungen (Homöopathie, Reiki, Reflexzonenmassage, Psychoanalyse, Lotterie ...) und trotzdem eine nicht gläubige, jedoch unverwüstliche Hochachtung für alles, was das Markenzeichen der katholischen Kirche trägt.
2. Eine paternalistische Überlegenheit gegenüber denen, die keine universitären Studien absolviert haben, verkleidet als falsche Bescheidenheit.
3. Ein immer offensichtlicheres Kokettieren mit dem Alkoholismus und gleichzeitig eine irrationale Verachtung für illegale Drogen und deren Konsumenten (du wirst sagen, der Grund seien jene schlechten Erfahrungen mit Ecstasy während des Doktorats, ich weiß schon).
4. Deine Manie, immer gute Laune haben zu müssen.
5. Das Aufgeben der Introspektion, für das du dich entschieden hast, weil du überzeugt bist, dich bereits bis zur Perfektion zu kennen.

Ich könnte weitermachen, aber ich glaube, es ist schon klar, was ich meine.]

20 — Ihr seid doch nicht etwa Vegetarier geworden oder so'n Quatsch?
Wir verneinen, er könne ganz beruhigt sein, und er klopft sich auf den Schenkel. Steht schwungvoll auf, wir tun es ihm gleich. Wir verlassen die überfüllte Bar mit ihrem vielfältigen Angebot an *pintxos* und ihrer Manga-Ästhetik in der Altstadt und begeben uns auf die Jagd nach »dem besten Kotelett, das ihr in eurem ganzen Leben je essen werdet«. Es ist nicht leicht, mit Gabriels entschlossenen Schritten mitzuhalten. Nach drei *pintxos* habe ich keinen Hunger mehr, aber wie soll ich eine solche Bombe vor diesen beiden unersättlichen Fleischfressern loslassen? Ich vertraue darauf, dass mein Appetit beim Spazierengehen angeregt wird. Wir verlassen den Altstadtkern der Siete Calles, überqueren die Puente del Arenal und laufen am Bahnhof vorbei. Der Spaziergang war zu kurz.
— Ich habe die Reservierung vor zwei Wochen gemacht, gleich als du mich angerufen hast, um zu sagen, dass ihr kommt, Gustavo, hier kriegt man nicht so leicht einen Tisch!
Das Restaurant befindet sich in Räumlichkeiten, die in alten Zeiten einmal einen Kolonialwarenladen beherbergten. Davon zeugen die Tongefäße und alten Konservendosen, die längs der Wände aufgestellt sind. Obwohl ein Kellner uns umgehend die Speisekarte überreicht, beschließen wir, ohne weitere Diskussionen Gabriels Empfehlun-

gen zu folgen, nicht so sehr wegen des Vertrauens, das er in uns erweckt, als weil wir zu faul sind, eine so lange und detaillierte Speisekarte zu studieren.

— Das Fleischessen hat uns erst zu Menschen gemacht, nicht die Sprache oder das Lachen: das Fleischessen. Das Fleisch hat uns dieses entwickelte Gehirn verschafft, an dem wir uns heute erfreuen, sagt dein Freund, während er sich mit dem Zeigefinger an die rechte Schläfe klopft.

— All das dank der Extra-Energie aus dem Protein vom Fleisch. Der Übergang zum Neolithikum, also das Ende von Nomadentum und Jagd und der Beginn von Sesshaftigkeit und Landwirtschaft ... kurz gesagt, die Schnapsidee, das Getreide in den Mittelpunkt unserer Ernährung zu stellen, denn was soll ich sagen, das mag gut für die Proto-Feudalherren und diejenigen gewesen sein, die den Ehrgeiz hatten, ein Stück Land zu beherrschen, doch vom Gesichtspunkt der Evolution aus war das eine verdammte Katastrophe. Alle Forschungsergebnisse stimmen überein: Die Bewohner des Neolithikums waren viel kleiner und schwächer als die im Paläolithikum, und sie hatten eine viel geringere Lebenserwartung! Wusstet ihr, dass die Lebenserwartung während des Neolithikums auf fünfundzwanzig Jahre sank? Und als wir Nomaden und Jäger waren, lag sie bei dreiunddreißig! Das versteht ihr, oder? Es lag am Fleisch! Versklavte, unterernährte und beständig kranke Gestalten, das ist alles, was man von vegetarischer Ernährung erwarten kann. Sollen die Karotten-Anbeter doch machen, was sie wollen, aber mich kriegen sie nicht. Der Sieg ist unser!

Gabriel ist Jura-Professor an der Universidad de Deusto. Als du ihm sagtest, dass wir nach Bilbao kommen wür-

den, fragte er dich, in welchem Hotel wir abzusteigen gedachten. Seine familiäre Situation ist zwar wirklich nicht einfach, mit zwei kleinen Kindern und einer Frau, die er nicht liebt (alles dir zufolge), aber wenn seine Wohnung im zentral gelegenen Stadtbezirk Abando tatsächlich so groß ist, wie er gern angeberisch behauptet, verstehe ich nicht, warum er uns nicht dort beherbergen konnte. Du misst solchen Dingen keine Bedeutung bei, du bist deinen Freunden gegenüber per Grundeinstellung verständnisvoll, verlangst keine Erklärungen. Aber Gabriel muss wohl ein schlechtes Gewissen haben, sonst hätte er uns nicht angeboten, dieses Menü zu bezahlen, das ein würdiger Nachfolger der Paleo-Diät unserer Vorfahren war: Das war ganz und gar nicht billig, zu den drei riesigen Fleischstücken haben wir lauwarme Spargelspitzen, Hummer-Salat und drei Mandarinen-Sorbets bestellt, ganz zu schweigen von dem Cune Gran Reserva, den ihr nach ausgiebiger Debatte ausgewählt habt.
— Und das ist, was man die Rioja-Diktatur nennt, liebe Freunde. Auch die Weinkarte dient Gabriel dazu, erzürnt zu dozieren. — Wir leben im Michelin-Paradies, dem Land der Elite-Gastronomie, aber was den Wein angeht, stecken wir noch in den Kinderschuhen. Die Basken müsste man mit der *txapela*[12] auf dem Kopf und einer Flasche Rioja unter dem Arm darstellen. Da sie uns überzeugt haben, es gebe nichts Besseres, probieren wir lieber erst gar nichts anderes.
Klar, dass in diesem Fall der Gebrauch der ersten Person Plural den Sender der Botschaft nicht mit einschließt. Letztlich ist er ein Mann wie folgt: Typ mittleren Alters, der es, ohne sich je überanstrengt zu haben, zu beschei-

denem gesellschaftlichen und beruflichen Erfolg gebracht hat, sich damit zufrieden gibt, seinen Status zu halten, selbstgefällig, unerschütterlich und in der Hoffnung, dass der Abgang, der sein Leben mit sich fortreißt, noch ein wenig auf sich warten lässt. Obwohl solche Typen bei den anderen ein Bild bürgerlicher Selbstverwirklichung und Sattheit evozieren, ersaufen sie im Grunde allmählich in einer Grube der Faul- und Feigheit und schaffen es nicht, aus diesem Morast der Mittelmäßigkeit herauszukommen oder es auch nur zu versuchen. Wird dir das auch so gehen? Ich glaube nicht, ganz ehrlich. In dir wohnt ein anderer Geist, jugendlich, neugierig, fröhlich: Du passt dich an. An alles: dieses Gespräch (diesen Monolog), die Nebenstraßen im Baskenland, deine Familie, sogar meine Familie.

[Falls ich zu großzügig bin, wenn ich von dir spreche, falls dir das sogar peinlich ist, lass es mich bitte wissen.]

Das Abendessen geht weiter, und Gabriel macht weiter mit seinem Geschwätz, seinem Gemecker, seinem Exhibitionismus, seiner Proselytenmacherei. Allem Anschein nach ist sein neuestes Steckenpferd der Wein. Wir brauchen alle eines, aber warum muss seins so banal sein? Parker-Punkte und die Bâtonnage-Technik. Marsanne und Roussanne. Bourdeaux und Burgund. Die Supertoskaner. Bla, bla, bla, glupp, glupp, glupp. Im Weinkeller seines Hauses lagert endlich ein Pingus - Gabriel macht eine dramatische Pause und versucht so, all unsere Aufmerksamkeit auf sich zu ziehen -, keiner von '95, natürlich nicht, dieser Jahrgang ist ja auf den Grund des Ozeans gesunken. Nein, seiner ist von 2005, aber jedermann weiß - »jedermann« betont Gabriel -, dass der Pingus mit jedem Jahr besser wird, er

hat nicht umsonst neunhundert Euronen dafür hingeblättert! Neunhundert, Freunde, das ist kein Witz. Doch ab und an muss man einer Laune nachgeben, sich etwas gönnen, etwa nicht? Da hat er also die begehrte Flasche, die Temperatur immer schön kontrolliert, auf eine passende Gelegenheit wartend.
— Die Scheidung, Gabriel?, fällt mir ein.
— Also ich wäre zufrieden damit, immer Cava zu trinken, als Aperitif, zum Essen und auch beim Nachtisch. Und ein ganz normaler Codorniú prickelt für mich gerade recht, mehr brauche ich nicht.
Zum Dank dafür, dass ich endlich Gabriels Monolog unterbrochen habe, streichelst du mir übers Knie und beschließt, bei diesem Treffen, das Schiffbruch zu erleiden droht, die Zügel selbst in die Hand zu nehmen. Du fragst Gabriel nach der Arbeit, ihr sprecht begeistert über das Symposium vom vergangenen Monat, das über Mediation und Konfliktlösung, hochinteressant.
Ich mag Akademiker, weil sie wirklich daran glauben, dass das, was sie da machen, wichtig sei. Ihre Versammlungen, diese hölzernen Publikationen, die nie irgendwer liest. Und vor allem, wie sie das virtuelle und magisch-symbolische Prestige zu genießen verstehen, das ihnen aus all dem erwächst. Sie merken nicht, dass die Gesellschaft sie für zu langweilig für die echte Welt hält und sie deshalb in die Universitäten wegsperrt. Ich muss noch viel lernen.
Ich möchte gern etwas klarstellen. Ich habe wirklich nichts gegen Gabriel. Er hat einen guten Humor, und wenn er nicht gerade mit dem Thema Wein nervt, erzählt er normalerweise witzige und unterhaltsame Geschichten. Dafür ist man immer dankbar. Er mag etwas arrogant sein,

aber schließlich stammt er aus Bilbao, und außerdem wirkt das dem Mitleid entgegen, das ich für ihn empfinden könnte, wenn er sein verbitterteres Gesicht zeigt. Er ist über alles informiert, immer bereit, seinen Nebenmann oder seine Nebenfrau zu korrigieren, ihm entgeht nichts. Genau wie du kommt er aus einer guten Familie und denkt, die Welt sei so, weil sie eben so sein muss.

— Gut, ich weiß ja nicht, was ihr jetzt vorhabt, aber ich schlage vor, wir trinken einen *White Russian* in der besten Cocktailbar von Bilbao. Ich nehme an, da sagt ihr nicht Nein.

Im Bett wartet eine mürrische Frau auf Gabriel, die wohl so tun wird, als schliefe sie, und uns gegenüber muss man nur das Wort »Cocktail« fallenlassen und schon fangen wir an zu sabbern (zur Rechtfertigung meiner maßlosen Vorliebe soll es genügen, einen Film mit Tom Cruise zu erwähnen, der in meiner zartesten Kindheit eine tiefe erotische Prägung hinterlassen hat), daher folgen wir deinem Freund die Straße hinauf, während er uns alle Einzelheiten über das Etablissement erzählt, zu dem wir unterwegs sind:

— In den letzten Jahren hatte es geschlossen, seit der Vorbesitzer und Barmann an Krebs gestorben war. Seine Onkel hatten das ursprüngliche Café eröffnet, und nach und nach hat es sich zu einer Cocktailbar gemausert. Die ersten Besitzer, Juan Mari und Kepa, waren Zwillinge. Sie sind auch an Krebs gestorben, vor Jahren schon. Das Kuriose ist, dass die Brüder sich völlig zerstritten hatten, sie redeten nicht mal miteinander. Sie teilten die Bar in zwei, und ebenso ihren Kundenstamm. Wehe dir, wenn du normalerweise zu J. gingst und dich an die Thekenseite von

K. gesetzt hast! Das war dein Ende! Witzige Typen. Aber diesen Sommer nun wurde das JK wiedereröffnet, mit einem neuen Besitzer. Ich habe es noch nicht ausprobiert, soweit ich gehört habe, haben sie es geschafft, das Niveau der Cocktails zu halten. Schauen wir mal.

21

Anleitung für die Zubereitung eines

White Russian

Wodka (35 ml)
Milch oder *Sahne* oder halb/halb (22 ml)
Kaffeelikör (nach Geschmack,
je nachdem, wie süß es werden soll)
Eiswürfel
Cocktailkirsche (optional)

Ein Old-Fashioned-Glas mit Eiswürfeln füllen. Wodka hinzugeben. Kaffeelikör hinzugeben. Milch oder Sahne hinzugeben, jedoch nicht umrühren. Wenn du möchtest, gib jetzt noch die Cocktailkirsche hinzu, aber das ist Kitsch. Genießen.

22 Nachdem wir den ganzen Mixvorgang an der Theke verfolgt haben, gehen wir in den Bereich mit den gemütlichen Sitzgelegenheiten. Die Wände sind mit Büchern ausstaffiert, und auf einigen Regalen liegen sogar Lesebrillen bereit, wie es sie für drei Euro im Supermarkt gibt. Als Gabriel zur x-ten Anekdote des Abends ansetzt, schaffe ich es, mich mental zurückzuziehen und die Atmosphäre zu genießen. Alter Teppichboden, Vorhänge zweifelhaften Geschmacks, kitschiger Nippes hinter der Theke: ein Neonkrokodil, ein Bild mit Kokospalmen, Spielzeug-Ferraris. Zweifellos eine Bar ganz in unserem Stil. Gerade erst frisch eröffnet und schon heruntergekommen. Unprätentiös. Eindeutig von der Mutter des Barmanns eingerichtet.

Am Nebentisch sitzt eine Frau, allein, mit einem Gin Tonic und einigen Papieren. Frauen, die allein in Bars trinken, machen mir Angst. Vor allem, wenn sie beim Trinken auch noch lesen. Diese sieht zudem gut aus. Eine objektiv attraktive Frau, man kann sie sich leicht vorstellen, wie sie in einem Sommerkleid durch die Gegend radelt. Aber was macht sie denn? Sie kommt auf uns zu, mit strahlender Miene. Ich strecke die Brust raus und bemühe mich, aufrecht zu sitzen, eine defensive, aber wagemutige Haltung. Als die Frau bis auf drei Schritte an uns herangekommen ist, hält Gabriel abrupt mit seiner Anekdote inne. Ein kleines Erdbeben. Alle schauen erwartungsvoll.

— Sara, sagst du schließlich, entgegen jeder Prognose.

— Gustavo, sagt sie, als wäre es das Natürlichste der Welt.

Subtile Stille. Anschließend sind Gabriel und ich Zeugen eines etwas merkwürdigen Gesprächs: du hier, wie kommt das denn, und du, ah sieh mal, ach so, na so was, verstehe. Du siehst angespannt aus, suchst nach dem Moment, uns mit in das Gespräch einzubeziehen. Endlich kommt er, der Moment:

— Sara, das ist Ulia. Und er hier ist Gabriel, ein Freund und Kollege.
— Ah, hallo. Ulia. Wie geht's? Gabriel.
Sie schüttelt uns einem nach dem anderen die Hand, eine nordeuropäische, unpassende Geste.
— Sara ist Journalistin, erklärst du, sie hat das Interview mit mir gemacht, wegen des Preises, im Frühjahr.
— Zwei volle Seiten. In der Samstagsausgabe. Du warst sicher sehr stolz, meint besagte Sara mit einem Blick zu mir.
Du hast mich nicht als deine Frau vorgestellt, aber meine Rolle in diesem Grüppchen ist wohl offensichtlich, denn was sonst hätte ich hier verloren?
— Hammer!, ist das Einzige, was Gabriel beizusteuern vermag.
Oh, der Preis. Natürlich, der Preis. Dieses Sümmchen, das die Comunidad Autónoma de Madrid sich zum Verwöhnen der Nachwuchsforscher der Region vorbehält (21.000 hochgeschätzte Euro). Die beiden Küsse von der Präsidentin der Gemeinschaft. Canapés mit Lachsmousse. Der Neid der jüngeren Mitglieder der Abteilung, und die Voodoo-Sessions der älteren. Und alles für deine Arbeiten, die die Bedeutung von Mediation und Schlichtung im Bereich des internationalen Privatrechts hervorheben. Was würde die Comunidad de Madrid ohne deine Beiträge machen. Verdient so viel Anstrengung etwa nicht eine kleine Belohnung aus der Staatskasse?
Und trotz dieses Ausgangsthemas hat besagte Sara es geschafft, ein relativ unterhaltsames Interview daraus zu machen. Das. Muss. Man. Ihr. Lassen.
Hast du mir im Detail von eurem Treffen erzählt? Wo fand

es statt? Das war in der Fakultät, stimmt's? In deinem Büro? Vor- oder nachmittags? Wart ihr anschließend zusammen essen?
Warum habe ich nicht besser aufgepasst, als du mir von dem Interview erzählt hast? War es vielleicht bei einem Kaffee und mit deiner besonders feierlichen Stimme, dass du Folgendes auf sie losgelassen hast: »In diesen globalisierten und hyperkomplexen Zeiten versuchen die internationalen Schlichtungsverfahren zur Wurzel zurückzukehren, die Dinge auf einfachere Weise zu regeln, einfach mit gesundem Menschenverstand?« Und später hast du dir, schon außerhalb der Uni, vielleicht sogar eine Zigarette angezündet: »Stell dir einen dem Anschein nach einfachen Unfall vor: Ein betrunkener Angestellter vom Flughafen Minsk fährt mit dem Koffertransporter gegen ein Flugzeug der Lufthansa mit Bestimmungsort Frankfurt. Es gibt keine Verletzten, aber der Flug wird gecancelt, ein neuer Flug muss organisiert, die Passagiere müssen umgebucht werden, das Flugzeug braucht Reparaturen, die Verspätungen und die gestrichenen Flüge lösen eine Kettenreaktion am ganzen Flughafen aus, das ist der Dominoeffekt. Definitiv steigen die Kosten eines kleinen Zusammenstoßes in enorme Höhen, und um festzustellen, wer für all das aufkommen muss, können der Flughafen Minsk, die Handling-Firma und die deutsche Lufthansa sich in den Sumpf eines langwierigen, teuren und hochkomplizierten internationalen Gerichtsprozesses begeben oder …«, und in dem Moment hast du sicher eine Pause gemacht, um an deiner Zigarette zu ziehen, »… oder sie können einen internationalen Schlichter hinzuziehen, jemanden, der auf hochspezialisierte, technische und vor allem schnelle

Weise Mediationsarbeit zwischen allen beteiligten Parteien leistet und schließlich eine für alle zufriedenstellende Einigung erzielt.«
Zu dem Zeitpunkt wirst du dich bereits entspannt haben, ich stelle mir euch vor, wie ihr das Gespräch in dieser Braustube fortsetzt, in die die Studenten so häufig gehen, und mit Hilfe eines Lagerbiers sehe ich dich schon deine natürliche Bescheidenheit beiseitelassen und, da du die natürliche Neugierde der Journalistin befriedigen willst, von dir selbst sprechen: »Ich bin aus persönlichen Gründen nach Madrid zurückgekommen, nachdem ich mein Doktorat in den USA abgeschlossen hatte, aber ich bin auch zurückgekommen, weil ich fest daran glaube, dass man in unserem Land Wissenschaft auf höchstem Niveau betreiben kann. Dafür setzen wir viel aufs Spiel.« Und von dort aus wäre es ein Leichtes für dich, zu einem deiner Lieblingsthemen zu springen, ohne dass die Interviewerin es dir aus der Nase ziehen müsste: »Wissenschaft, ja, damit meine ich hier die Sozialwissenschaften, der Name überzeugt mich auch nicht, ich weiß nicht, bis zu welchem Punkt er sich für uns positiv auswirkt. Wir sagen Wissenschaft und fast jeder von uns hat gleich das Bild vom Labor vor Augen, mit Reagenzgläsern und einem ungekämmten Wissenschaftler im weißen Kittel. Aber für uns, die wir in den Sozialwissenschaften arbeiten, gibt es kein Klischee. Wir bleiben geheimnisvoll. Manche sprechen uns sogar den wissenschaftlichen Charakter ab. Deshalb sind solche Preise so wichtig, die uns Sichtbarkeit verleihen. Das Forschungsobjekt der Sozialwissenschaften ist nicht die Natur an sich, wir arbeiten nicht mit Röntgenstrahlen oder dem menschlichen Genom. Während die Na-

turwissenschaften daran arbeiten, eine Impfung gegen das HIV-Virus zu entwickeln, werden sich die Sozialwissenschaften eher für die Auswirkungen dieses Virus interessieren, um zu verstehen, wo er sich verbreitet und warum. Die Wissenschaftler im weißen Kittel erfanden das Fernsehen, indem sie Elektronen in einer Kathodenstrahlröhre zusammenprallen ließen, die Sozialwissenschaftler studieren, messen und analysieren unablässig den Einfluss des Fernsehkonsums auf unser demokratisches System, auf den Familienzusammenhalt oder auf die Verbreitung kapitalistischer Werte. Wir werden kein schnelleres und umweltfreundlicheres Flugzeug erfinden können, aber wenn ein Suffkopf am Flughafen Minsk Scheiße baut, wird der Schlamassel mit den Werkzeugen gelöst werden, die die Sozial- und Rechtswissenschaften der Gesellschaft zur Verfügung gestellt haben.«

Sicher hast du das vor Sara alles ganz natürlich rausgebracht, aber sämtliche deiner Freunde und Angehörigen erkannten auf den ersten Blick, kaum hatten sie die Samstagsausgabe aufgeschlagen, den berühmten Suffkopf von Minsk und deine nicht weniger bekannte Selbstgefälligkeit wieder.

Es gab natürlich auch Fotos, aber sicher doch. An deinem Tisch sitzend, umgeben von dicken Büchern. Zu deiner Linken ein Stapel nicht korrigierter Prüfungsarbeiten. Ein weiteres Foto in nachdenklicher Pose, aus dem Fenster blickend, mit der konzentrierten Miene dessen, der nicht genau weiß, in welche Automarke er das Preisgeld investieren soll. Hemd und schwarzes Jackett. Informale Professionalität. Du siehst ziemlich gut aus auf diesen Fotos, hast den Bauch geschickt eingezogen.

— Klingt spannend, höre ich dich in diesem Moment sagen und muss mir eingestehen, dass ich schon vor etlicher Zeit den Gesprächsfaden verloren habe.
— Wie gesagt, das Thema ist nicht neu, neu ist nur der Kontext. Die Ortschaften von Euskadi. Das Ende des Terrors. Die Normalität. Der erste freie Sommer. Solche Sachen. Auch wenn sich die Dinge eigentlich gar nicht so sehr verändert haben, wie sie uns glauben machen wollen.
— Und für welches Medium schreibst du?, schaltet sich Gabriel daraufhin ein.
Sara gibt eine Antwort. Ein digitales Medium. Ich kenne es nicht mal vom Hörensagen. Zu dem Zeitpunkt sitzt sie schon in unserer Mitte, die beiden Männer haben instinktiv einen Platz für sie zwischen sich auf dem Sofa freigemacht. Du bewahrst Haltung, Gabriel scheint schon jeden Anflug von Würde aufgegeben zu haben.

23 Wir bestellen noch eine Runde. Weitere drei *White Russian* und einen Gin Tonic mit G'Vine (der Gin, der unserer neuen Freundin zufolge in Frankreich total en vogue ist). Ich betrachte bewundernd Saras schneeweiße Haut: ein offenes Buch, einer dieser Hauttypen, der es unmöglich macht, Scham, Wut oder postkoitale Errötung zu verbergen. Aber sicher schämt sie sich nicht dieser unfreiwilligen Enthüllungen wegen, sie lässt sie für sich arbeiten, sie machen ihren Reiz mit aus. Sie ist spontan, frei, schweigt nicht. Ich möchte sie nach ihren nordischen Vorfahren fragen, aber sie kommt mir zuvor:
— All die schrecklichen Dinge, die über den Journalismus

erzählt werden, sie treffen zu, ja, eigentlich ist es noch schlimmer, wenn ihr mich fragt. Ich will euch nicht mit meinen Problemen langweilen, aber im Sommer wird die Situation immer richtig kritisch. Ich habe Glück gehabt, dass dieser Job bei der Onlinezeitung geklappt hat, sie zahlen schlecht, aber wenn der Karren feststeckt, musst du halt sehen, wie du zurechtkommst, nun gut, es ist eben Arbeit. Also heißt es, noch einen Sommer durchhalten. Ich habe vor, hier alles abzubrechen, nach England zu gehen und mein Glück dort zu versuchen, als Journalistin oder was auch immer. Dort sind sie uns in Sachen Kommunikation um etwa zehn Jahre voraus ... na ja, in allem anderen auch, was soll ich lügen. Meine Mutter kommt von dort, sie ist schon vor ein paar Jahren nach London zurückgegangen, nach der Scheidung. Also, ich träume auch davon, dorthin zu ziehen und ein kleines Kommunikationsbüro aufzumachen, ich habe sogar schon den Laden ausgesucht: ein Schuhgeschäft in Shoreditch, im Erdgeschoss mit großen Schaufenstern, ohne Vorhänge, damit man von außen auch ja gut sieht, was ich da so mache, hahaha. Und du bist auch an der Uni tätig, Ulia?
Obwohl die Frage direkt an mich gerichtet war, kommst du mir mit der Antwort zuvor. Also trinke ich weiter und frage mich im Stillen, ob dieser *White Russian* wohl Spuren an meinen Mundwinkeln hinterlässt.
— Ulia arbeitet mit Musik, sie ist Mezzosopranistin.
— Das gefragteste Starlet von Collado Villalba, füge ich impulsiv hinzu, doch keiner lacht, was nur natürlich ist.
— Aber in letzter Zeit liebäugelt sie auch mit der akademischen Welt, oder etwa nicht?, fragst du mich, als wäre ich drei Jahre alt.

— Tu's nicht, Ulia, noch ist Zeit! Haha! Gabriel mischt sich ein und merkt nicht, wie er seine Möglichkeiten mit diesem dümmlichen Lachen verspielt.
Langsam fange ich an, mich über den Ton zu ärgern, den ihr alle anschlagt, und antworte:
— Ja, so ist es, ich promoviere in Musikwissenschaften.
— Sag bloß! Genau wie mein Bruder. Er war an der Universität Oviedo. Und du, an welcher? Der Einfluss Wagners in Spanien, ich glaube, das war sein Thema, so ungefähr. Immer ganz besessen von Wagner, der Typ. Ich kann seine Musik nicht länger als fünf Minuten ertragen, stell dir mal geschlagene fünf Stunden in einer seiner Opern vor! Er ist mein Stiefbruder, wir haben nur den Vater gemeinsam, deshalb haben wir nicht denselben Musikgeschmack, glaube ich. Er ist zwölf Jahre älter als ich. Und worum geht es in deiner Doktorarbeit?
— Ich schreibe über Britten und den Pazifismus.
— Britten? Ah, klar, hab ich schon gehört. Ich war sogar mal auf diesem berühmten Festival in Aldeburgh, natürlich mit meinem Bruder. Britten kam von dort, stimmt's? Er hat als Erster dieses Festival organisiert, habe ich mir sagen lassen.
— Er war nicht von dort, hat aber den Großteil seines Lebens dort verbracht, ja. Und ja, die Idee für das Festival war von ihm.
Ich war einigermaßen überrascht, normalerweise muss ich erklären, was Musikwissenschaften bedeutet, und danach bricht das Gespräch meist ab.
— Ulia hat das Doktorandenstipendium des Ministeriums bekommen, sagst du daraufhin, als verdiente das einen Applaus von allen Gästen in der Cocktailbar.

— Als wäre es mit dem Preis für ihren Mann noch nicht genug. Wieder Gabriel, der nun vollends aus dem Spiel ist.
— Der bedeutendste britische Komponist seit Purcell, wenn ich mich nicht irre. Sarah redet weiter, ohne den Worten der Männer Beachtung zu schenken. — Aber ehrlich gesagt kann ich mich an kein einziges seiner Stücke erinnern. Sie sollten mir den britischen Pass wegnehmen, meinst du nicht?
Ich sage nichts, obwohl ich aus Höflichkeit vielleicht etwas erwidern sollte.
— Und wohin fährst du morgen? Worüber wirst du schreiben?, fragst du freundlich, die Diplomatie zurückgewinnend, die so typisch für dich ist.
Und während wir die zweite Runde leeren, rückt Sara wieder in den Mittelpunkt des Gesprächs. Sie redet die ganze Zeit, erzählt, wie sie sich schon in die kleinsten verschwiegenen Dörfchen der *Patria* eingeschlichen und die Leute oft auch angelogen hat, was das Medium betrifft, für das sie schreibt (sie hat es leicht, braucht ja nur den Nachnamen ihrer Mutter zu nennen und schon glaubt man ihr, dass sie für eine Zeitung aus London arbeitet). Und ist sie erst einmal drin, misst sie den Puls der neuen Zeit. Sie spricht mit jungen Müttern, die ihre Babys spazieren fahren, möchte wissen, wie sie die Zukunft für ihre Sprösslinge sehen. Sie nimmt auch mit den Wählern der PP Kontakt auf, die in den Katakomben leben. Sie ist bis in ihre Bars vorgedrungen. War sogar bei Demonstrationen. Wir könnten uns ja gar nicht vorstellen, was für eine Menge Demos diese Leute veranstalten. Wirklich der Wahnsinn. Und immer die Häftlinge hier, die Häftlinge da. Sie krie-

gen einfach nie genug. Und das Härteste bisher: Sie hatte auch Gelegenheit, Opfer der ETA zu treffen. Alle möchten gern ihre Geschichte erzählen, sie brauchen jemanden, der ihnen zuhört. Die könnten einem wirklich leidtun, sie geraten allmählich in Vergessenheit. Es gebe kein Recht. Genau deshalb fahre sie morgen nach Getxo, um ein Interview mit der Frau eines ermordeten Stadtrats zu führen.

In dem Moment fällt mir ein, dass Sara, als halbe Britin, in Wirklichkeit Sarah heißen muss. Ich würde sie am liebsten auf der Stelle fragen, solche Ungewissheiten quälen mich gewöhnlich, bis ich sie geklärt habe. Aber ich traue mich nicht.

24 Ich halte mich länger als gewöhnlich im Bad auf, und als ich ins Bett komme, bist du schon tief eingeschlafen. Wie leicht dir das fällt. Abscheulich. Mein Kopf dreht sich, und ich stelle mir vor, dass ich mich übergebe: gerade jetzt gar keine zu verachtende Aussicht. Wenn ich wenigstens einen Gin Tonic getrunken hätte. Dann wäre mein Magen sicher nicht derartig in Aufruhr. Toller Einfall, ein Cocktail mit Milch. Statt ins Bett zu schlüpfen, nehme ich dein iPad und setze mich in den kleinen Sessel neben der Minibar. Ihr beständiges Brummen wird mich in den Schlaf lullen.

Ich gehe direkt zur Seite der Onlinezeitung, für die Sara schreibt.

Ich kannte sie nicht, aber das wundert mich auch nicht. Ein Boulevardblatt von der Art, das Sensationsmeldungen sowie pure Erfindungen mit einem spürbaren Mangel an Kriterien bringt. Palastintrigen, mehr als zweifelhafte anonyme Zeugenaussagen, Verschwörungstheorien und ungewisse Quellen, über die nie irgendwelche Details genannt werden. Theatralische Kommentare der Leser, ein Heer gutorganisierter Trolls. Simplifiziertes Denken. Langeweile. Köder für die Nostalgiker der einen und der anderen Seite. Ohne dass es im Zentrum des Interesses stünde, eine weitere billige Publikation, die versucht, dem Baskenthema den letzten Saft auszupressen.

Sara*h*s Artikel (endlich finde ich die Bestätigung, dass ihr Name wirklich Sarah ist!) sind ohne Leidenschaft geschrieben, es ist offensichtlich, dass sie sich selbst kein Wort glaubt.

Seitdem wir uns am Eingang vom JK verabschiedet haben, ist die Frau auf genau die gleiche Art aus unseren Leben verschwunden, wie sie aufgetaucht ist. Wir haben das Gespräch mit Gabriel noch ein wenig fortgesetzt, er hat uns vorgeschlagen, auf die Dachterrasse vom Hotel Domine hochzufahren und dort eine Flasche Mumm zu trinken, aber nach unserer entschiedenen Absage hat er sich überstürzt in dieselbe Richtung verabschiedet, in die Sarah weggegangen war, und hat eine verzweifelte Suche gestartet. Nicht, dass er seine Pläne vor uns verheimlicht hätte. Wenn er es geschafft hat, sie einzuholen, kann ich mir eine Szene ausmalen, die ziemlich mitleiderregend ist. Oder auch nicht. Im Grunde weiß man es nie. Womöglich fühlt Sarah sich einsam und verscheucht Gabriel nicht mit einem Handwedeln. So einfach wir auch gestrickt sind, ist es dennoch schwer vorherzusagen, wie wir reagieren werden.

REGEN, GESCHREI UND BALLAST AUS DER VERGANGENHEIT

Von Sarah G. Blagrove

Es gibt ein Bilbao für die Touristen und ein dunkleres Bilbao. Ein Bilbao der Guggenheims und ein anderes mit finsteren Demonstrationszügen und angriffslustigen Blicken. Unsere Sondergesandte Sarah G. Blagrove hat sich unter die Teilnehmer einer massiven Mobilisierung zur Unterstützung von ETA-Häftlingen gemischt.

Um sieben Uhr abends, wenn die ausländischen Touristen sich bereits nach einer *pintxos*-Bar oder einem Restaurant umschauen, um sich zu der ihnen vertrauten Zeit ein schmackhaftes Abendessen einzuverleiben, drängt sich eine Menschenmenge mit ernsten Gesichtern, eine bedrohliche Ansammlung von Einheimischen in der Umgebung des reizenden Parque de Doña Casilda zusammen.
Der herrliche Sommertag verdüstert sich plötzlich und aus den Wolken fällt Nieselregen, der so charakteristische *sirimiri*, der den braven Einwohnern von Bilbao nichts auszumachen scheint. Ihre Reporterin mischt sich unter die betroffen dreinblickende Menge und bemüht sich, die Atmosphäre zu erspüren, bevor sie Fragen stellt. Ernste Kommentare und gedämpfte Stimmen. Der baskischen Mentalität nach erfordert das die Situation. Diese Menge sorgt sich mehr um das Schicksal der ETA-Häftlinge als um das der Opfer, die die Terroristen-Bande zurückgelassen hat. Und an diesem sommerlichen Samstag sind es zwei Häftlinge, um die sie sich besonders sorgt. Einer davon, Ignacio Ruiz, starb Anfang des Monats im Gefängnis eines natürlichen Todes, ein Privileg, das die Terroristen ihren

Opfern nie zugestanden haben. Der andere ist der berüchtigte *etarra* José María Ortiz de Zárate, ein abscheulicher Mörder, dessen Schreckensherrschaft die erste Hälfte der achtziger Jahre prägte.
Die Menge sympathisiert nichtsdestotrotz mit diesen beiden Mördern, fordert Rache für den Tod des einen und zugleich die Freilassung des anderen.
Während der Marsch in Grabesstille vorrückt, um die Bedingungen zu respektieren, unter denen diese Demonstration genehmigt worden ist, offenbare ich zwei jungen Leuten, die sich schließlich dem *sirimiri* geschlagen geben und die Kapuzen ihrer Regenmäntel aufsetzen, meine Rolle als Journalistin, verheimliche aber das Medium, für das ich arbeite. Spanischer Staat, Repression, Demokratieprozess und Menschenrechte sind Begriffe, mit denen diese jungen Leute auf ganz selbstverständliche Weise hantieren. Sie wollen, dass die ausländische Korrespondentin sorgfältig jedes Wort aufschreibt, das aus ihren indoktrinierten Mündern kommt. Als sie zufrieden sind, schicken sie mich ein paar Schritte weiter vor, wo eine fast achtzigjährige Frau sich mit einem weißen Kopftuch vor dem Regen schützt. Man könnte auch sagen, sie möchte den berühmten, selbstlosen Müttern von der Plaza de Mayo nacheifern.
»Einer ihrer Söhne ist seit dreiundzwanzig Jahren im Gefängnis, und der andere seit neunzehn«, ist alles, was mir die jungen Leute in den Regenmänteln zur Vorstellung sagen. Ich trete zu der alten Frau, die trotz ihres Alters hocherhobenen Hauptes und zügig voranschreitet. Ich erkläre ihr, wer ich bin, und sie wirft mir einen hasserfüllten Blick zu.
»Journalisten? Ich denke nicht daran, etwas zu sagen! Ihr verfälscht alles!«

Von da an fällt es mir schwerer, ins Gespräch zu kommen. Der Dauerregen unterminiert die Laune, und ich sehe viele desertieren, als die Demonstration ihren Endpunkt erreicht und die abgedroschenen Reden beginnen. Letztlich klingt alles schon nach Vergangenheit.

25 In den ersten Monaten entwickeln sich die Ereignisse mit einer Langsamkeit, die sie zur Verzweiflung treibt. Auf ihren Brief kommt erst mal nichts. Vielleicht ist er nie angekommen, vielleicht hat ein farbloser Beamter ihn abgefangen und entsorgt. Und wenn sie ihn in Wirklichkeit nie abgeschickt hat? Vielleicht war sie noch zu betrunken und hat ihn in irgendeiner Schublade vergessen, im Glauben, ihn abgeschickt zu haben? Wenn noch mehr Zeit vergeht, ohne dass eine Antwort kommt, würde sie es dann einfach dabei belassen? Oder würde sie ihr Glück mit einem zweiten Brief versuchen, für alle Fälle? Wäre das nicht fürchterlich pathetisch? Nach zwei nervenaufreibenden Monaten kommt endlich eine Antwort. Winzige Handschrift, gut durchdachte Struktur, stapelweise Entwürfe, die sich auf dem Tisch in der Zelle häufen. Und trotzdem mit einer Natürlichkeit geschrieben, die die Stimme des Gefangenen erklingen lässt, als hätte sie ihn direkt vor sich. Sie liest den Brief im Wohnzimmer. Auf dem Balkon. Vor dem Schlafengehen geht sie noch einmal alle Einzelheiten durch, schön zugedeckt im Bett.
Ihren zweiten Brief verfasst sie gleich nach dem Aufwachen, am nächsten Morgen, einem Samstag. Dieses Mal wird sie weiter ausholen, auch sie wird eine kleinere Schrift

verwenden, die Jotas nachahmend. Bei jedem Wort fragt sie sich, wo sie die rote Linie ziehen soll. Wer ist denn schon Jota? Jota ist niemand. Er spricht nicht, und er hört auch nicht. Er ist nichts als ein Geist, der wahrscheinlich nie wieder aus dem Gefängnis rauskommen wird. Eigentlich kann sie ihm was auch immer erzählen, es wird keine Konsequenzen haben.

Stimmt das wirklich?

Wenig später kommt eine Arbeitskollegin zu ihr, erzählt ihr raunend, wie man die Korrespondenz beschleunigen könne. Erzählt ihr von dem Bekannten einer Bekannten, der jeden Monat nach Teneriffa fahre; in die Pakete, die er ins Gefängnis bringt, könne man Briefe stecken, falls sie daran interessiert sei. Da wird ihr klar, dass Jota nicht nur ein Geist ist, in Wirklichkeit gehört er weiter einem unsichtbaren Netz an, und sie steht kurz davor, der Spinne wieder in die Falle zu gehen. Arme tote Fliege. Sie schaut sich im Spiegel an und sagt es sich ins Gesicht. Arme tote Fliege. Schließlich sagt sie der Kollegin zu. Fortan werden sie ihm die Briefe persönlich übergeben, vielleicht befreit ihn das von indiskreten Blicken, oder vielleicht trifft er so auch auf neue indiskrete Blicke.

Die Möglichkeit für einen Besuch kommt erst nach Ablauf eines Jahres. Sie tritt als Erste durch die von Jota für sie geöffnete Tür, nachdem sie ihm geschrieben hat, sie sei noch nie auf den Kanaren gewesen; und das, obwohl ihre Freundin Inés ihr immer sagt, sie müssten da mal zusammen hin, möglichst im Winter, in den Weihnachtsferien. Doch als Jotas Einladung kommt, mit der Beschreibung der Formalitäten und all des Papierkrams, ist der Januar schon weit fortgeschritten. Obwohl Jota zu ihr sagt, nach dem zu schließen, was er von seinem Fenster aus sehen kann, zeige Teneriffa sich auch im Frühjahr von der sonnigen Seite. Daher werden sie über Ostern hinfahren, Inés wird sie begleiten. Wenn sie früher über die Grenze reiste, benutzte sie immer eine Freundin als Alibi; sie warfen ein paar Handtücher auf den Rücksitz, sogar einen blauen Nivea-Ball. Wir fahren an den Strand von Hendaye, sagten sie immer, und packten dann ihr Lächeln von Zweiundzwanzigjährigen aus. Und was ist schlecht am Strand von Zarautz, Señoritas? Die suchen wohl nach kleinen Franzosen, die ihnen einheizen. Im Flugzeug hat sie Inés die Wahrheit gesagt. Ihre Freundin hat den Kopf geschüttelt und zwei Fläschchen Jack Daniels zusammen mit zwei Coca-Colas bestellt. Du wirst schon wissen, was du tust. Auch sie hatte Jota gekannt. Zu seinen besten Zeiten. Als er alle mit seiner tiefen Stimme und seinen feinen Händen eines Philosophiestudenten beeindruckte. Ein revolutionärer Intellektueller. Oder ein intellektueller Revolutionär. Du wirst schon wissen, was du tust. Als wolle sie sagen: Du hast mich benutzt, aber verlieren wirst am Ende du. Du hast mich benutzt, und anschließend werde ich dich auch noch trösten müssen.

Die Freundinnen täuschen ruhige Urlaubstage vor, gut untergebracht in einem Hotel in Costa Adeje. Swimmingpool, Spaziergang zwischen Vulkangestein, kitschige Late-Night-Shows - eine traurige Frau, die mit einem roten Tuch mit aufgedruckten Papageien Stierkampf spielt -, *Whale Watching* vor der Steilküste von Los Gigantes. Am sechsten Tag ihres Aufenthalts mietet Mariluz ein Auto und lässt Inés sonnenbadend mit einem Daiquiri am Pool zurück. Du wirst schon wissen, was du tust. Und fährt los.

Auf dem Weg werden die stolzen Palmen sie daran erinnern, dass sie im Traumparadies der Skandinavier, Deutschen und Russen weilt. Im besten Mikroklima Europas, mit einem Wort. Sie klammert sich an diese Idee, um an nichts anderes zu denken. Endlich sieht sie die Ausfahrt. Es kann nicht mehr weit sein. Sie ruft sich selbst ihre Macht ins Gedächtnis: Sie kann gehen, wann immer sie will, und Jota wird drinnen bleiben, was auch immer geschieht. Falls es irgendein Problem gibt, werden die Beamten für sie Partei ergreifen. Gegen den blutrünstigen Häftling.
Im Wartesaal schluchzt neben ihr eine Gitana, untröstlich. Ein Beamter hat ihr zweimal befohlen, still zu sein, schließlich hat er aufgegeben. Ihr ist schlecht. Sie möchte nichts berühren. Ihr Fluchtinstinkt regt sich. Ihre Sandalen bleiben am Boden kleben. Von diesem Plastikstuhl aufstehen, einen Fuß vor den anderen setzen, *ciao, bambino*. Wonach sucht sie eigentlich? Ist sie gekommen, um zu reden oder um zuzuhören? Während sie den Schritten einer übergewichtigen Beamtin folgt, kommt sie sich lächerlich vor. Pathetisch, wieder einmal. Sie denkt an all die armen Frauen, die dem Reiz eines Strafgefangenen erliegen. Die dummen Ziegen, die unbedingt eine romantische Aura um dieses dreckige Gebäude samt den schmierigen Beamten wahrnehmen wollen. Die Schauspielerin Sue Lyon gibt die Drogen auf und beginnt, anstatt in eine Sekte einzutreten, wie vom Hollywood-Kanon vorgesehen, einen Briefwechsel mit einem wegen Mordes verurteilten Häftling, was schließlich in einer Hochzeit gipfelt. Solche Leute.
Und trotzdem kommt sie bis in den ausgewiesenen Saal, setzt sich, wartet. Atmen. Atmen. Atmen. Sie spürt die

Luft durch die Nasenlöcher strömen, rein und raus, die Gedanken lösen sich auf, ziehen vorüber wie Sommerwolken. Die aus den Meditationsbüchern gelernten Tricks nützen ihr jetzt nur wenig. Sie kann weder ihren Atem beherrschen noch ihre düsteren Gedanken. Als solle bei ihr gleich ein Backenzahn gezogen, eine Mammographie gemacht werden. Und ein Urteilspruch verkündet werden. Wieder denkt sie nur an Flucht, einfach fliehen wie die Sommerwolken.

Männer, die schlank bleiben, altern normalerweise gut. Wenn ihnen das Haar nicht ausgeht - und das ist bei Jota nicht der Fall -, kann man sich leicht vorstellen, dass sie einmal jung waren. Seine Stimme ist höher geworden, das ja, oder vielleicht moduliert er sie einfach nicht mehr. Er hat sich vor kurzem rasiert. Hat sich geschnitten. Ein winziger Blutstropfen an seinem Kinn. Mariluz kann den Fleck nicht berühren. Sie sprechen durch eine dicke Glasscheibe, springen direkt zu den großen Themen. Später wird es noch Zeit für Banalitäten geben, vielleicht.

Ich wusste immer, dass wir uns wiedersehen würden. Ich habe viel über alles nachgedacht, was wir uns sagen würden. Ich hatte die Worte schon gewählt, aber jetzt sind sie wie weggeblasen. Ich versichere dir, in meinem Kopf klang alles sehr gut, bis ich hier reingekommen bin. Ich habe nur noch vier Jahre hier drin, das weißt du.

Mariluz wird ihm keinerlei Versprechen geben, sie wird sich hinter dem dicken Glas verschanzen, in den kritischsten Momenten den Atem anhalten. Doch sie wird sich selbst nichts vormachen: Sie hat das Beben klar bemerkt, still und fein, ein unhörbarer Ultraschall, die Lawine ist bereits ausgelöst.

Mit Inés wird sie am selben Abend einen Mojito trinken, und während ein Italiener Eidechsen zur Musik von »Grease« hypnotisiert, wird sie ihr erzählen, dass alles so deprimierend war, dass sie keine Worte dafür hat.

26 Ich muss nichts erzählen, was nicht wirklich geschehen ist. Ich muss nicht einmal Eigennamen erfinden (und das ist ein Glück, es wäre eine undankbare Aufgabe für mich), ich muss mir auch keine Handlungen ausdenken oder Enden zurechtstutzen: Das ist dein Job, du bist mein Fahrer, mein Reiseführer. Die Orte sind alle real. Bei den Gesprächen muss ich nur dafür sorgen, sie so zu rekonstruieren, wie ich mich an sie erinnere. Und wenn es darum geht, Situationen nachzustellen, bei denen ich nicht dabei war, sind meine Quellen völlig vertrauenswürdig. Ich berücksichtige stets den historischen Kontext, die Eigenschaften meiner Figuren (Entschuldigung! Der beteiligten Personen!). Definitiv, ich arbeite mit der Genauigkeit eines Dokumentarfilmers, eines Auslandskorrespondenten, eines Sachverständigen bei Gericht.
Und trotzdem stoße ich immer wieder auf die Hindernisse der Fiktion. Es ist an der Zeit, das Offensichtliche anzuerkennen. Vor allem: Rhythmus, Dosierung, Vorgeschichten, wie weit die Grenzen der Spannung ausreizen. Wie weit bist du bereit zuzuhören? Wie viel Kontext brauchst du? Wie viel Aufwärmen? Sind die ethnographischen Besonderheiten wirklich notwendig in diesem Fall, oder schiebe ich nur das Unvermeidliche auf, unfähig, den Stier bei den Hörnern zu packen? Und auch: Bist du es, der diesen

Vorlauf braucht, oder bin ich es, die die Sache unnötig auf die lange Bank schiebt?
Ich sollte dir jetzt hier am Meer alles erzählen, in Erinnerung an ein anderes Meer, das bei Aldeburgh. Wenn das denn möglich wäre.

27 Denn wir wollen nach Algorta ans Meer fahren, so viel ist schon beschlossene Sache. Ich habe zwar vorgeschlagen, die Metro zu nehmen, jedoch nicht allzu sehr darauf bestanden, und wieder einmal hat sich deine Liebe zu dem neuen Auto durchgesetzt. Das ist in Ordnung, Fragen der Nachhaltigkeit mal beiseitegelassen, auch ich mag die dramatischen Möglichkeiten, die uns das Beisammensein auf so engem Raum bietet. Hier kann frau sich viel besser intensive Gespräche ausmalen, melancholische, durchs Fenster ausgestoßene Seufzer, in Richtung der vorüberziehenden Landschaft. Das geht natürlich viel besser als in einem U-Bahn-Wagen.
Auf zum Auto also.
Letztlich kommt es so, dass wir in einem grandiosen Stau feststecken, denn es ist Samstag und die Sonne ist rausgekommen, eine unwiederbringliche Gelegenheit, die niemand ungenutzt verstreichen lassen will. Und unsere Treffsicherheit verdüstert unsere Stimmung derart, dass keiner von uns beiden mehr etwas sagt.
Du machst das Radio an. Machst es wieder aus. Endlich sagst du was:
— Ein Freund aus Stanford ist mal nach Europa gekommen. Ein Kalifornier, so ein richtig moderner Typ. Er hatte

eine Konferenz in England, weiß nicht mehr, ob in Bristol oder Umgebung, und er nutzte die Reise für einen Abstecher nach Venedig, anscheinend kamen seine Vorfahren von dort, ein Besuch, der seit seiner Kindheit ausstand. Naja, und dann kam er vollkommen enttäuscht zurück. Über England sagte er, er habe nicht erwartet, auf dieser Insel so viele Städte anzutreffen! Er hatte sich eine Handvoll kleiner Dörfer vorgestellt, hingestreut über Wälder und Wiesen, haufenweise Kühe, viel Gras. Verdammt noch mal, in der Wiege der industriellen Revolution! Und du kannst dir ja vorstellen, was er über Venedig sagte: Er habe nicht mit so vielen Touristen gerechnet, und man habe durch die Gassen ja kaum laufen können! Echt jetzt, was denkst du denn, wenn du in die touristischste Stadt der Welt fährst?

— Möchtest du mir sagen, dass du dich gerade wie dieser Amerikaner fühlst?

— Naja, ein bisschen schon. Wenn man manche Basken so reden hört, klingt es, als gäbe es hier nie Staus, als würden die Selbstständigen nie ohne Rechnung kassieren, als würde eure Scheiße nach Erdbeeren duften.

— Wovon redest du bitte?

— Dass das hier die europäische Region mit den meisten Hochschulabsolventen ist, hier pro Kopf die meisten Zeitungen gelesen werden ... verdammt, manche glauben wirklich, das hier sei Finnland!

— Aber was hat das mit den Staus zu tun?

— Jetzt komm, nimm's nicht persönlich, es ist ja nicht eure Schuld.

— Es ist nicht unsere Schuld, viel zu studieren? Was denn dann? Eine Verschwörung der baskischen Regierung? Das Komplott der Uni-Absolventen?

— Das meine ich doch gar nicht. Ich spreche von eurem Hang, unablässig Nabelschau zu betreiben. Die absurdesten Statistiken zu durchforsten auf der Jagd nach einer, die euch gut dastehen lässt. Selbstredend kein Wort zu denen, bei denen ihr schlecht abschneidet.
— Aber von wem sprichst du eigentlich? Wer macht so was?
— Bitte, man muss doch nur die Zeitung aufschlagen. Komm, lass es uns jetzt gleich ausprobieren, mach mal das Radio an. Du wirst schon sehen, wie wir direkt auf jemanden stoßen, der erzählt, wie gut ihr ausseht und wie blau eure Augen sind. Und das weißt du auch, tu nicht so eingeschnappt. Aber ich sage es noch einmal, es ist nicht eure Schuld. Ich sehe ganz klar, dass das eine Reaktion auf die negative Überrepräsentation ist, die ihr in den Medien bekommen habt. Von klein auf zu sehen, wie euer Scheiß jeden Tag aufs Neue die Nachrichten eröffnet, das muss unauslöschliche Spuren hinterlassen.
— Haben wir etwa um diese Überrepräsentation gebeten? Und die giftigen Bemerkungen und Beleidigungen, die wir im selben Pack schlucken mussten? Deine Freundin, diese Journalistin, gerade erst gestern, »das Ende des Terrors«, »der erste freie Sommer« … Aber was ist das hier denn? Das frisch befreite Paris?
— Na sieh mal, kann sein, dass manche das so erleben, glaubst du nicht? Und fühlt ihr euch mit diesem ganzen Brimborium und der Aufmerksamkeit etwa nicht wichtig? Anders? Ich würde noch weiter gehen, Schatz: Hast du nie gedacht, dass ohne die ETA nie irgendwer von dem lieben *Basque people* gehört hätte? Ja, ja, unsere Jungs haben eine Zeitlang Gedärme durch die Luft fliegen lassen

und Nackenschüsse verpasst, aber dafür hab ich damals, als ich in Sardinien im Urlaub war, in einem gottverlassenen Kaff ein Wandbild zur Feier des Internationalismus gesehen nebst einer schönen großen Ikurriña[13]. Der Preis war vielleicht zu hoch? Das wird die Geschichte zeigen. Schauen wir mal, ob es in hundert Jahren das Wort *Basque* überhaupt noch gibt, einmal abgesehen von der Damenwäsche, die euren Namen trägt.

— Du bist jetzt besser still, du delirierst ja.

— Ach was ... du willst mich einfach nicht verstehen. Wenn ich von Überrepräsentation spreche, will ich damit sagen, dass euch das noch stolzer gemacht hat. Ihr musstet euch verteidigen, musstet Spanien zeigen, dass ihr in fast allem besser wart, trotz eurer kleinen Verirrung. Aber ist euch das Thema nicht ein bisschen entglitten?

— *Amor mío*, es ist nicht so schwer, besser als Spanien zu sein ...

— ... sagte die verbitterte Baskin mitten in einem Stau, auf dem Weg zum Strand am einzigen Sonnentag des Sommers.

— Na super, du Macho, willst du jetzt mit Sonne und Sangría zurückschlagen?

— Wer bitte mag Sonne und Sangría nicht? Millionen Touristen können doch nicht irren!

— Du magst Sangría nicht.

— Stimmt, davon krieg ich Durchfall. Außerdem ist der Wein heilig, es sollte verboten sein, ihn mit irgendwas zu mischen. Aber komm schon, ich muss überhaupt nicht schlagen oder zurückschlagen. Und du auch nicht. Hören wir auf mit dem dummen Zeug. Ich wollte einfach nur sagen, glaube ich, und damit bin ich dann auch schon fertig, ehrlich, dass es manchen nicht sonderlich gefallen wird, nicht mehr in den Schlagzeilen und in den Nachrichten aufzutauchen. So was macht abhängig. Glaubst du nicht? Bevor ich dir recht gebe, schweige ich lieber.

28 Wir streiten nie über Politik. Wir streiten uns über gar nichts. Die losen Enden, die zwischen uns hängen bleiben, vergessen wir, wir flechten keine Zöpfe daraus. Oder um es mit einer Autometapher zu sagen: Beim kleinsten Unfall rufen wir den Abschleppwagen, damit er alle möglichen Überreste mitnimmt. Wenn der Abschleppwagen wieder weg ist, ist hier nichts vorgefallen. Weiter, immer weiter. Der Gedanke, was geschehen könnte, wenn die Abschleppwagen streiken würden und alle Unfallspuren sichtbar blieben, ist erschreckend.

In jedem Paar gibt es einen, der Probleme verursacht, und einen anderen, der sie löst, den Problemmacher und den Problemlöser, sagt eine Freundin von uns in Madrid gern, ansonsten funktioniere das Paar nicht. Aber verflixt noch mal, in eurem Fall sieht es so aus, als wärt ihr beide Problemlöser, findet ihr so viel Eintracht normal? Schau mal, denk mal drüber nach, gibst du ihr zur Antwort, wenn wir so gut darin sind, Probleme zu lösen, vielleicht deshalb, weil wir sie zuvor in die Welt gesetzt haben, oder? Du überzeugst niemanden, vor Freunden und Bekannten verstecken wir den Schlüssel für die perfekte Ehe.

Dort.

Irgendwo.

Es ist ein schöner Gedanke, dass es so etwas geben kann.

Der Stau löst sich wie von Zauberhand auf, und während das Auto in die Gemeinde Getxo vordringt, reise ich in Gedanken nach Ávila. Ein kalter Maitag. Wir kennen uns seit vierzehn Monaten, und werden trotzdem heiraten. Jawohl, heiraten. Ich weiß, das ist noch nicht lang. Und ich verstehe völlig, wenn du Nein sagst. Aber es würde mich wirklich freuen, wenn meine Mutter das miterleben könnte. Genau das waren deine Worte in jener Bar im baskischen Stil in der Madrider Ausgehgasse Cava Baja (*pintxos* und *patxaran*, der exotische Anis-Schlehen-Likör), an unserem ersten Silvesterabend. Ich weiß, dass ich in zwei oder vier Jahren dasselbe empfinden werde. Was meinst du?
Wir werden es in Ávila tun. Deine Mutter kann nicht reisen. Und wir werden es in einer Kirche tun. Am selben Tag werde ich noch getauft und die erste Kommunion empfangen. Ich werde meiner Mutter erklären müssen, dass ich es für deine Mutter tue. Aber in der Kirche? Und so jung? Bist du deswegen nach Madrid gegangen, um dir einen guten Ehemann zu angeln? War es nicht, weil du eine berühmte Opernsängerin werden wolltest? Metastasen, wiederhole ich für sie. Unvorstellbare Schmerzen. Morphin. Sie geben ihr noch wenige Wochen. Du wirst mir doch diese kleine Sünde verzeihen, oder nicht, Mutter?
Aber es scheint ihr schwerzufallen, und während der ganzen Zeremonie werde ich ihren Blick ertragen müssen, der mir zu sagen scheint: *Und-dafür-haben-wir-die-feministische-Revolution-gemacht*. Deine Mutter hingegen ist nichts als Haut und Knochen. Sie ist ausgetrocknet. Sie wird sterben. Das heißt, es hat gestimmt. Sie wird bald verschwinden, sie und die Erinnerung, die sie an diesen Tag haben kann.

Trotz allem bin ich zufrieden. Ich habe das Gefühl, dass ich es nicht verdient habe. Dass ich besser daran tue, es zu genießen, bevor der Schwindel auffliegt. Du wirst bald merken, wie ich wirklich bin: Die Masken werden fallen, deine Frau wird sich dir nackt zeigen; sobald die Beerdigung erst mal vorüber ist, wirst du mich, ohne groß nachzudenken, um die Scheidung bitten. Aber für den Moment merkst du nichts, niemand merkt etwas. Nicht einmal ich merke es. Ich bin so zufrieden, dass ich nicht einmal auf Joseba und meine Mutter achte. Ein Wrack von einem Paar am Tisch mit den Frischvermählten. Sie tun sich schwer, einander in die Augen zu schauen. Eine abgestimmte Pantomime, um mir nicht den Hochzeitstag zu verderben. Zwei Monate später, die Beerdigung. Wieder durch die Stadtmauern von Ávila. Die erstickende Hitze der Hochebene, der sich unendlich erstreckende Himmel, die sternenübersäten Nächte und deine Tränen. Vor zwei Wochen hat meine Mutter mir gesagt, dass sie sich getrennt hat. Für uns kommt alles zusammen. Unsere Hochzeitsreise hat ein bitteres Ende genommen. Die früh auf die Probe gestellte Ehe. Aber wir schaffen es, machen weiter. Wir strengen uns an, geben uns Zärtlichkeit und Unterstützung, zum Neid von Freunden und Bekannten. Wir sagen es nicht, aber wir denken es: Solange wir zusammen sind, sind wir unschlagbar. Ein perfektes Team. Hoch sollen sie leben. Immer herzlich miteinander umgehen: ein Gebot. Das steht über allem. Freundlichkeit als *conditio sine qua non*. Dieser Ton, der nie über Gebühr laut wird. An der Wurzel abgeschnittene Streitigkeiten, auf Grund von Nicht-Erscheinen beider Parteien. Die ausgeklügelte Kunst, zu schweigen und weiterzumachen.

Die Ehepartner sind verpflichtet zusammenzuwohnen, einander treu zu sein und sich gegenseitig beizustehen.
Artikel 68 des spanischen *Código Civil.*

29 Ich wüsste gern, warum wir zum zweiten Mal innerhalb von weniger als vierundzwanzig Stunden zusammen mit der munter plappernden Reporterin Sarah an einem Tisch sitzen. Habe ich sie vielleicht heraufbeschworen? Aber wie?
Ich frage dich das beharrlich mit dem Blick, während ich an meiner Coca-Cola nippe, aber du bemühst dich, den Blitzen aus meinen Augen auszuweichen.
Hier haben wir sie, ganz gemütlich und in ihrem Element. Als würden wir uns schon ewig kennen. Eine kurzlebige, aber intensive Freundschaft, so typisch für die Sommermonate. Wie es ihre Art ist, hält sie das Steuer der Konversation fest in der Hand. Du bist wie abwesend, ernst; ich versuche, Sarahs ganzes Repertoire an Gesichtsausdrücken zu erfassen, achte nicht länger auf dich.
Das Meer ist grau geworden, gleich fängt es an zu regnen. Wie sollte es auch anders sein.

30 Als es darum ging, ein Studienobjekt für eine ausführliche Forschungsarbeit zu wählen, brauchte ich nicht lange, um mich für Benjamin Britten zu entscheiden. Da ich mich einer radikalen Planänderung stellen und alles bisher Erlangte über Bord werfen musste, galt es keine Zeit für irgendeinen Übergang zu verlieren. Wenn ich mich wirklich in die akademische Welt hineinwagen sollte, würde ich nicht lange zaudernd vor der Eingangstür stehen. Da rein und fertig. Ich habe Doktoranden kennengelernt, die im zweiten oder sogar dritten Jahr das Thema ihrer Dissertation komplett verändert haben. Ein solches Umschwenken war das Ergebnis einer existenziellen Krise, die diese armen Teufel gern bis ins kleinste Detail beschreiben. Gequält, wohl wissend, welches Opfer sie sich da selber auferlegen, und zugleich sicher, todsicher, das Richtige getan zu haben. Und dass es dieses Mal, ja dieses Mal, wirklich ernst ist. Zum Glück ist das bei mir nicht so. Ich habe mein Thema quasi von einem Tag auf den anderen gewählt und nie einen Blick zurückgeworfen oder die Gültigkeit meiner Entscheidung in Frage gestellt. Wozu auch.

Als kleines Mädchen habe ich gern in einem Musiklexikon gelesen, das Joseba in seinem Arbeitszimmer aufbewahrte. Es bot eine biographische Übersicht der wichtigsten Komponisten von der Renaissance bis zum 20. Jahrhundert. Ich erinnere mich noch genau, wie sehr mich der folgende Absatz beeindruckte, ohne zu wissen warum:

> Durch Auden, mit dem er eine homosexuelle Natur teilte, kam Britten in Kontakt mit einer Gruppe linksorientierter Künstler und Schriftsteller. Aber sein politisches Engagement gedieh nie so umfassend wie das von Auden. Im Unterschied zu diesem nahm er nicht am Spanischen Bürgerkrieg teil, weil er jedwede Tätigkeit im Zusammenhang mit Krieg ablehnte, selbst die waffenlosen Aufgaben, wie sie von Pazifisten ausgeführt wurden.

Mehr als die Bezugnahme auf Krieg und Pazifismus erregte besonders diese seltsame Aneinanderreihung folgender Worte meine Aufmerksamkeit: *eine homosexuelle Natur*. Es klang nach Krankheit, nach einem Geburtsfehler, der unmöglich zu beheben war, eben weil von der Natur gegeben. *Quod natura dat*, soll der Mensch nicht zerstören.

Einige Jahre später sollte ich selbst einmal Musik von Britten darbieten. Das war im Chor. Ich war etwa fünfzehn Jahre alt, oder allenfalls gerade sechzehn geworden, als Asier, unser Chorleiter, uns das Stück präsentierte, das beim kommenden Weihnachtskonzert den Höhepunkt bilden sollte: »A Ceremony of Carols«, komponiert von Benjamin Britten (und wonach klang das für mich? Nach homosexueller Natur, ist doch klar!). Viel später erfuhr ich, dass Britten dieses Werk für Knaben- oder Frauenchöre mitten im Krieg geschrieben hatte, an Bord des schwedischen Frachters »Axel Johnson«, der ihn von den Vereinigten Staaten wieder zurück nach England brachte. Die zarten, einlullenden Weihnachtslieder wurden in Wirklichkeit unter der ständigen Bedrohung durch deutsche U-Boote geschrieben, mit einer kleinen Handharfe als einzigem Hilfsmittel.

Aber von alldem erzählte Asier uns damals nichts. Er teilte uns in die drei üblichen Stimmen ein, und wir begannen mit den Proben, als es noch sechs Monate bis Weihnachten waren. Das Stück hatte mehrere Soli, und eines davon fiel mir zu. Britten hatte es für einen Jungen geschrieben, fünfzehnjährige Mädchen hatte er kaum je im Sinn, aber Asier dachte, ich sei die Richtige dafür. Es war nicht das erste Solo, das ich im Chor sang, aber vermutlich doch das schwierigste und riskanteste. Deshalb brauchte es Einzelproben. Asier und ich allein, er am Klavier, ich vor dem Notenpult, mal eine halbe Stunde hier, mal eine halbe Stunde da. Bei einer dieser privaten Proben begann ich mir vorzustellen, in Asier verliebt zu sein. Ich prognostizierte, wie ich mich fühlen würde, wie ich meine Karten ausspielen und wie er reagieren würde. Bekanntlich nimmt alles Unglück der Menschheit seinen Anfang in der Vorstellung. Gipfelpunkte menschlicher Vorstellungskraft sind unter anderem: die »Endlösung«, die Punischen Kriege, die Eroberung des amerikanischen Kontinents. All das war möglich, weil es jemandem in den Sinn gekommen war, sich ein Europa ohne Juden vorzustellen, einen Mittelmeerraum ohne Karthago, oder, zum Ruhme altersschwacher Monarchien, einen ganzen Kontinent zum Ausplündern und Plattmachen. Jetzt könnte irgendwer mit Shakespeare, Galileo oder Leonardo da Vinci kommen. Alles Männer von außerordentlicher Vorstellungskraft. Doch niemand wird bestreiten können, dass ihr globaler historischer Einfluss hinter den drei Fällen, die ich zuvor genannt habe, zurückbleibt.

Worauf ich hinauswill? Auch ich tat diesen ersten Schritt, der nichts Gutes verhieß, nämlich Asiers Mund anstarren und die Vorstellung schweifen lassen. An seinem Lob festhängen und die Vorstellung schweifen lassen.

Und dabei hätte es bleiben können, ich wäre nicht die erste Jugendliche gewesen, die sich in eine Autoritätsperson verliebt. Wenn ich das meinen Chorfreundinnen erzählt hätte, wäre keine überrascht gewesen, mehr als eine hätte sofort ganz ähnliche Gefühle eingestanden und so einen erbitterten Kampf aus Eifersucht und Rivalität entfesselt. Doch dabei blieb es nicht.

31 In seinem kanonischen Werk über den Pazifismus (»Pacifism in Britain 1914–1945, the Defining of a Faith«, Clarendon Press, 1980) schlägt Martin Ceadel eine radikale Unterscheidung zwischen Pazifisten und Kriegsdienstverweigerern aus Gewissensgründen vor. Schließlich und endlich können die Verweigerer aus Gewissensgründen von Motiven bewegt sein, die nichts mit Pazifismus zu tun haben. Zum Beispiel von reinem Elitismus: Diese Art von Verweigerer führt normalerweise vermeintlich angeborene und zugleich außergewöhnliche Eigenschaften an, wenn es darum geht, die Verweigerung zu rechtfertigen. Auf ein Talent, eine Fähigkeit oder eine exklusive Gabe verweisend, stellt sich dieser Schlag Mensch als Ausnahme dar. Man versteht sehr wohl, dass es eine Pflicht aller ist, die Waffen zu ergreifen, aber diese allgemeine Regel kann auf einen selbst nicht angewandt werden, sehen denn nicht etwa alle, dass man nicht so ist wie die anderen?
Als Britten 1942 an das Gericht zur Registrierung von Kriegsdienstverweigerern aus Gewissensgründen schrieb, tat er das mit den folgenden Worten:

> Mein ganzes Leben habe ich dem schöpferischen Akt gewidmet. Ich kann jetzt nicht an zerstörerischen Akten teilnehmen (…). Ich glaube ehrlich, dass ich meinen Mitmenschen besser helfen kann, indem ich mit der Arbeit fortfahre, für die ich sowohl durch meine natürlichen Gaben als auch durch meine Erfahrung besser qualifiziert bin.[14]

Zweifellos passt Brittens Argument zu dem, was Ceadel »Pseudopazifismus« nennt. Wollen wir daher sagen, dass

Britten kein echter Pazifist war? Nun ja, wie es so schön heißt: So einfach sind die Dinge nicht.

Brittens Haltung zu Krieg und Gewalt entzweit noch immer die Gelehrten aus der ganzen Welt. Man muss bedenken, dass Britten das Vereinigte Königreich gleich bei Kriegsausbruch verlassen hatte, wohl wissend, welchen Schlag das seinem Prestige und seinem öffentlichen Image versetzen würde. Er wie auch seine ebenfalls ausgewanderten Freunde mussten alle möglichen Beleidigungen und verächtliche Bemerkungen über sich ergehen lassen, die zunahmen, je schlimmer der Krieg wurde. Doch genau im blutigsten Moment des Krieges beschloss er, in sein Land zurückzukehren, und überquerte noch dazu den schrecklichen Atlantik, ein ständiges Schlachtfeld. Britten begründete seine Rückkehr mit einem Anfall von Heimweh:

> Es war in Kalifornien, im unglückseligen Sommer 1941, als ich auf ein Exemplar von George Crabbes »Poetical works« stieß ... Zum ersten Mal las ich sein Gedicht »Peter Grimes«, und plötzlich wurde mir klar, wo ich hingehörte und was mir fehlte.[15]

Die patriotische Erschütterung, die die Lektüre eines Gedichts hervorzurufen vermag, kann schwerlich der einzige Grund für die wichtige Entscheidung gewesen sein, die er kurz darauf treffen würde. Manchen zufolge wog die Überzeugung, dass auch die Vereinigten Staaten bald in den Krieg eintreten würden, schwerer: Aufgrund seines Aufenthaltsvisums könnte auch er einberufen und gezwungen werden, diejenigen zu töten, die einige Jahre zuvor sein Requiem abgelehnt hatten. Wie sollte er im Na-

men des Sternenbanners zu töten beginnen, nachdem er seinem Union Jack den Rücken gekehrt hatte?
Bevor man ihn ans andere Ende des Pazifiks schickte, wäre es besser, über den Atlantik zurückzufahren. Und vor allem: Im Vereinigten Königreich hatte man bekanntermaßen bessere Möglichkeiten, als Verweigerer aus Gewissensgründen akzeptiert zu werden. So kraftvoll ein Gedicht auch sein mag, ich neige doch eher zu dem, was die Experten als die *pragmatische Hypothese* bezeichnen.
Außerdem lag er mit seiner Einschätzung richtig.
Das Gericht zur Registrierung von Verweigerern aus Gewissensgründen billigte nur 5 Prozent der eingehenden Anträge, und Britten hatte das große Glück, unter ihnen zu sein. Traf er mit seinem Brief den Ton? Privilegien seines Ruhms? Oder halfen ihm seine Beziehungen? (Später kam heraus, dass einer der mit seinem Fall betrauten Richter der Vater eines alten Schulkameraden war.) Vielleicht war es eine Mischung aus all dem.
Jedenfalls gehörten sowohl er als auch Peter Pears fortan und bis zum Ende des Krieges dem Council for the Encouragement of Music and the Arts an, ohne dass sie ihr Leben gegen den deutschen Feind aufs Spiel setzen mussten.
So kam es, dass sie wegen ihrer pazifistischen Ideen nie ein Gefängnis von innen sahen, wie es hingegen ihrem Freund Michael Tippet, ebenfalls ein Komponist, widerfuhr. Aber sie ordneten ihren Pazifismus auch nicht der notwendigen Niederschlagung des Faschismus unter, wie Lennox Berkeley, ein weiterer befreundeter Komponist, es tun würde.
»Auch ich bin Pazifist«, hatte Berkeley ihnen zornig ge-

schrieben, »aber wenn es in der Geschichte der Menschheit je einen Grund gegeben hat, Gewalt anzuwenden, dann ist es dieser. Wisst ihr, was die Nazis in Polen, in Tschechien, in der Ukraine tun?« Der Brief ging weiter mit der Auflistung unvorstellbarer Verbrechen: eine komplette Gruppe *boy scouts* erschossen an einer Wand in Warschau; Tausende ukrainischer Juden, ohne Gnadenschuss einen Abgrund hinuntergestoßen; die Entführung und systematische Germanisierung aller blonden Kinder in Europa. Britten nahm seinem Freund dieses Schreiben sehr übel, und die Beziehung wurde nie wieder wie zuvor. Was für eine Art von Pazifist war Lennox, wenn er fähig war, Ausnahmen zu machen, sofern die Situation es erforderte? Dieser Krieg ja, jener nein? Was für eine diabolische Denkweise war das denn?, fragte Britten alle Welt, obwohl er den verständnisvollen Peter vor sich hatte.

Sie waren nicht mehr in New York, es hatte sich für sie die Gelegenheit ergeben, den Sommer, jenen unglückseligen Sommer 1941, in Escondido in Kalifornien zu verbringen, mit dem Auftrag, ein Streichquartett für einen lokalen Krösus zu schreiben.

Klar ist, dass Britten sich nie für seine Haltung schämte. Andere Verweigerer blieben lieber im Schatten, aber er berief eine Pressekonferenz ein, um Churchills Manöver auf der Potsdamer Konferenz öffentlich zu machen. Im Sommer 1945 machte er gemeinsam mit dem Violinisten Yehudi Menuhin eine Tournee durch frisch befreite Konzentrationslager in Deutschland.

Doch die Kritik zerstreute sich nicht, immer wieder kam sie in den überraschendsten Momenten mit großer Heftigkeit zurück. Der ewige Refrain seines Lebens. Das »War

Requiem« ist vielleicht das wichtigste pazifistische Stück des Komponisten. Vollendet im Jahr 1962, basiert es auf Leben und Werk des Dichters und Pazifisten Wilfred Owen. Die Uraufführung fand mitten im Kalten Krieg zur Weihe der wiederaufgebauten Kathedrale von Coventry statt. Anfangs wurde es als eine mutige Forderung nach Frieden verstanden, bis andere Stimmen sich mehr Gehör verschaffen konnten. Diese kritischen Stimmen wiesen darauf hin, dass Owen zwar Pazifist gewesen sei, dennoch aber die Schlachtfelder des Ersten Weltkriegs kennengelernt habe. Er wusste um die Schüsse, um die Stacheldrahtzäune und Gasangriffe, denn ohne diese Erfahrung wäre seine Einstellung schwer zu rechtfertigen gewesen: »Ich muss etwas von der Reputation eines tapferen Mannes erlangen, bevor ich meine Prinzipien auf nützliche und wirkungsvolle Weise erklären kann«, hinterließ er schriftlich[16].
Britten jedoch hatte sich an seinen Pazifismus geklammert, ohne den echten Geschmack des Krieges kennenzulernen. War seine Position legitim? Der junge Dichter Wilfred überlebte alle Schlachten, bis ganz zum Schluss. Er fiel eine Woche vor Kriegsende, am 4. November 1918, im Norden Frankreichs, beim Überqueren des Sambre-Oise-Kanals. Seine Mutter erhielt am selben Tag die Nachricht vom Waffenstillstand und vom Tod ihres Sohnes.

32 Sie spart nicht mit Details. Sie klappt den Laptop zu, kommt und erzählt uns alles. Ohne dass wir danach gefragt hätten. Die grässlichsten Einzelheiten des Attentats, die Drohungen, die die Witwe anschließend erhielt - Wandschmierereien am Haus und Telefonanrufe mitten in der Nacht -, das altarartige Aussehen, das das Wohnzimmer noch heute hat. Wir wissen dazu nichts zu sagen. Denn wir sind am Strand gewesen und essen jetzt gerade Hamburger, das ist alles, was wir beisteuern könnten. Doch Sarah wechselt selbst das Thema:

— Und wohin führt euch eure Route als Nächstes?

Wir antworten ihr, dass wir weiter die Biskaya-Küste erkunden möchten, während sie, mit einer kaum wahrnehmbaren Geste, beim Kellner eine Coca-Cola light bestellt. Irgendeinen kleinen Küstenort finden, guten Fisch vom Grill probieren, den Geschichten der Galerne-Böen lauschen. Ihre geographischen Kenntnisse herauskehrend empfiehlt sie uns Bermeo und Mundaka, das Naturschutzgebiet Urdaibai, die schönen Strände von Laga und Laida, die postapokalyptischen Ruinen des bei einem ETA-Anschlag zerstörten Kernkraftwerks von Lemóniz, das verborgene Küstendorf Elantxobe und schließlich Lekeitio, einen eleganten Fischerort.

— Lekeitio ist ein guter Ort zum Übernachten, wenn ihr mit euren Besichtigungen fertig seid. Ich war letzte Woche da. Noch während sie das sagt, hat sie bereits eine Visitenkarte in der Hand, die sie dir zusteckt wie das geheime Passwort, um Einlass in eine illegale Spielhalle zu erhalten. — Einer der Einheimischen hat mir erzählt, dass Kaiserin Sissi in dem Hotel abgestiegen sei, aber ganz so ist es dann doch nicht: Es war die nächste Kaiserin von Österreich, die nächste und letzte, eine gewisse Zita, die dort abgestiegen ist, als sie nach dem Ersten Weltkrieg nach Lekeitio flüchten musste. Aber über Zita wurde kein

Film gedreht, deshalb erinnert sich niemand mehr an sie. Also besser behaupten, es sei Sissi gewesen. Die Basken verdienen nichts Geringeres als das! Hahaha!
Ich dachte, du würdest Sarahs letzten Kommentar für eine Stichelei nutzen, aber nein, du schweigst. Endlich versuchst du etwas zu sagen, fast so, als bereite es dir Schmerzen:
— Also wirklich, du scheinst die Gegend echt gut zu kennen.
— Naja, ich fahre hier schon seit ein paar Wochen rum. Es ist Aufgabe einer Journalistin, die Augen gut offenzuhalten, oder etwa nicht?
Und dann tut Sarah etwas Schreckliches.
Sie schaut mich an.
Nicht mit Sympathie, nicht einmal mit einem hämischen Grinsen auf den Lippen. Sie schaut mich an, wie man eine Labormaus anschaut, mit aseptischer wissenschaftlicher Neugierde, ohne an das grausame Schicksal zu denken, das das kleine Wesen erwartet: Vivisektion, Induktion eines bösartigen Tumors, brutale Hormonspritze.
Jetzt beginne ich mein Unbehagen vom Vorabend zu verstehen.
Diese Blicke.
Das argwöhnische Lachen.
Jetzt verstehe ich es, jetzt, wo es Tag ist und wir das Meer vor uns haben.
Sie nimmt einen letzten Schluck von ihrem Softdrink, schüttelt die schon formlosen Eiswürfel ein wenig, und als sie mich noch einmal auf dieselbe Art anblickt, habe ich keine Zweifel mehr: Sie weiß alles. Natürlich. Eine Journalistin, die an der baskischen Sache dran ist. Mir ge-

genüber. Hinter mir her. Sie hat gerade das Mäuschen gefunden, das ihr innerhalb der Wissenschaftscommunity einen Namen machen wird. Ich bin mir sicher. Sie weiß es. Und hält das Skalpell schon bereit. Sie wird mich nicht entkommen lassen.

33 Obwohl sie im Bett sind, allein, im Dämmerlicht, machen sie keine Liebe. Die Frau liegt auf dem Rücken, der Mann auf ihr, er hat das Kinn auf die Faust gestützt und betrachtet die Frau mit einer Neugierde, die endlos zu sein scheint. Mariluz hat in einem Koffer saubere Laken mitgebracht, gestreifte, nicht die neuesten, die sie hatte. Von einem Nagel in der Wand hängt ein Raumbedufter in Form eines Tannenbaums, mit Orangenduft, das ist die einzige Dekoration in diesem Raum. Um nicht die Rolle Toilettenpapier, das Shampoo, die Waschlauge und die beiden Kondome zu erwähnen, die auf dem einzigen Tisch im Raum liegen.

Die Frau ist dankbar für das Dämmerlicht, manchmal schließt sie sogar die Augen, zum Beispiel, wenn der Mann ihre Wange streichelt.

— Du bist wunderschön.

— Ich bin alt.

— Wunderschön.

Als sie sich endlich an die körperliche Nähe gewöhnen, verlassen sie dieses Gefängnis. Sie brauchen nicht die Augen zu schließen, um in die Wohnung in Saint-Jean-de-Luz zurückzukehren. Dort waren die Fensterläden auch immer geschlossen, immer dieses Dämmerlicht.

— Ich war glücklich dort, und auch so unglücklich, wie ich es seither nie wieder gewesen bin. Das konnte ich dir nie erzählen, Jota.
Das Haar begann ihr auszufallen, sie gewöhnte sich daran, zu erbrechen, wenn sie zu viel gegessen hatte. Das Einschlafen fiel ihr schwer, vor allem an den Abenden, bevor sie auf die andere Seite der Grenze fuhr.
— Aber ich habe dir nichts davon erzählt, natürlich nicht, du hattest schon genug mit deinen Sachen. Ich wollte deine Oase sein, das musste ich. Ich habe immer darauf geachtet, dass die letzte Geste zwischen uns eine Liebkosung war, ein Kuss, ein Lächeln. Kein Streit, keine Sorgen oder Tränen. Denn ich war immer, wirklich immer überzeugt, dass dieses Treffen das letzte sein würde. Sie würden dir einen Schuss verpassen, wenn du abends aus deinem Euskera-Unterricht kamst, mitten ins Herz, oder das Geschenk würde dich unters Auto geklebt erwarten, sobald du den Zündschlüssel umdrehtest.
So hätte es gewesen sein können, oder andere Möglichkeiten, die sie sich damals obsessiv aufzählte, jetzt aber nicht zu nennen wagt: eine Polizeikontrolle mit dem Resultat von fünf Toten; eine Bombe, die zu schnell explodiert, um sich zu entfernen, und dem *gudari*[17] die Brust von einer Seite zur anderen aufreißt; die Absichten jenes Unternehmers aus Biskaya, der verkündete, ein Kommando der Mafia aus Marseille beauftragt zu haben, um Vergeltungsmaßnahmen zu ergreifen, falls ihm, seiner Familie oder seinen Geschäften etwas passieren sollte. Es war daher nur eine Frage der Zeit.
— Ich habe das glasklar gesehen, so klar, dass ich betete, es möge so bald wie möglich geschehen. Ja, Jota, ich habe

gebetet, keine Ahnung zu welchem Gott, aber das habe ich getan. Ich bin langsam durchgedreht, habe mich immer mehr von allem zurückgezogen. In dem Schuljahr war ich die meiste Zeit krankgemeldet. Sollen sie ihn doch gleich morgen erledigen, bitte, noch heute Nacht, möge ich die Nachricht so schnell wie möglich bekommen, ich muss die ganzen Tränen loswerden, die sich in mir sammeln, selbst wenn ich zwölf Jahre am Stück weinen muss.
Jotas Augen bleiben trocken, bewegen sich nicht einmal, er blickt konzentriert auf Mariluz' Mund. Diese Tage liegen für ihn so weit zurück, dass es sich für ihn anhört wie ein Film. Wer war er damals? Er war ein anderer, jemand mit demselben Namen wie er.
Für manche ist das Gefängnis wie ein Tunnel ins Gedächtnis, ihnen bleibt nichts, als sich darin zu verschließen. Er hat es vorgezogen, von Tag zu Tag zu leben, mit jedem neuen Morgen irgendein anderes Detail zu entdecken, so unbedeutend es auch sein mag. Ein Buch. Die variable Handschrift der Briefe. Neue graue Haare auf seinem Kopf und im Bart. Jede Neuigkeit, die zwischen den Stimmen, Klängen, Gesichtern, Füßen des Gefängnisses wahrnehmbar ist.
Der Mann gibt der Frau einen langen Kuss, als wolle er feststellen, ob dieser Mund derselbe ist wie damals, auch wenn er nun nicht mehr nach Tabak schmeckt. Der erste Kuss, den sie sich seit zwanzig und etlichen Jahren geben. Beide haben seitdem mit dem Rauchen aufgehört. Danach hat Jota sich wieder auf dem Ellenbogen aufgestützt, die Frau wieder fest angeblickt. Komm schon, ich bin bereit, scheint er ihr mit dem Blick zu sagen, jetzt möchte ich alles hören. Du hast die Tür aufgemacht. Geh hindurch.

Hab kein Erbarmen. Sei keine Oase, sei Sturm, Hurrikan, Erdbeben. Ich bin stabil gebaut, ich halte das aus.
— Dass sie Katilu zwei Schüsse verpasst haben, habe ich erfahren, als ich aus der Apotheke zurückkam. Ich hatte gerade den Schwangerschaftstest gekauft. Ich hörte Radio und wartete dabei auf das Ergebnis, die Unterhose an den Knöcheln, ich konnte einfach nicht von der Toilette aufstehen, unterdrückte die Tränen. Ich habe Katilu als Münze benutzt. Kopf oder Zahl. Es kam Zahl: Nach zehn Tagen im Koma starb er. Deshalb habe ich dir nie gesagt, dass der Test positiv war und dass ich die Nachricht auf diese Art bekam, mit runtergelassener Hose, bei laufendem Radio, und mir die Tränen endlich über die Wangen liefen. In einem Loch verkrochen. Dieses Bild von mir selbst half mir, die Entscheidung zu treffen, und sie in den folgenden Tagen beizubehalten. Wenn ich es für mich selbst nicht schaffte, aus dieser erbärmlichen Lage rauszukommen, dann musste ich es für das Baby tun.
Sie schweigen beide, haben sich bereits an den Orangenduft des Raumbedufters gewöhnt. Sie hat ihm noch viel mehr zu sagen. Sie könnte Jota ohne jede Grausamkeit erzählen, dass alles einfacher war als erwartet. Nachdem er einige Monate lang versucht hatte, mit ihr Kontakt aufzunehmen, gab Jota sich ebenfalls geschlagen, oder traf seine eigene Wahl. Kopf oder Zahl. Sie sahen sich nie wieder in dieser Wohnung in Saint-Jean-de-Luz, und auch in keiner anderen Bar des französischen Baskenlandes. Jota verschwand. Er wählte den Krieg, wieder einmal. Sie versuchte, diese Hände zu vergessen, nicht mehr daran zu denken, was sie wohl gerade machten. Die Gerüchte sprachen von Paris, Mexiko, Venezuela, Kuba. Sie erwiesen sich alle als

falsch, wie man später bei dem Gerichtsverfahren erfahren konnte. Mariluz versuchte, keine Gerüchte zu hören. In dieser Zeit kam ihre Tochter zur Welt. Sie lernte Joseba kennen, besser gesagt fiel er für sie vom Himmel. Sie heirateten. Paris, Mexiko, Venezuela, Kuba. Oder tot. Warum nicht. Was macht das schon für einen Unterschied. Für uns, wie tot. Für unsere Tochter, als wäre er gestorben. Unsere Tochter. Die Autorität des Familienstammbuchs. Und wenn sie es darauf anlegen würde, diese Wiederbegegnung zu verbittern, könnte sie hinzufügen: Du hast auch deinen Weg gewählt, Jota, du kannst mir nichts vorwerfen, womöglich solltest du mir sogar dankbar dafür sein, was ich getan habe. Ich habe dir den Weg geebnet, nicht?
Sie haben noch siebzehn Minuten in diesem Raum.
Eine Ewigkeit.

34 Eine weitere kurze Abschweifung. An diesem Punkt angelangt, ist das für mich absolut erforderlich, wie du vielleicht verstehen wirst.
Als ich mit dem Singen aufhörte, war ich schon fast fertig mit meinem Universitätsstudium. Es war ein Abschluss in Musikwissenschaft, den die Universität La Rioja als Onlineformat anbot, etwas, was bis dahin nicht viel Raum in meinem Leben eingenommen hatte. Das Studium hatte ich begonnen, um ein wenig Allgemeinbildung zu erwerben, mich zum Bücherlesen zu zwingen und ab und an den Blick von den Partituren zu heben. Mittlerweile denke ich, dass es noch einen anderen Grund dafür gab. Zu den äu-

ßerst wenigen Dingen, die ich über meinen Vater wusste, gehörte dies: Er studierte per Fernstudium Philosophie an der UNED, wenngleich er das fünfjährige Studium nie abschließen konnte. Das hatte mir meine Mutter einmal erzählt, fast beiläufig, nachdem ich in der Rumpelkammer einige große, schlecht eingebundene Bücher gefunden hatte. Sie bat mich, sie nicht wegzuwerfen.

Ich lernte, wann ich konnte, meist ziemlich wenig, mit der Motivation, mit der man Aufgaben angeht, von denen man weiß, dass man sie nicht abschließen wird, abends oder an den Tagen, an denen ich die Stimme schonen musste. Doch der mangelnde Ehrgeiz wurde in diesem Fall von glücklichen Zufallstreffern begleitet, die mich alle Fächer ohne größere Anstrengung bestehen ließen. Als die Stimmbandzyste kam, konnte ich mich daran festhalten. Auch wenn im Grunde hauptsächlich deine Hilfe ausschlaggebend war, denn du warst mein Wegweiser in dem ganzen Prozess, das Studium abzuschließen, einen akademischen Lebenslauf vorzubereiten, Doktorandenstipendien zu beantragen und einen Doktorvater zu finden, der so viel Gewicht besäße, dass man mir auch ein Stipendium gab. Du machtest Anrufe, informiertest dich darüber, was in dieser Welt etwas galt, und gabst mir Richtlinien, die sich als äußerst nützlich erwiesen. Ich bezweifle, dass ich mich ohne dich in diese Welt begeben hätte. Zum Ausgleich sahst du mich jedes Mal, wenn ich dir von einem Fortschritt erzählte, voll väterlichem Stolz an, und ich nahm diesen Stolz mit einer unmäßigen Befriedigung entgegen. Tatsächlich machte ich es auch für dich. Ich vermute mal, das könnte man bei mir als doppelten Ödipus-Komplex einordnen. Ist das gesund, Doktor? Ganz sicher nicht.

Als ich dir sagte, dass ich meine erste Reise zu Studienzwecken plante, erfüllte mich deine Begeisterung mit Schuldgefühlen. So sehr, dass ich schon dachte, du würdest es merken. Doch die Tage vergingen, und wieder einmal zeigte sich, dass wir uns an alles gewöhnen können, insbesondere an eine Lüge. Ich musste nach Aldeburgh fahren, das erklärte ich dir im Detail. Es wären nicht mehr als vier oder fünf Tage. Abgesehen von einem Besuch in Brittens Haus aus reinem Fetischismus, musste ich die Archive der Britten-Pears Foundation gründlich durchsehen. Allgemein würde es ein äußerst wichtiger Rückhalt für meine Doktorarbeit sein, in das so besondere Ambiente jenes Orts einzutauchen. Ein Rückhalt, den ich dringend benötigte. Schon seit längerem war die Sache ins Stocken geraten, und sogar du hattest das bemerkt. Aus dem Seminar kam keinerlei Unterstützung, null, mein Studiengegenstand war den anderen völlig fremd, zu britisch. Mir war bereits klar geworden, dass es wirklich schwer werden würde, einen eigenständigen Beitrag zu einem Thema zu leisten, das derart ausgiebig erforscht worden war, und ich verstand nicht mal mehr, wie sie mir ein Stipendium hatten geben können, wie der Ausschuss mich für fähig hielt, ein neues Licht auf Brittens Pazifismus zu werfen, nach so vielen Büchern, Forschungen und Debatten zum Thema. Ich dachte sogar, die Mitglieder des Auswahlausschusses wüssten nicht mal, wer Britten war. Und diese ganze Ignoranz war schuld daran, dass ich nun dazu verurteilt war, vier Jahre lang dieses Kreuz zu tragen, hoch und runter. Ich musste auf die Vorstellungskraft setzen, auf absolutes Fabulieren, alle intellektuelle Strenge beiseitelassend. Ich würde eine betrügerische Doktorarbeit schreiben, die einen ebenso be-

trügerischen wissenschaftlichen Beitrag leisten würde, den ich vor einem Doktorvater und einer Prüfungskommission vorstellen müsste, die nichts von alldem merken würden; zu der Gelegenheit würde ich aber immerhin mein schönstes Kleid anziehen, versteht sich. Eine richtige Herausforderung. Ich würde es schaffen.
Ich erzählte dir auch, wie ich die Reise organisieren wollte, ich hatte alles gut einstudiert. Der Plan war, nach London zu fliegen, und dort stünden mir dann zwei Möglichkeiten offen, mal sehen, was du davon hältst, Gustavo, Mann von Welt. Ich könnte gleich am Flughafen den Zug nehmen, der mich bis nach Ipswich bringen würde, und von dort ein Auto für die Fahrt nach Aldeburgh mieten. Oder vielleicht wäre es das Einfachste, das Auto direkt in Stansted zu mieten: Ohne Staus wäre ich in zwei Stunden in dem malerischen Küstenort.
Du warst für die erste Option: Du bist immer bemüht, dass ich so wenig Zeit wie möglich am Steuer verbringe. Du riefst mir in Erinnerung, wie schwierig es ist, in jenem seltsamen Land Auto zu fahren: Linksverkehr, Gangschaltung mit der linken Hand bedienen, daran denken, dass die Autos mich rechts überholen würden … Das reine Grauen. Einen Moment lang fürchtete ich, dass du dich als freiwilliger Begleiter anbieten würdest, um mein Fahrer zu sein, so sehr hast du auf dem Auto-Thema rumgeritten. Aber ich erwischte dich in einem ungünstigen Moment, du musstest einen Haufen Unterrichtsstunden nachholen, die du in dem Semester wegen deiner vielen Reisen verlegt hattest, und bis zum Tag meiner Abreise musstest du dich mit dem Erteilen einer ganzen Batterie paternalistischer Ratschläge begnügen.

An jenem Morgen, als ich unter der Dusche stand, während du in der Küche Kaffee machtest, war ich versucht, mich von einer großen Last zu erleichtern. Plötzlich schien es mir wie in einer aquatischen, kristallklaren Offenbarung, dass ich keinerlei Grund hatte, dir länger irgendetwas zu verheimlichen. Gustavo, ich zittere, aber ich muss es dir sagen. Hör gut zu. Es ist so, dass … Und das war's schon. Seither habe ich das nie wieder so klar empfunden. Aber an dem Tag unter der Dusche schon. Ich spielte die Szene in meinem Kopf durch. Es waren drei oder vier Sätze, alle ganz einfach. Und nachdem die Bombe geworfen war: einfach abwarten. Nur in meinem Kopf wollte sich alles verkomplizieren. Wenn es erst mal ausgesprochen war, würde alles gut gehen: Zuerst würdest du zusammenzucken, klar, aber gleich darauf würdest du mir viel Glück wünschen und mir versichern, dass du immer an meiner Seite stehst, ganz so, wie der *Código Civil* es vorsieht.
Doch während ich mich abtrocknete, trocknete auch mein Elan wieder aus, und als ich in die Küche kam, war schon kein Tröpfchen mehr davon übrig.
Ob etwas mit mir los sei? Ach was … na gut, du weißt ja, Flugzeuge machen mich nervös. Wie? Nein, ich wollte nicht zu Hause frühstücken, ich würde einen schnellen Kaffee am Flughafen Barajas trinken, ich bin gern früh da. In Ordnung, danke, *mi amor*, ja, ich liebe dich auch, bis bald, *adiós, adiós*.

35 Britten kam nach und nach in Aldeburgh an, treu dem Gebot des Schicksals folgend, jedoch gelegentlich gezwungen, den Rückwärtsgang einzulegen. Es war kein mit Rosen ausgelegter Weg. Das erste Haus, das der Komponist kaufte, stand in Snape, etwa zehn Kilometer von Aldeburgh entfernt. Das Gebäude, eigentlich eine Mühle, die seit einigen Jahren nicht mehr genutzt wurde, bezahlte Britten mit einem Teil des Erbes seiner Mutter. Der Preis betrug 450 Pfund. Der plötzliche Tod seiner Mutter, der sich Ende Januar 1937 ereignet hatte, stürzte Britten in große Trostlosigkeit, doch alle seine Biographen stimmen darin überein, dass er auch eine Befreiung war. Erst nachdem er sich vom erdrückenden Schatten seiner Mutter befreit hatte, konnte Britten anfangen, sein Leben wirklich zu leben.

Mit dieser alten Mühle hätte es für ihn nicht besser laufen können. Der Schwiegervater seiner Schwester, ein renommierter Architekt, erbot sich, das Gebäude kostenfrei umzubauen. Die Mühle stand mit schönstem Ausblick auf einem Hügel: Die Gerstenfelder erstreckten sich weit entlang des Flusses Alde, und der Nordwind sorgte für klare Luft. Um die Aussicht zu nutzen, fügte Britten dem Haus ein weiteres Geschoss hinzu, das er zu seinem Schlafgemach machte. Der große Wohnraum im Stockwerk darunter sollte das Arbeitszimmer sein.

Da die Mühle reichlich Platz bot, ließ er auch die benachbarte Scheune ausbauen und dort ein weiteres Studio einrichten. Dies würde bald gegen eine bescheidene Mietzahlung von dem Komponisten und Freund Lennox Berkeley bezogen werden.

Die Umbauarbeiten sollten erst im April 1938 abgeschlossen sein. Die Dusche, die Britten sich in sein neues Zuhause einbauen ließ, gilt als eine der ersten, die je in ei-

nem Privathaus in England installiert wurden. Es war der einzige Luxus, der Rest erinnerte eher an ländliche Askese.
In jenem April beherbergte das Haus drei Bewohner: Britten selbst, seinen Freund Berkeley und Andoni Barrutia, einen baskischen Flüchtlingsjungen. Für Britten, der schon in sehr jungen Jahren die Nichtexistenz seiner Neigung zur Ehe erklärt hatte, war die Vorstellung, Vater zu sein, dennoch sehr reizvoll, und mehr als einmal hatte er vor Freunden über seinen Wunsch gesprochen, irgendwann einmal ein Kind zu adoptieren. Der Krieg in Spanien hatte ihm schon lange das Leben verbittert, und seit der faschistischen Erhebung im Sommer '36 war er von der Idee besessen, irgendwie zu helfen. Sein berühmter Freund Auden hielt sich zu jener Zeit in Spanien auf, den letzten Nachrichten zufolge fuhr er Krankenwagen, aber zu so etwas wäre er selber nicht fähig. Auf dem Schlachtfeld hätte er unweigerlich, selbst hinter den Kampflinien, das Gefühl, entgegen all seinen Prinzipien zu jener Blutorgie beizutragen. Und noch schlimmer, er wusste, dass es ihn krank machen würde. Buchstäblich. Das war ihm schon als Kind so gegangen, im Internat: wie oft war ihm schlecht geworden, sogar bis zum Erbrechen, wenn der Streich eines Schulkameraden bestraft wurde, indem diesem die Hosen runtergezogen und ihm öffentlich der Hintern versohlt wurde. Er fing schon an, sich komisch vorzukommen. Er hatte zu viele junge Männer seiner Generation gesehen, die sich ohne lange darüber nachzudenken auf die Schlachtfelder stürzten, mit dieser oder jener Ideologie als Entschuldigung, jedoch mit demselben wilden, atavistischen Instinkt, der auch seine Schulkameraden zu Massenkeilereien auf

dem Pausenhof trieb. Die Natur des Raubtiers. Der Trieb des Bluts. Die Euphorie der reinen Gewalt.

Als die ersten baskischen Kinder an den englischen Küsten eintrafen, sah Britten die Gelegenheit, zwei Wünsche zu befriedigen: den nach Vaterschaft und den, gegen den Faschismus zu kämpfen. Auden hatte etwas Ähnliches getan, als er 1935 Erika Mann heiratete, ihr so den britischen Pass verschaffte und sie von den Nazis wegholte.[18] Nun gut, von seiner frisch renovierten Mühle aus war Britten bereit, dem Faschismus mit einer satten Dosis Vaterinstinkt die Stirn zu bieten.

Andoni Barrutia war Waise, er war zwölf Jahre alt und konnte kaum Englisch. Als Peter Burra Britten gegenüber die Kinder erwähnte, die Opfer des Faschismus waren und ins Vereinigte Königreich kamen, schlug Andoni sich gerade so gut es ging in einem Flüchtlingslager in Berkshire durch. Er lebte bereits seit einem Jahr in diesem Limbus, genau genommen konnte er seit dem Fall der Biskaya nirgendwohin mehr zurück. Die Abmachung wurde auf einfache Art getroffen, Britten verpflichtete sich, den Jungen für ein Jahr zu sich zu nehmen, und falls in diesem Zeitraum alles gut lief, würde der legale Adoptionsprozess beginnen.

Zum Glück oder Unglück fielen der Umzug in das neue Haus und Andonis Ankunft auch mit einem der großen Aufträge zusammen, nach denen Britten sich immer sehnte. Am 4. August würden die Proben für ein von der BBC in Auftrag gegebenes »Piano Concerto« beginnen. Die Lage war kritisch: Der Frühling war schon weit fortgeschritten und Britten hatte keinen der Sätze des Konzerts fertigstellen können. Er wachte mit den ersten Sonnenstrahlen auf, mit nichts als dem sehnlichen Wunsch, den ganzen Tag lang zu arbeiten, doch immer trat gleich früh am Morgen ein Problem auf, das ihn für den Rest des Tages von seinen Plänen abhielt. »Andoni fühlt sich einsam und möchte, dass ich bei ihm bin: eine Krise nach der anderen«, schrieb Britten bitter in sein Tagebuch. Nach vier frustrierenden Tagen beschloss Britten, dem Jungen eine Liste mit Aufgaben zu geben, in der Hoffnung, ihn so zu beschäftigen, und schloss sich in seinem Arbeitszimmer ein. Das Haus war groß und alt, es gab immer irgendetwas zu tun. Andoni jedoch gelang es aus mangelnder Geschicklichkeit oder schlichtweg aus Faulheit nicht, auch nur eine dieser Aufgaben zu erledigen, eher im Gegenteil: Er verlor den Haustürschlüssel und machte zwei Fensterscheiben kaputt. Der Krach sorgte dafür, dass Britten aus seinem Rückzugsort auftauchen musste.

Den Jungen arbeiten zu lassen hatte noch eine weitere unerwünschte Folge: Mrs. Hearn, die beleibte Frau, die Britten angestellt hatte, damit sie sich um den Haushalt kümmerte, folgerte sofort, dass Andoni ein weiterer Hausangestellter sei, und noch am selben Abend weigerte sie sich unter Geschrei und Getöse, ihm das Abendessen zu servieren. »Das ist eine Hölle«, schrieb Britten an jenem Abend, und kurze Zeit später traf er, als er sah, dass seine Arbeit nicht voranging, die Entscheidung, Andoni ins Flüchtlingslager zurückzuschicken. Mrs. Hearn bekam den Auftrag, Andoni die Nachricht zu übermitteln - ein Auftrag, den die Frau nur zu gern erledigte, während Britten sich schnell wieder in seinem Arbeitszimmer einschloss.

Benjamin Britten ertrug keine direkten Konfrontationen. In seinen besten Jahren, als er schon berühmt und angesehen war, griff er stets auf Dritte zurück, wenn er ein Libretto ablehnen oder einen Helfer entlassen musste. Es war immer jemand anderes, der die schlechten Nachrichten überbringen musste. Beim kleinsten Konflikt war er wie gelähmt und sein Magen krampfte sich zusammen. »Mir blutet das Herz, aber ich hoffe, es ist für etwas gut«, schrieb er an dem Tag in sein Tagebuch, als Andoni seine wenigen Besitztümer zusammenpackte und das Haus verließ. Einige Zeilen weiter unten findet sich ein Hinweis darauf, dass sein Herz doch noch durchhielt: »Endlich ein guter Arbeitstag, der erste von hoffentlich vielen weiteren.«

Das Schicksal Andoni Barrutias ist für immer begraben von der Historie. Wir wissen nicht, wie es mit ihm weitergegangen ist, ob es überhaupt weitergegangen ist. Es ist auch nicht überliefert, ob Britten sich je wieder Gedanken über diesen Jungen gemacht hat, den er sich irgendwann einmal als Sohn vorgestellt haben muss. Von jenem Zeitpunkt an wollte er dem Ruf der Vaterschaft kein Gehör mehr schenken.

Kurz darauf kehrte Auden aus Spanien zurück, umgeben von der epischen Aura des ausländischen Verlierers. Doch der Kriegsgeruch, den er mitbrachte, sollte nicht so bald verfliegen. Tatsächlich war dieser drauf und dran, sich in Europa und der ganzen Welt auszubreiten. Vom Aussichtsturm in Snape aus wirkte das spanische Grauen allmählich immer kleiner angesichts des heftig anschwellenden Grauens, das die gesamte Welt zu überschwemmen begann.

Es war Zeit, in die Vereinigten Staaten zu gehen.

Auch wenn er dieses erste Anwesen nie verkaufte, zog Britten bei der Rückkehr von seinem amerikanischen Abenteuer zusammen mit Peter Pears endgültig nach Aldeburgh. Und dort würde er dreißig Jahre später sterben. Doch das Dorf Snape vergaß er nie, und als das Festival von Aldeburgh bereits in Planung war, beschloss er, einen der Spielorte an den Ort zu verlagern, der sein erstes eigenes Zuhause gewesen war. Er kaufte und renovierte eine alte Malzfabrik, die bis heute als Snape Maltings Concert Hall bekannt ist. Das Publikum bei den Konzerten, die dort im Rahmen des Festivals stattfinden, versichert, man könne das Bier noch riechen und das Ambiente sei wahrlich berauschend.

36 Tatsache jedoch ist, dass ich nicht nach Aldeburgh gefahren bin. Ich bin auch nicht zum Flughafen gefahren. Ich habe die Metro genommen, ohne an irgendwas zu denken, den Blick versunken, bis zur Station Méndez Álvaro. Von dort fahren die meisten Busse mit Zielen südlich von Madrid ab. Dort an der Station habe ich mir Kaffee bestellt, ihn probiert und mir die Zunge verbrannt. Dann bin ich in einen Bus mit Fahrtziel Granada gestiegen. Habe meinen Platz gesucht und als Allererstes mein Telefon ausgeschaltet. Guten Flug, *mi amor*. Eine Nachricht von dir, einfach und ohne Untertöne. Ich hatte keine Zeit, dir zu antworten, meine Lüge war bereit zum Abflug.

37 Unser Hotelzimmer in Lekeitio geht zum Strand, es ist schick und komfortabel, ideal für eine schöne Siesta. Es ist schon nach achtzehn Uhr und ein ungemütlicher

Wind frischt auf. Von der Isla de San Nicolás in den Ort zurückflüchtend erreichen die letzten Schwimmer die Küste. Der Tag am Strand nimmt ein natürliches Ende. Ich schlage einen Spaziergang bis zum nächsten Strand vor, dem von Karraspio, aber du sagst, du machst lieber eine Siesta oder schaust Formel 1 im Fernsehen, oder vermutlich beides zugleich.
Mich lockt die Vorstellung, dicht an dich gekuschelt ein Nickerchen zu machen, aber ich finde die Gelegenheit auch passend, uns mal für eine Weile zu trennen. Auf Reisen ist das ebenso nötig wie schwer zu erreichen.
Zum Schutz vor dem Wind binde ich mir ein Tuch um den Hals und mache mich dann auf den Weg. Ich atme tief durch und fülle meine Brust mit Meeresluft. Endlich werde ich in Ruhe mit meiner Mutter sprechen können. Seit wir unterwegs sind, haben wir nur Textnachrichten ausgetauscht. Es hat auf mich nicht so gewirkt, als hätte sie große Lust, mit mir zu sprechen. Vermutlich ist sie beschäftigt. Vielleicht hat sie sogar entschieden, ihr Handy auszuschalten. Aber ich habe es satt, auf einen Anruf von ihr zu warten. Nach fünf Mal Klingeln, dem ich lausche, während ich zügig aufs Meer zugehe, höre ich ihre Stimme. Es ist fast sieben Uhr abends und fast niemand mehr ist am Strand. Die Stimme meiner Mutter mischt sich mit dem Rauschen der Wellen. Sie ist in Motril, an einem anderen Meer. Sie antwortet mir ohne sonderliche Begeisterung und gibt mir einen detaillierten, jedoch aseptischen Bericht über die letzten Ereignisse. Seit drei Tagen kann sie ihn nicht mehr besuchen, Nachrichten erhält sie nur durch den Anwalt. Sie haben ihm wieder eine Sonde gelegt. Zwangsweise, aber wenigstens isst er, sagt

meine Mutter, ohne ihre Erleichterung zu verbergen. Jedenfalls haben die Ärzte die nächste Runde Chemo verschoben. Er ist schwach. Sie trauen seiner Leber nicht. Alle Hoffnungen sind jetzt auf die Gewährung des Hausarrests gerichtet, sie warten darauf, dass die Beschwerde des Anwalts Wirkung zeigt. Sie rasselt das alles herunter, fast ohne Luft zu holen, ohne mich zu fragen, wo ich bin oder ob es mir gutgeht. Es ist offensichtlich, dass sie nicht mit vielen Leuten über das Thema spricht. Nicht einmal mit dem Gefangenen. Sicher verplempern sie die kurzen Besuchszeiten damit, absurde Zukunftspläne zu schmieden. Einen Moment lang gebe ich mich der Versuchung hin, die mich stets verfolgt: weinen, schreien, niederknien und mir die Haare raufen, während ich meine Mutter anflehe, dass sie bitte endlich fliehen soll, ohne einen Blick zurück. Noch hat sie Zeit, aus dieser Geschichte auszusteigen, weiterzumachen ohne einen Blick zurück, sie muss das alles nicht ertragen. Liebe, sagst du? Die Liebe kann überall auftauchen, warum musstest du ins letzte Loch steigen, um sie zu finden?

Nur einmal war ich nahe dran, das alles auszukotzen, aber ein einziger Blick meiner Mutter erstickte meine Kühnheit.

— Wie wird Gustavo mit all dem fertig?, fragt sie endlich, ohne mich zu fragen, wie ich damit fertig werde.

Aber ich bin es müde, weitere Lügen auf den Lügenberg zu schaufeln, und sage meiner Mutter, dass wir dieses Thema lieber lassen, ich möchte Gustavo da nicht mehr als nötig reinziehen. Ich erreiche das Ende des Strandes. Die Mündung des Lea schneidet meine Schritte ab. Aber da Ebbe ist und der Fluss nur wenig Wasser führt, wate ich zu

Fuß hindurch, um an den nächsten Strand zu gelangen. Ich hebe den Rock hoch, damit er nicht nass wird, aber davor sage ich meiner Mutter, dass ich auflegen muss, ich hätte keine Hand mehr frei. Ich bitte sie inständig, auf sich aufzupassen, dass sie allen Kameras aus dem Weg gehen und mir Bescheid geben soll, wenn sich irgendwas ändert, und dass sie, soweit möglich, die andalusische Sonne genießen soll.

Ich wate durch den Fluss und stelle mir vor, wie ich mich ihm sanft hingebe, mich von der Strömung mitreißen lasse. Aber irgendwie komme ich nach Karraspio. Die Sommerfrischler und die Kinder sind bereits gegangen. Ich sehe nur eine Frau. Unter einem Sonnenschirm, auf einem Klappstuhl aus Stoff, eine riesige Sonnenbrille bedeckt ihr halbes Gesicht. Ganz in ihre Papiere vertieft blickt sie nicht auf, als ich an ihr vorüberlaufe. Sie kritzelt etwas mit einem roten Kugelschreiber. Ich überlege, ob sie vielleicht Schriftstellerin ist. Jemand, der mir helfen könnte, dieser Geschichte Kohärenz zu geben. Aber vielleicht ist sie nur Lehrerin an einer Sommerschule und korrigiert die Aufgaben vom Tag.

Ich komme ins Hotel zurück und bevor ich die Tür zu unserem Zimmer öffne, höre ich dich mit jemandem sprechen. Ich ziehe die Karte über den Öffner und du unterbrichst das Gespräch abrupt, sagst *adiós, adiós* und wirfst das Telefon aufs Bett.

— Wer war das?, frage ich dich ohne Begrüßung.

— Sarah, antwortest du, hast keine Zeit, dir eine Lüge auszudenken.

— Sie hat deine Nummer?

— Ja, seit dem Interview, nehme ich an.

— Und?
— Was?
— Was sie wollte.
— Ach, nichts, sie fährt morgen nach San Sebastián und wollte fragen, ob wir uns treffen.
— Schon wieder?

38 *That yongë child.*

Das Kind weint, verstehst du das?, sagte Asier zu mir und streckte dabei den Kopf wie eine Schildkröte hinter dem Klavier hervor, seinen lüsternen Blick erbarmungslos auf mich gerichtet. Das Klavier kann diese Klage wie die Harfe aus der Originalpartitur begleiten, sie umhüllen, aber du bist diejenige, die sie erschaffen muss, es ist deine Stimme, die weint. Es ist ein Weihnachtslied, richtig, aber Weihnachten geht es nicht nur um Geschenke, fröhliche Hirten und fromme Wünsche. Vergiss die Zambomba-Trommeln und Cortylandia. Weihnachten ist auch das Töten von Unschuldigen. Das Köpfen von Neugeborenen. Macht dir die Herodes-Statue keine Angst, in der Krippe im Parque de la Florida? Du weißt, dass er alle Kinder unter zwei Jahren hat töten lassen, oder nicht? Ich hörte ihm wortlos zu, als wäre das, was er mir da erzählte, das Interessanteste, was meine Ohren je vernommen hatten.
When it gan weep.
Es war schon spät im Herbst. Weihnachten stand kurz bevor, zusammen mit unserem ersten Konzert von »A Ceremony of Carols«. Das war unsere dritte Einzelprobe. Für weitere würde keine Zeit mehr sein. Ich musste bei dieser

Gelegenheit glänzen, Asier zeigen, dass ich so weit war. Ich werde nicht leugnen, dass ich meine Aufmachung sehr sorgfältig gewählt hatte, mit etwas mehr Aufmerksamkeit als bei unseren vorherigen Proben. Ich trug Schwarz, wie ich es damals gern tat, Rock und Stiefel, die mir fast bis zu den Knien reichten und mich vor dem unaufhörlichen Regen schützten.

Wir gingen mein Solo ein letztes Mal durch. Es war eine einfache, jedoch sehr emotionsgeladene Melodie, kaum zwei Minuten lang. Im Vergleich zu unserem letzten Treffen gab es keinerlei Verbesserung. Asier musste bereits wissen, dass er mit mir nicht weiter vorankam, mehr ging nicht, und ich wusste das auch. In diesem Jahr hatte ich mit Klavier aufgehört, um mich ganz auf den Sologesang zu konzentrieren, und auch im Konservatorium war es mir ähnlich gegangen: Nach einem starken Auftakt, der die Aufmerksamkeit all meiner Lehrer erregt hatte, merkte ich, dass ihre Begeisterung abzuflauen begann. Daran, wie Asier mit mir sprach, merkte ich, dass er enttäuscht war. Vielleicht sah ich ihn deshalb so an, wie ich ihn ansah, als er mir früher als vereinbart sagte, wir könnten es damit gut sein lassen.

With song she lulled him asleep.

Ich zog mir den Mantel an und machte mich bereit zu gehen. Asier blieb für gewöhnlich am Klavier sitzen, gab mir ein kurzes Handzeichen - Daumen rauf, gute Arbeit, weiter so - und machte sich mit einem Mini-Bleistift Notizen auf der Partitur. Aber an jenem Tag schloss er die Klappe des Klaviers, stand auf und kam auf mich zu. Ich sah in seinen Augen, dass er etwas vorhatte. Vielleicht wollte er mich im Café an der Ecke zu einem Kaffee einladen, so, wie es in meiner Vorstellung schon mehr als einmal geschehen war. Aber er sagte nichts und ich stand wartend da. Langsam kam er näher. Gut, dann bis zum nächsten Mal, sagte ich, mehr als alles andere, um die zähe Stille zu durchbrechen. Und ich glaube, bevor ich auf der Hacke eine halbe Drehung hinlegte, schaute ich ihn wieder auf diese Art an und warf meine Haare zurück, während ich zur Tür ging. Doch da war Asier schon ganz nah, oder vielleicht beschleunigte er auch den Schritt, sobald ich ihm den Rücken zuwandte. Mit der haarsträubenden Zartheit einer Katze griff er von hinten nach mir und unterband unverhofft meine Schritte und meinen Atem.

Da ich nicht reagierte, schob er sich noch näher an mich heran, nutzte aus, dass ich den Mantel noch nicht zugeknöpft hatte und küsste mich auf den Hals. Der Schauder lief mir bis zu den Füßen und blieb in meinen Stiefeln hängen. Mit einer Hand streifte er mir den Mantel ab, so natürlich, wie man eine Banane schält, und schob ihn mit dem Fuß zwischen uns weg. Ich schloss die Augen. Vermutlich machte ich nach, was ich in irgendeinem Film gesehen hatte. Sonst tat ich nichts. Ich wurde zu einer Stoffpuppe, wollte in diesen feuchten Genuss eintauchen. Es folgten weitere Küsse, und endlich drehte er mich herum. Ihm Auge in Auge gegenüber zu stehen erschreckte mich plötzlich, aber Asier hatte ein friedliches Lächeln auf dem Gesicht. Mit dem Blick sagte er mir, dass alles gut war, ohne damit aufzuhören, Küsse auf meinem Gesicht, dem Mund, den Augen zu verteilen.

Ich schloss wieder die Augen, das hier fing an, angenehm zu sein. Er hielt mich kräftig an den Schultern fest, wollte mich überzeugen, dass ich nicht umfallen würde.

That was so sweet a melody.
Dann drückte er mich ohne Vorwarnung gegen die Tür. Ich fühlte einen Schlag gegen die Hüfte und machte die Augen auf. Ich glaube, ich sagte nichts, allenfalls murmelte ich wohl seinen Namen, und er meinen. Aber sonst nichts. Ich entspannte den Mund und fühlte seine Zunge noch tiefer in mir. Sein Geschlecht drückte gegen meinen Rock. Es war nicht das erste Mal, dass ich mich so mit jemandem küsste, dass ich diese Wölbung, diese Kraft spürte. Aber der Mund, die Arme, die Beine von Asier hatten eine Kraft, die ich nicht kontrollieren konnte, eine Kraft, die mich berauschte und mir Angst machte.
Er schob die Hand unter meinen Rock und das lähmte mich. Ich bereitete mich darauf vor, dass diese Hände mir an die Brüste fassen würden, genau wie es geschehen war, als ich mich mit anderen so geküsst hatte, aber diesen Schritt hatte er ausgelassen. Seine Hand war bereits in tiefsten Tiefen, in die ich mich selbst kaum einmal vorgewagt hatte. Er zog die Hand raus, ich fühlte mich erleichtert, aber das war nur, um die Finger im Mund zu befeuchten: sofort kehrte er in den Abgrund zurück. Ich hörte das Geräusch seines Reißverschlusses, wie aus weiter Ferne.
It passéd alle minstrely.
Das war der Moment, etwas zu sagen. Warte mal. Was machst du da. Ich bin sicher, beim geringsten Einwand von meiner Seite hätte er aufgehört. Aber meine Kehle regte sich nicht, dem Zwerchfell gelang es nicht, genug Luft zu bewegen, um irgendeinen Klang hervorzubringen. Innerhalb weniger Sekunden hatte ich die ganze jahrelang geübte Vokaltechnik vergessen. Ich fand die Wörter nicht, entschied mich nicht für Dur oder Moll. Mit geschlossenen

Augen lehnte ich den Kopf gegen die Tür und versuchte, mich zu entziehen. Das war das Signal, auf das Asier wartete. Er zögerte nicht. Hartnäckig versuchte er es vier oder fünf Mal, und dann spürte ich einen brennenden Dolchstoß zwischen den Beinen. Ich spürte, wie er mich verletzte, sah voraus, dass das Blut aus mir sprudeln und die Narbe für immer dortbleiben würde. Ich wollte weinen, aber aus meiner Kehle drang nur ein schwaches Wimmern. Zu dem Zeitpunkt hätte Asier das nicht mal gehört. Er japste ganz nah an meinem Ohr. Ich wollte ihm ins Gesicht sehen, um zu überprüfen, dass das Asier, der Asier von immer, der Asier meiner Träume war. Aber ich hatte Angst, mich zu bewegen. Ich war weiterhin nichts als eine Stoffpuppe, seinen Stößen ausgeliefert gegen diese Tür gepresst. Die Bewegungen meines Chorleiters wurden schneller, und genau als ich dachte, ich könnte es einfach nicht mehr ertragen, würde entzweibrechen, da zog er sich abrupt zurück, hinterließ Flecken auf meinem schwarzen Rock. Er stützte eine Hand gegen die Tür und sah mich um Atem ringend an, aber ich verstand, dass sein Blick mühelos durch mich hindurchging. Dann lächelte er mich an. Entschuldige für das mit dem Rock, sagte er, ich wusste ja nicht, ob du was nimmst … Ich antwortete nicht. In Wahrheit verstand ich den Kommentar nicht. Ich zog mir die Unterhose und die Strumpfhosen hoch und hob meinen Mantel auf. Geht es dir gut, Hübsche? Ich drehte mich um, riss wütend die Tür auf. Ulia, bitte, komm zurück, ist was mit dir?
The nightingale sang also.
Jenen Abend verbrachte ich damit, alle zehn Minuten auf die Toilette zu gehen, darauf gefasst, das Blut aus der Wun-

de strömen zu sehen, die für mich, wenngleich ich sie nicht sah, offensichtlich war; ich konnte unmöglich einschlafen. Wenn das Blut kommt, werde ich weinen, dann werde ich mich frei fühlen, versprach ich mir selbst.
Aber es kam nie. Wenn ich wenigstens diesen Beweis gehabt hätte. So aber konnte alles nur ein Traum gewesen sein, eine Halluzination, ein Teenie-Delirium. Deshalb erzählte ich niemandem, was passiert war. Zumindest nicht im Detail. Dir zum Beispiel erzählte ich, mein erstes Mal sei mit einem zwölf Jahre älteren Mann gewesen, gegen eine Tür gepresst, schnell und leidenschaftlich. Das klang für dich nach einer spannenden Geschichte, so ganz anders als deine völlig konventionelle erste Erfahrung: die Freundin aus der Schule, Eltern, die übers Wochenende wegfahren, ihre Hysterie, als sie glaubt, das Kondom sei gerissen.
Ich ging weiterhin zu den Proben, und Asier grüßte mich, lächelte mir diskret zu, aber ich vermied es strikt, mit ihm allein zu bleiben. Es ist auch nicht so, dass er nach mir suchte. Am Tag der Aufführung war mein Solo eine einzige Katastrophe. Ich sang schief, und meine Aussprache des verhassten mittelalterlichen Englisch war einfach erbärmlich.
Als wir fertig waren und uns in der Sakristei umzogen, kam Asier herein und sagte, dass er mit mir sprechen wolle. Alle anderen Mädchen standen um mich herum. Manche schauten ihn befremdet an. Asier, wir ziehen uns gerade um! Kannst du nicht warten? Aber er wollte mit mir sprechen, es sei dringend. Ich sagte ihm, dass ich es eilig habe, und lief weg, blickte mich suchend nach Joseba und meiner Mutter um. Sie warteten auf der Straße auf mich.

Jetzt würden sie mir sagen wollen, wie stolz sie auf mich waren, und ich müsste ihnen zuhören.
Her song is hoarse and nought therto.
Zum neuen Jahr teilte Asier uns mit, dass er mit dem Chor aufhörte. Er würde in Barcelona heiraten. Keine von uns hatte gewusst, dass er eine Verlobte hatte (weder in Barcelona noch sonst wo), und die Nachricht sorgte für nicht wenig Gerüchte. Er versprach uns, irgendwann im Frühling wiederzukommen und dass wir dann alle zusammen essen gehen könnten, um seinen Junggesellenabschied zu feiern. Momentan sei er zu beschäftigt mit dem Umzug und den Hochzeitsvorbereitungen. Aber er erfüllte sein Versprechen nie.
Es war eine dunkle Zeit für mich. Nach dem Fiasko mit dem Weihnachtskonzert war ich drauf und dran, nicht nur den Chor zu schmeißen, sondern auch das Konservatorium. Die Ermutigungen, die Joseba mir einzuflößen versuchte, schmetterten mich nur noch mehr nieder. Und schließlich, ich weiß nicht wie noch warum, wählte ich den entgegengesetzten Weg: Von da an würde ich mich mehr denn je anstrengen, ich würde gründlich alle Atemübungen machen, würde nur die Besten zum Vorbild nehmen und unermüdlich lernen. Von einem Tag auf den anderen beschloss ich, eine weltberühmte Sängerin zu werden. Ich wäre die grausamste Dalila, ich würde in den wichtigsten Spielstätten der Welt *una voce poco fa* schreien, ich würde in Rekordzeit mit allen *O mon Fernand* ins Bett gehen. Egal in welchem dreckigen Loch Asier sich verkroch: Wo auch immer er steckte, er käme nicht umhin, von mir zu hören, von meinem Talent, meinem kolossalen Erfolg, meiner außergewöhnlichen Stimme.

39 Wetterbericht im Autoradio: »Im Verlauf des Tages wird das Wetter immer unbeständiger. Vormittags werden gelegentlich schwache und vereinzelte Regenschauer erwartet. Ab Nachmittag auffrischender Wind. Es kann Gewitter geben, auch Hagelschauer sind möglich. Die Temperatur bleibt den ganzen Tag über frisch, mit Höchstwerten von 18° im Landesinneren und 20° an der Küste.«
Ein typischer baskischer Sommer. Wir haben das Himmelreich gewonnen. Mach das Radio aus, sei so gut.

40 Lekeitio hinter uns lassen. Die Biskaya-Küste als erledigt abhaken. Zurück auf die Straße. Sich wieder ans Lenkrad setzen. Dem Meer für eine Weile Lebewohl sagen. Die Windschutzscheibe besprühen und sauber machen. Und sich an den eigentlichen Zweck dieser Reise erinnern: Metapher aus Asphalt, Selbsterkenntnis, und so weiter. Die Geheimnisse genießen, die der Weg uns nun beschert.
Von hier an haben wir nichts mehr geplant, haben nichts reserviert. Nichts abgesprochen. Ich möchte gern Joseba sehen, möchte ihn in seinem *baserri* in Elizondo besuchen, seinem Landhaus im traditionell baskischen Stil. Aber noch ist es zu früh. Davor müssen wir Gipuzkoa kennenlernen: die kleinste Provinz Spaniens, die widerspenstigste, die ein wenig französisch angehauchte, *a pain in the ass*, die Rettung des Euskera, sprich: der baskischen Sprache, und Wiege berühmter *bertsolaris*, der Meister im Singen improvisierter Verse. Aneinandergereihte Gewerbegebiete, Fabriken und Industriehallen, die verstohlen in

den Tälern und an den Hängen der grünsten Berge auftauchen. Eine Epidemie. Und anschließend, was sonst, ein wenig *urban chic*: San Sebastián erwartet uns mit seinem Jazzfestival, seinen gutbürgerlichen Promenaden, mit Eiscreme, ein bisschen Tanzen in den Diskos am Strand von La Concha, kaltem Bier zu Füßen des Monte Urgull. Zum Abschluss möchte ich dir die Exotik des französischen Baskenlands zeigen, die Paprikas dort, die Schlösser, die bunte Folklore. Dich auf den so kuriosen Akzent aufmerksam machen, mit dem sie dort die Sprache der Basken sprechen. *Fite, fite*!

Fangen wir an.

Die Straße, die uns von Lekeitio nach Markina-Xemein bringt, ist uns unerträglich. Dir wird schlecht. Mir wird schlecht. Dann treffen wir auf das sich über zwei Provinzen erstreckende Konglomerat Eibar-Ermua. Die dort in die Höhe geschossene Stadt überrascht dich völlig, *à propos de rien*, dicht neben der Autobahn. Bergara sieht für uns nach einem Örtchen aus, wo es sich lohnt, Halt zu machen, es ist hübsch und elegant, aber wir treffen keine gute Wahl mit dem Restaurant. Nicht immer wird das Klischee bedient, Gustavito. Vor dem Essen machen wir einen Spaziergang, und als du auf einem Schild an einem fast völlig von Kletterpflanzen verschlungenen Turm liest, dass dort Telesforo Monzón geboren wurde, fragst du mich, wer besagter Mensch war.

— Ein Politiker der PNV, oder von Herri Batasuna, ich weiß nicht mehr genau, versuche ich deine Frage zu beantworten.

Da für dich beide Parteien ähnlich nationalistisch klingen, stellt meine Antwort dich zufrieden.

Nach dem Essen begeben wir uns wieder auf die *grand tour* und beschließen auf Anregung von Google Maps nach Arantzazu zu fahren. Dort befindet sich der baskische Beitrag zu der nicht sonderlich originellen Mode kleiner Hirten, die auf die Jungfrau Maria treffen. In diesem Fall verfügt das Heiligtum zudem noch über das i-Tüpfelchen der heiligen künstlerischen Dreifaltigkeit: Chillida, Basterretxea, Oteiza.
Auch wenn der Ort spektakulär ist, wirft das Heiligtum an sich uns etwas zurück, es erinnert an einen Campus aus den siebziger Jahren, grau und steif, fast im brutalistischen Stil. In Oñati trinken wir einen Kaffee auf dem Platz vor dem hübschen Rathaus, und du folgst wieder den Tipps, die dir das Gerät in deiner Hand anbietet, und schlägst vor, das Viertel aufzusuchen, »wo Klaus Kinski zur Welt gekommen ist«.
— Wenn du den Konquistadorenkiller vom Amazonas meinst, der hieß nicht Klaus Kinski, sondern Lope de Aguirre.
— Ich weiß schon, du Schlaubergerin.
Letztlich sehen wir von unserem Plan ab, bis nach Araotz hochzuwandern, denn das sommerliche Klima hat sein Versprechen erfüllt, die ersten Tropfen beginnen zu fallen und werden bald zu Hagel. Wir kehren also zum Auto zurück, suchen wieder einmal auf der Straße Zuflucht. Statt auf demselben Weg an die Küste zurückzufahren, wählen wir die Route durch Goierri, unsere ganz eigenen Highlands. Gefällt dir das, Gustavo? Echt viele Berge, oder? *So grün war mein Tal!* Jetzt bin ich es, die, Telefon in der Hand, einen Informationssturm auf dich loslässt. Eine Liste berühmter Persönlichkeiten, die die Region hervor-

gebracht hat, darunter neben vielen anderen und nach Geburtsdatum sortiert: ein Heiliger, ein Karlisten-Anführer, ein dolmenbegeisterter Anthropologe, der Komponist der Falangisten-Hymne »Cara al sol« und der Fernsehkoch Karlos Arguiñano.

In Tolosa beschließen wir anzuhalten, vor allem um die wenigen Kilometer, die uns noch bis zu unserem Fahrtziel bleiben, nicht zu schnell aufzubrauchen. Wir flüchten uns in eine völlig leere Bar, und während wir melancholisch zwei *zuritos* schlürfen, schauen wir zu, wie der Regen - der Hagel hat seine Kraft schon wieder verloren - auf den Río Oria prasselt. Keine Menschenseele ist auf der Straße unterwegs. Die Hälfte der Bevölkerung hat sich wohl schon in die Schützengräben des Mittelmeers geflüchtet.

— Bist du traurig?, fragst du mich unvermittelt.

— Was? Nein!

Du weißt sehr gut, dass ich, im Gegensatz zu dir, häufig dunkle Momente erlebe. Ich verschließe mich in mir selber und umgebe mich mit bitteren Erinnerungen und trübsinnigen Vorahnungen. Aber dies ist keiner dieser Momente. Mein Unbehagen ist diesmal ganz klar verortet, ich muss nichts tun, um es anzuheizen. Deshalb möchte ich, statt deine Umarmung zu suchen, viel lieber weg von dir.

Auf dem Weg zur Toilette laufe ich direkt auf ein paar Plakate zu, die mich wie angewurzelt stehenbleiben lassen. An die Wandschmierereien bin ich gewöhnt, fast überall sind wir auf diese in roter, blauer, schwarzer Farbe gepinselten Losungen gestoßen, seit wir zum ersten Mal in Vitoria geparkt haben bis zum hinterletzten Dorf in Goierri.

Aber das waren nur Buchstaben, harmlose Schriftzüge, leicht zu ignorieren. Doch auf dem Plakat in dieser Bar ist neben den üblichen Sätzen auch ein Foto abgebildet. Und es ist nicht dasselbe, Schlagworte wie FREIHEIT FÜR ORTIZ DE ZÁRATE - IHR BRINGT JOSEMARI UM - WIR WOLLEN IHN ZUHAUSE - HALT DURCH, JOSEMARI zu lesen, oder dem zerstörten Körper von José María Ortiz de Zárate direkt gegenüberzustehen: zerstört vom Hungerstreik, vom Krebs, von einem Leben im Untergrund und im Gefängnis. Auf einem Krankenhausbett, in Unterhosen, fast dahingeschmolzen in der Gluthitze von Granada, mit einem weißen Heftpflaster, das die Sonde in der Nase hält. Ich frage mich: Wer hat diese Aufnahme wohl gemacht, wie ist sie wohl bis in diese Bar gekommen?
Ich gehe auf die Toilette, komme wieder raus, nehme dich am Arm. Plötzlich habe ich es eilig, los, komm, gehen wir, es wird spät, außerdem ist mir langweilig, was haben wir hier zu suchen, lass uns gehen.
Und obwohl du dein Bier noch nicht ausgetrunken hast, folgst du mir gehorsam.

41

BESUCHE BEI ORTIZ DE ZÁRATE NACH DURCHSICKERN VON FOTOS VERBOTEN

> Die britische Zeitung »The Guardian« veröffentlichte vergangene Woche das erste Interview, das der Gefangene Ortiz de Zárate seit Beginn seines Hungerstreiks gegeben hat. Dieses Interview,

in dem Ortiz de Zárate beteuerte, ihm widerfahre »keine Gerechtigkeit, sondern Rache«, hat sowohl innerhalb der Regierung wie auch unter Stimmen der Opposition viel Staub aufgewirbelt. Neben Bekundungen seitens des Häftlings aus Vitoria, den Friedensprozess zu unterstützen, war das Interview von Fotos begleitet, auf denen der bedauernswerte Zustand zu sehen ist, in dem er sich befindet, und genau diese Fotos gaben Anlass zu der Polemik. Und zwar in solchem Ausmaß, dass das Generalsekretariat der Strafvollzugsanstalten beschlossen hat, eine neue Maßnahme gegen den Häftling zu verhängen: ihm die Besuche zu verbieten. Da der Gefangene keine direkten Angehörigen habe, könne er künftig nur noch von seinem Anwalt besucht werden. So solle jede weitere öffentliche Äußerung sowie das Durchsickern von Fotos unterbunden werden.

Der Gefangene befindet sich schon seit dreiundvierzig Tagen im Hungerstreik und wurde letzte Woche ins Krankenhaus von Granada eingeliefert, nachdem die Audiencia Nacional Zwangsernährung angeordnet hatte. Seither wird Ortiz de Zárate durch eine Sonde ernährt. Mit Genehmigung des hohen Gerichts mussten ihm auch Beruhigungsmittel verabreicht werden, da er sich gemäß Informationen seines Anwalts dem Anbringen der Sonde gewaltsam widersetzte. Der Gesundheitszustand von Ortiz de Zárate ist besonders prekär, weil er zu Beginn des Hungerstreiks wegen Prostatakrebs in Behandlung war. In den nächsten Tagen wird bekannt gegeben, ob die vom Anwalt eingelegte Beschwerde Erfolg haben wird. In diesem Fall könnte Ortiz de Zárate Hausarrest gewährt bekommen und die kürzlich gegen ihn verhängte Strafverlängerung zu Hause in Vitoria verbüßen.

Der Häftling hätte im Mai entlassen werden sollen. Nach Aufenthalten in Haftanstalten auf den Kanaren und auf dem Festland wurde er Anfang des Jahres in das Gefängnis von Albolote (Granada) verlegt. In Dörfern und Städten in Euskal Herria finden fortwährend Protestmärsche zu seiner Unterstützung statt.

42 Dein Vater ist Notar und wollte, dass du auch Notar wirst. Familientradition. Sich nicht weiter umschauen müssen, das Vertrauen dessen, der weiß, dass er den perfekten Horizont gefunden hat, das Gebot der Genetik. So hast du also brav Jura studiert und Abschied von der Anarchistischen Jugend Ávilas genommen. Doch nachdem du mit dem Studium fertig warst, hast du beschlossen, weiter eine akademische Laufbahn zu verfolgen. Auf dem von deinem Vater für dich vorgezeichneten Weg kamst du an eine Abzweigung. Es war kein radikaler Bruch, nein, du hast eher eine Politik der vollendeten Tatsachen verfolgt. Dieses Stipendium hier, jener Preis dort, die Gelegenheit, an einer der angesehensten amerikanischen Universitäten zu promovieren. Und wie sollte ich eine solche Gelegenheit ausschlagen, Vater. Ohne je ausdrücklich zu sagen, dass du auf das Notariat verzichtetest, ohne je in den direkten Konflikt zu gehen. Dein eigener Prozess der Konfliktlösung, passiv, ganz dein Stil.
Du wirst nie so viel verdienen wie dein Vater, und er wird dir nie sagen, wie stolz er auf dich ist. Ein stillschweigender und akzeptabler Pakt.
Für dich hat es sich als einfach erwiesen, einen autoritären Vater zu haben. Fast so leicht wie für mich, einen abwesenden Vater zu haben.
— Mein Vater starb bei einem Verkehrsunfall, sogar noch

vor meiner Geburt. Ich habe ihn tatsächlich nie vermisst, bin ich deshalb ein Scheusal?, habe ich dir bei einem dieser ersten Treffen in Jazzkneipen anvertraut.
— Bis ich achtzehn geworden bin, habe ich meinen nur sonntags gesehen, zu den Mahlzeiten, am anderen Ende des Esstischs. Danach noch weniger. Aber ich habe ihn auch nicht vermisst. Du bist überhaupt kein Scheusal. Für manche Menschen ist das sehr schwer, ich habe haufenweise Filme mit derselben Handlung gesehen: Söhne oder Töchter, die ihre Väter nie kennengelernt haben, starten verzweifelte Nachforschungen, stecken Ersparnisse, Energie und ihr gesamtes emotionales Kapital in diese Suche, einzig und allein, um ihren Vater zu finden. Sie möchten auf diese Weise aus einem Leben herauskommen, in dem sie unermüdlich ihren genetischen Ursprung, ihre eigene Identität, ihre Daseinsberechtigung in Frage stellen. Die fehlenden Gewissheiten haben sie in einen Abgrund aus Unsicherheit und Unglück gestürzt.
Für mich ist es einfach gewesen, einen abwesenden Vater zu haben.

43 Schon seit längerem ist erwiesen, dass wir ruhige Touristen sind. Zum Beispiel haben wir eine Woche in Havanna verbracht, nachdem du diesen Kurs gegeben hattest, und haben dort nichts Besonderes gemacht: Eis bei Coppelia, Bier und noch mehr Bier an der Plaza Vieja, Stunde um Stunde am Malecón in Erwartung des Kanonenschusses um 21 Uhr, das eine oder andere Jazzkonzert in einem Lokal in Vedado. Sogar zu faul, um auch nur in eine

guagua zu steigen, die uns für eine kleine Erfrischung an die Strände im Osten gebracht hätte.
Matte, lustlose Touristen. Das hast du mir beigebracht. Wenn ich mit Joseba und meiner Mutter unterwegs war, taten wir das genaue Gegenteil: durchgestylte Terminpläne, perfekte Zeitoptimierung, eine tiefe, systematische Kenntnis der Wettervorhersagen und der Öffnungszeiten der Museen. Meine Mutter kümmerte sich um alles; mit einem Reiseführer unter dem Arm, *manu militari*, ließ sie uns durch Amsterdam marschieren, durch die böhmischen Glasfabriken, an der Amalfiküste entlang, über enge Pfade im Schwarzwald. Ein Stau, ein unerwartetes Sommergewitter, das unser Zelt unter Wasser setzte, ein Palast oder ein Zollgebäude, die aufgrund irgendwelcher Renovierungsarbeiten geschlossen waren, bedeuteten eine Katastrophe, den Gipfel des Unglücks, die Verzögerung aller Pläne und, aus einer gewissen Perspektive betrachtet, das tosende Scheitern des gesamten Urlaubs.
Frankreich zu durchqueren war der reinste Kreuzweg, eine trübselige Angelegenheit: dieses *camping à la ferme*, die Hotels in Fertigbauweise, die unanständig teuren Mautgebühren. Ebenfalls dem Beispiel meiner Mutter folgend, begannen Joseba und ich die Staus im französischen Baskenland zu hassen, das Flachland von Landes nervte uns, wir ignorierten die arme Skyline von Bordeaux und verabscheuten die Orangina, die man uns an den Autobahnraststätten servierte. Aber Frankreich war unweigerlich unsere Brücke nach Europa. Das große Europa erwartete uns hinter diesem Land, das meine Mutter so sehr hasste. Von Vitoria bis Genf sind es nicht mehr als 1019 Kilometer, wetten, dass wir das vor dem Dunkelwerden schaffen

können, würde meine Mutter sagen. Und tatsächlich, wir schafften es. Erledigt, mit nicht mehr genug Kraft, um das Zelt aufzubauen, aber wenigstens konnten wir Schweizer Luft atmen. Wenn wir es bis nach Straßburg schaffen, strengen wir uns noch ein bisschen an und verbringen die Nacht in Deutschland, einverstanden? Mutter, bitte …
Bis ich dich kennenlernte, wusste ich nicht, dass es andere Arten des Reisens gibt. Ich wusste nicht, dass Tourismus etwas anderes sein kann als ein verlorener Kampf gegen die Zeit. Und ich ging zum anderen Extrem über, mit dem Eifer des Konvertiten. Und was habt ihr in Kuba gesehen? Viele Sonnenuntergänge, das karibische Meer, wie es am Malecón leckt, Gläser voller Papayasaft. Solche Sachen. Und hattet ihr eine gute Zeit? Wunderbar.
Ich dachte, zwischen dir und mir würden die Dinge immer so sein, aber in den letzten Tagen hat sich etwas verändert. Was? Eine Rastlosigkeit, die ich dir anmerke, und die an mir nagt. Oder ist es von Anfang an so gewesen? Nein, am Anfang warst du entspannt. Und ich auch, innerhalb meiner Möglichkeiten. Denk an die Siesta auf einer Decke im Tal von Arratia, den endlos fließenden Nachmittag, den wir auf meinem Bett in Vitoria verbracht haben, den Weißwein zu dreißig Euro pro Flasche. Aber plötzlich ist dir langweilig geworden, Unruhe hat von dir Besitz ergriffen, du möchtest nur noch Kilometer fressen und unter dem Vorwand, es regne ja, weigerst du dich, irgendwas anzuschauen. Weiterfahren, weiterfahren, Benzin verbrennen, dein neues Auto einfahren. Jetzt erinnerst du mich an meine Mutter, die Märtyrerin der *autoroute*. Oder bin ich es womöglich, die dich mit meinem Kummer angesteckt hat? Bin ich es, die sich bewegt, um von den Wandschmiere-

reien wegzukommen? Die dich immer zum nächsten Dorf fahren lässt? Die alle Fernseh- und Radiosender ablehnt, auf die wir treffen? Heute haben wir, innerhalb eines kleinen Dreiecks, zweihundert Kilometer zurückgelegt und fast nichts gesehen.
Jetzt ruhen wir uns endlich im teuersten Hotel von Getaria aus - dem einzigen, das freie Zimmer hatte - und bereiten uns fürs Ausgehen vor. Du wirst mich zum Abendessen einladen, wir fliehen weiterhin nach vorn.

44 Eine Mutter zu ihrer Tochter, am Telefon und ohne Vorankündigung:
— Ich treffe mich mit jemandem.
— Wie bitte?
— Naja, das halt, ich bin mit jemandem zusammen.
— So als Paar, meinst du?
— Ja, in etwa.
Das Sexualleben der geschiedenen Mutter: mit Vorsicht zu behandeln.
— Schön, freut mich.
— Schön?
— Was soll ich denn sonst sagen?
— ...
— Ah, verstehe, du möchtest noch mehr erzählen. Dann los, sag schon, ist es ein Mann oder eine Frau?
— Was glaubst du denn?
— Okay, schon gut, nichts Neues an dieser Front ... Kenne ich ihn?
— Nein. Du kennst ihn nicht.

— Ist er aus Vitoria?
— Ja, er ist von hier.
— Ein alter Bekannter?
— Ganz richtig.
— Na komm schon, sag mir, wer es ist, wo hast du ihn kennengelernt, wo habt ihr euch wiedergetroffen ...
— Er kommt von hier, ist aber nicht mehr hier.
— Hui, wie mysteriös ...
— Er ist im Gefängnis.
— Im Gefängnis, wo?
— Auf Teneriffa.
Teneriffa = ganz schlimme Sache, denn viel weiter kann man einen Häftling nicht wegschaffen. Das spanische Äquivalent zu Französisch-Guayana.
— Und wie habt ihr es angestellt, euch ...?
— Durch Briefe.
— Verdammt, wie romantisch. Und von den Briefen, wie seid ihr ...?
— Es ging langsam, aber irgendwie hat es sich entwickelt, ich weiß nicht, vielleicht ist es mir schon lange entglitten.
— Bist du dort gewesen?
— Ja.
— Mit Kuschelzelle und solchem Zeug?
— Ulia, was soll ich sagen, ja.
— Die Male, wenn du mir gesagt hast, du fährst in Urlaub?
— Ja.
— Du hast mich die ganze Zeit lang angelogen.
— Ulia ...
— Jedes verdammte Mal, wenn du nach Teneriffa gefahren bist. Wie oft war das?
— Versteh doch, es ist nicht leicht.

— Ach nein? Und warum nicht?
— Muss ich dir das wirklich erklären?
— Wie lange hat er noch?
— Nicht mehr lang.
— Klar, er sitzt nicht mehr lang und deshalb erzählst du es mir jetzt. Weil ihr auch draußen weitermachen wollt, du wirst ihn mir vorstellen wollen, vielleicht zieht ihr sogar zusammen und wollt, dass ich sonntags zu euch zum Essen komme.
— Ja, sieh mal, so in etwa.
— Verdammt, Mutter.
— Aber ich erzähle es dir nicht nur deshalb. Da gibt es noch etwas.
— Verdammt. Verdammt. Verdammt.
— Ulia, es gibt da noch etwas. Warum kommst du nicht dieses Wochenende und wir reden in Ruhe?
— Unmöglich, dieses Wochenende kann ich nicht.
— Dann komme ich.
— Nein, das nicht.
— Ich kann jetzt gleich die Tickets kaufen.
— Ich habe nein gesagt.
— Es ist wichtig.
— Gut, lass mich mal nachschauen, vielleicht kann ich dieses Wochenende doch kommen.

45 Hybristophilie: sich sexuell von Individuen angezogen fühlen, die besonders gewalttätige und grausame Verbrechen begangen haben. Das, was Bonnie in Clydes Arme getrieben hat. Was die zahlreichen Groupies von Charles

Manson inspiriert. Der Sex-Appeal des Alpha-Machos, der eine Autobombe in die Luft gehen lassen kann, ohne auch nur mit der Wimper zu zucken. Ein wissenschaftlich erwiesenes Phänomen.

46 — Die Brasse ist sehr teuer, lass uns den Seeteufel nehmen.

— Jetzt hör doch auf, in Getaria muss man Brasse essen, das steht im Blog.

— Na dann, wenn es im Blog steht ...

Manchmal widersetze ich mich. Ich sage: Gustavo, nein, so viel können wir nicht ausgeben. Du ignorierst mich. Meine Bedenken findest du fast geschmacklos. Es ist doch nichts als Geld. Solange wir welches haben - und bisher hat es uns daran nie gefehlt -, geben wir es fröhlich aus. Wir wohnen in einer tollen Wohnung in der Calle de Sagasta, im obersten Stock. Fast alle Nachbarn verlassen uns am Abend, es ist hauptsächlich ein Bürogebäude. Wir bleiben im Turm unseres Palasts, auf süße Weise ganz für uns. Ein Hochzeitsgeschenk deiner Eltern. Du hast bereits vorher dort gewohnt. Dann haben sie uns die Wohnung überschrieben, ein rein notarieller Vorgang. Dein Vater bezahlt alle Rechnungen für uns; so war das schon, als du studiert hast, und das ist ein Dauerzustand geworden. Vielleicht hätte ich darauf bestehen sollen, zumindest das zu ändern. Tatsächlich sind die Nebenkosten wirklich hoch, vor allem wegen des Pförtners (Martín, ein angenehmer Mensch). Doch dann, wer bin ich, um eine radikale Veränderung der Situation zu erzwingen? Die Wohnung ihren rechtmäßigen Eigentü-

mern zurückgeben, eine bescheidenere Behausung finden, alle Kosten selbst tragen? Das könnten wir machen, natürlich, aber mein Beitrag wäre eher armselig: momentan das Stipendium, danach vielleicht gar nichts. Die finanziellen Aussichten einer gescheiterten Sängerin sind eher zweifelhaft. Fast so zweifelhaft wie die einer professionellen Sängerin. Anders gesagt, ich könnte dich mit auf einen sozialen Abstieg nehmen, nur um mein Gewissen zu beruhigen, sprich, aus einer reinen Laune heraus, und würde noch dazu zu einer Last werden. Seien wir also realistisch, bei aktuellem Stand können wir dein Gehalt und mein Stipendium komplett für unsere Launen verprassen. Außerdem sind wir im Urlaub. Dann ist es jetzt gut, ja?
Wie von Zauberhand erscheinen auf dem Tisch, in dieser Reihenfolge, eine Kerze, eine Flasche Txakoli Txomin Etxaniz in einem Eiskübel und noch heiße Früchtebrötchen. Der Abend ist warm geblieben im Hafen von Getaria. Der zu uns herüberwehende Duft von gegrilltem Fisch regt unseren Appetit an. An den Tischen um uns herum sprechen die Gäste sehr leise: alles Ausländer. Und als wäre das noch nicht genug, wird Gustavo die komplette Rechnung übernehmen. Ich bin ein Idiot, weil ich diesen Moment nicht gebührend genießen kann.
— *Brindo por las mujeres que derrochan simpatía …*[19], singe, raune ich für dich das bekannte Trinklied von Andrés Calamaro, und wir stoßen an.
Plötzlich sagt jemand außerhalb der Restaurantterrasse meinen Namen.
— Ulia? Ulia!
Ich schrecke auf, als ich die Stimme langsam einordnen kann. Ich schaue genauer hin und erkenne endlich, woher

die Bedrohung kommt. Ein schlanker Mann in einer Outdoor-Hose mit abknüpfbaren Beinen und einem lächerlichen Stoffhut, gestützt auf einen Hirtenstock. Da ich keine Reaktion zeige, kommt er auf mich zu:
— Ulia, ich bin es, Pascal.
Pascal, Bratsche. Wir haben uns zwei Sommer in Folge bei einem bekannten Sommerkurs in einem entlegenen Dorf in Kastilien getroffen. Aber ich erinnere mich nicht, dass wir uns damals sonderlich angefreundet hätten. Ich stehe auf, vielleicht zu schnell, die Serviette, die ich auf dem Schoß hatte, fällt auf den Boden.
— Pascal, wie geht's? Ist lange her!
— Sehr gut, ich mache gerade den *Camino*. Wie geht es dir? Ich habe mich kürzlich an dich erinnert, keine Ahnung warum, so ein Zufall.
Ich brauche einen Moment, bis ich verstehe, dass er den *Camino de Santiago* meint. Mein Schweigen wird zu schwer für Pascal.
— Und wie geht's dir?, fragt er noch einmal.
— Na ja, gut, wir essen hier gerade zu Abend ... Mit einer vagen Handbewegung lenke ich seinen Blick zu unserem Tisch. Ich sehe dich einen Schluck aus deinem Glas nehmen, amüsiert.
— Ich habe endlich einen Monat Urlaub, ich spiele jetzt im Orchester von Lyon, eine feste Stelle, zum ersten Mal im Leben muss ich im Sommer nicht touren. Und was machst du so ...?
— So ein Glück! Gratuliere. Ich mache auch Urlaub, ganz ruhig, du weißt schon ... alles okay. Hör mal, dann genieß es weiter, ja?, sage ich mit einem immer gekünstelter werdenden Lächeln zu ihm.

— Ja, danke, danke …, Pascal ist zu freundlich, um das Gespräch einfach für beendet zu erklären, er scheint mir noch etwas sagen zu wollen. — Entschuldige, weißt du zufällig, wo die Pilgerherberge ist? Unsere Füße tun vielleicht weh, sagt er mit einem Schritt zur Seite und zeigt endlich auf eine junge Frau, die hinter ihm verborgen geblieben war.
— Nein, tut mir leid, aber ich kann einen Kellner fragen, wenn du möchtest.
— Mach dir keine Gedanken, wir fragen schon selbst. Wir wollen dich nicht länger aufhalten. Hör mal, komm doch mal nach Lyon, ich besorge dir Karten. Alles Gute weiterhin, *adieu!*
Erschöpft kehre ich an den Tisch zurück. Auf einen Schlag spüre ich die Müdigkeit des ganzen Tages, all die zurückgelegten Kilometer. Die Pilger verschwinden gleich darauf aus unserem Blickfeld. Ich nehme einen kleinen Schluck. Dann noch einen. Mein Txakoli ist warm geworden.
— Wie knapp du diesen Typen abgehandelt hast, du hast mich nicht mal vorgestellt, sagst du mit einem süffisanten Lächeln.
— Ich weiß schon, ich wollte das Gespräch nicht zu sehr in die Länge ziehen. Jemand aus meiner Vergangenheit, du weißt schon.
— Mmmm, eine dieser wüsten Geschichten aus deiner wilden Jugend, *I know, I know* … Du weißt ja, dass ich voll darauf abfahre, und hier noch dazu mit einem Franzosen, das sind die besten. Lass mich raten. Ein internationaler Sommerkurs, einer von denen, bei denen ihr Orgien im Zimmer von ich weiß nicht wem veranstaltet habt, Decken auf dem Boden, Licht aus … Liege ich richtig?
— Nicht ganz verkehrt.

— Dann spann mich doch nicht länger auf die Folter, ich höre liebend gern die Details ... Und als bestünde daran noch der geringste Zweifel, schiebst du mir die Hand unter den Rock.
— Ich habe dir doch schon alles tausendmal erzählt, wie lang, glaubst du, können wir meine promiske Phase denn noch ausschlachten?
— Ich bin sicher, du hast mir nicht mal einen Bruchteil erzählt.
— Schau doch mal, siehst du nicht, dass mein Glas leer ist? Nimm die Hand jetzt sofort da weg und benimm dich gefälligst wie ein Gentleman.
Genau in dem Moment kommt der Salat.

47 Meine promiske Phase dauerte etwa vier Jahre: voll ausgelebt, eine ganz schön lange Zeit. Von Asiers Weggang nach Barcelona bis zu meinem Umzug nach Madrid. Als ich in die große Stadt kam, beschloss ich entgegen aller Erwartungen, ein Enthaltsamkeitsgelübde abzulegen. Bevor ich dich kennenlernte, ging ich auf die eine oder andere Party, die Kommilitonen aus meiner neuen Musikhochschule organisierten, aber von dort haute ich normalerweise ab, halb gelangweilt, halb angeekelt, sobald die Sache auszuufern begann. Und später, gleich als ich dich kennenlernte, stürzte ich mich überzeugt und sehnsuchtsvoll in die Arme der strengsten Monogamie.
Was in meiner promisken Phase geschah, ist leicht erklärt: Im Grunde ging ich mit jedem ins Bett, der sich mir anbot. Ein paar Schulkameraden, vor allem aber Jungs aus dem

Chor und vom Konservatorium. Bei den Sommerkursen, an denen ich teilnahm, ging es im Allgemeinen hoch her, vor allem am letzten Abend, wenn die Spannung aus dem Kurs sich löste (Musiklehrer schüren gern die Neurosen ihrer Schüler, weil sie meinen, das mache sie zu besseren Musikern) und das Bier in Strömen floss. Aber ich ließ es das ganze Jahr lang krachen, sommers wie winters. Für mich war das wie ein Marathon, es lief ganz automatisch ab und bereitete mir keinen besonderen Genuss. Ich verbarg das auch nicht wirklich, ich wollte, dass alle es mitbekamen. Sicher wussten auch Joseba und meine Mutter von meinen Herumtreibereien, oder ahnten es, auch wenn sie nie ein Wort dazu sagten. In dieser ganzen Zeit schlief ich nur mit einem einzigen Mädchen. Sie spielte Cembalo und war ziemlich in mich verknallt. Sie kannte meinen Stundenplan auswendig und wartete immer am Eingang vom Konservatorium auf mich. Begleitete mich nach Hause. Sie kopierte und schenkte mir eine CD von Scarlatti in der Hoffnung, dass wir seine Kantaten eines Tages zusammen aufführen würden. Heute beginnt ihr Name in der Welt des Barocks an Klang zu gewinnen, aber damals war ihre Beharrlichkeit ihr einziger wirklicher Reiz.

Schließlich musste ich sie an einem Wochenende, an dem ich allein zu Hause war, zu mir einladen, vorgeblich um Madrigale von Monteverdi zu hören. »Si ch'io vorrei morire«, und all das.

Ich glaube, es war für uns beide enttäuschend. Für mich fehlte in der ganzen Szene Feuer und Festigkeit, es fühlte sich falsch an, zögerlich. Ich hatte Angst, sie kaputt zu machen, so klein und zierlich war sie. Aus Angst, das Objekt ihrer Begierde könnte sein wahres Gesicht offenbaren, war

sie übervorsichtig, so, als mochte sie das Geschenk, auf das sie lange gewartet hatte, nicht öffnen, aus Furcht vor der Enttäuschung, sobald sie das Geschenkpapier aufgerissen hätte. Kurz gesagt, ein Desaster. Da die Situation unhaltbar geworden war, überzeugte ich sie nach zwei langen, tränenreichen Telefonaten, dass sie nicht mehr am Eingang des Konservatoriums auf mich warten sollte. Kurze Zeit später ging sie zum Studium nach Basel und seither habe ich sie nicht mehr wiedergesehen. Es ist keine Geschichte, auf die man stolz sein könnte, aber das kann ich dir irgendwie nicht verständlich machen: Du kommst immer wieder mit dieser Geschichte, die mehr mit deinen Phantasien als mit der Wirklichkeit zu tun hat.
— Komm, erzähl mir noch mal die Geschichte mit diesem Mädchen, deiner abgewiesenen Geliebten, sagst du zu mir, als wir ein wenig beschwipst ins Hotel zurückgehen.
— Warst du nie wieder in Versuchung, mit einer anderen Frau ins Bett zu gehen? Ein schlanker Körper, ohne Haare auf der Brust? Erzähl es mir, komm schon.
Zum Warmwerden (es ist Mitternacht und wird kühl) beschließe ich, mir etwas auszudenken. Zum Beispiel:
— Na ja, ich hätte nichts dagegen, Sarah mal so richtig ranzunehmen. Du weißt schon, deine Journalistenfreundin. Die, die uns überallhin verfolgt.
Das letzte Stück Weg zum Hotel legen wir schweigend zurück.

48 Die Frau, die einmal ein Mädchen war, müsste sehr genau die fernsten Windungen ihres Gedächtnisses erforschen, um sich zu erinnern, dass die Mutter sonntagmorgens, wenn der Mann mit dem Fahrrad loszog, manchmal einen Schrank öffnete und aus dem Schrank eine Schachtel hervorzog. Das Mädchen verfolgte den Vorgang vom Boden aus, wo sie ein Puzzle zusammensetzte oder ein Bild malte. Dann kam die Mutter zu ihr, mit ruhiger Miene und einem Foto in der Hand.

— Schau hier, Ulia, das ist dein Vater.

Im Laufe der Jahre lernte das Mädchen, das Puzzle Puzzle oder das Bild Bild sein zu lassen und ihre ganze Aufmerksamkeit auf dieses Foto zu richten. Sie begann zu verstehen, dass dieses Ritual wichtig für ihre Mutter war. Und starrte das Bild ausgiebig an. Irgendwann hatte sie jedes Detail verinnerlicht. Das Foto begann zu ihr zu sprechen, sich direkt an sie zu wenden. Und wenn sie es, wie jetzt, darauf anlegt, kann sie sich bis ins kleinste Detail an diesen Schnappschuss in Farbe erinnern.

Die Mutter, am unteren Rand, viel jünger, aber nicht so viel anders, blonder, nicht ganz so ordentlich frisiert. Ein Mann, der auf den ersten Blick ein wenig erschreckend wirkt, umarmte sie von hinten wie ein Bär. Der Bart verlieh ihm dieses wilde Aussehen. Holzfällerhemd, bis zu den Ellbogen hochgekrempelt. Ein Bär. Ein Holzfäller. Ein Holzfällerbär. Sein Gesicht jedoch war zärtlich: er umarmte die Mutter wie ein Kind sein Lieblingskuscheltier in den Arm nimmt. Die Augen geschlossen, erbebend vor Liebe. Sein dicht ans Ohr der Mutter gedrücktes Ohr. Der Gesichtsausdruck der Frau war völlig anders, sie versuchte jedes Anzeichen von Zärtlichkeit zu vermeiden, was so typisch für sie war: ein unbehagliches Lächeln, aber was machst du denn da, komm, lass mich mal los, damit ich atmen kann, um Him-

mels willen, du nervst vielleicht. Sie hält eine Feldflasche aus Metall mit Stoffüberzug in den Händen: Der Bär hat sie mitten in der Trinkbewegung gepackt.
Gibt es eine dritte Person außerhalb des Motivs? Einen Fotografen? Natürlich nicht. Was hätte schon ein Dritter mitten in diesem Wald, zwischen diesem Paar zu suchen. Nein, das Foto ist mit Stativ gemacht, oder vielleicht haben sie die Kamera einfach auf einen Felsen gestellt. Das ist es, deshalb ist der Bildausschnitt so unsauber, so provisorisch, so unausgewogen. Nicht richtig getroffen. Das Paar steht vor einem Zelt, einem kanadischen, der Reißverschluss ist halb offen: Im Hintergrund sind Schlafsäcke zu erkennen, ein Chaos aus Klamotten und Intimität, die Indiskretion der Tiefenschärfe. Rundherum die grüne Masse von etwas, das Kiefern sein könnten. Rundherum Stille, Einsamkeit, eine Romanze in grün, grün, grün.
— Das ist unser Geheimnis, Ulia, denk daran, sagte die Mutter immer, bevor sie das Foto wieder in die Schachtel zurücklegte.
Und gab ihr einen Kuss auf die Stirn, so flüchtig, dass er gar nicht wirklich schien.

49 Ich wache früh am Morgen auf und habe nicht die geringste Ahnung, wo ich bin. Auf wie vielen Betten, Liegen, Sofas, Matratzen, Luftmatratzen, Divanen, Hängematten, Etagenbetten im Zug habe ich in meinem Leben schon geschlafen? Auf sechzig? Zweihundertzehn? Eintausendeinhundert? Und wie viele davon habe ich vergessen? Ganz offensichtlich die meisten, Plätze, wo ich behaglich ausgeruht habe und die sich dann auflösten, ohne die geringste Spur zu hinterlassen. Bei dem Versuch, die genaue Zahl zu errechnen, komme ich mir alt vor. Es bringt mich auf den Gedanken, dass ich ein langes Leben gehabt habe: lang, voller Abenteuer, aber nicht besonders glücklich. Ausländische Laken, exotische Bettgefährten, einsackende Matratzen, vollgeschwitzte Kissen, ächzende Federn, eine rasante Aneinanderreihung, beginnend beim Bett im Kreißsaal bis hin zum Bett für den letzten Seufzer. Nur ein junger Mensch kann Vergnügen an solcherlei Gedanken finden. Mir schwant, dass uns das Leben, je älter wir werden, allmählich immer kürzer vorkommen wird.

Noch ein Hotel. Eingerichtet im schicken Landhausstil. Wir haben die Fensterläden nicht zugeklappt, und das gelbe Mondlicht erhellt das Schlafzimmer. Wir sind im oberen Stockwerk, unter dem Dach, mit unverputzten Deckenbalken: einstmals ein Rattennest, heute eine Luxussuite. Blauweiß gestrichene Holzmöbel. Glaskaraffen mit getrockneten Blumen. Ein zarter - sicherlich künstlicher - Duft nach frischem Grün. Dieses Zimmer ist so ziemlich das genaue Gegenteil vom Landleben, aber so erinnern wir uns gern an unsere Vergangenheit: wohlriechend. Ich schaue auf die Uhr: 1:35 Uhr. Ich habe kaum eine Stunde geschlafen, aber dank des Txakoli war es ein tiefer Schlaf, und so schnell wie er gekommen ist, ist er auch wieder zerronnen. Du schläfst weiter fest, schnarchst leise. Auch wenn der Tag lang und ermüdend gewesen ist, fühlt mein Kopf sich frisch an, bereit, alle Angelegenheiten, die mein Leben trüben, in Ordnung zu bringen. Eine flüchtige nächtliche Erleuchtung. Die muss ich nutzen.

Ich stehe auf und nehme dein iPad. Da es hier kein WLAN gibt, gehe ich aus dem Zimmer, obwohl ich nur im Nachthemd und barfuß bin. Im unteren Stockwerk gibt es einen eleganten, für die Nutzung der Gäste vorgesehenen Salon und dort kann ich mich auch mit dem Internet verbinden. Zwei Sofas, eine Chaiselongue, zwei Sessel und Seefahrerdekoration, an der Wand hängen hölzerne Steuerräder, winzige, auf magische Art in Glasflaschen hineinbugsierte Segelboote, anonyme, salpeterzerfressene Gesichter auf Schwarz-Weiß-Fotografien. Zum Glück ist niemand da und ich kann mir einen Platz aussuchen: Ich wähle natürlich die Chaiselongue. Statt die üblichen Zeitungen durchzusehen, gehe ich direkt zu Sarahs Onlineblatt. Das Interview mit der Witwe aus Getxo kenne ich schon, deshalb suche ich nach weiteren Artikeln von ihr. In der rechten Spalte, die meistgelesenen Nachrichten, erregt eine meine Aufmerksamkeit: »Ortiz de Zárate, der Blick eines Mörders«. Dafür bin ich in den Salon runtergekommen, aber ich hatte den ersten Punch nicht ganz so unvermittelt erwartet.

Meine Füße sind kalt, eiskalt.

Ich beginne zu lesen.

50

ORTIZ DE ZÁRATE, DER BLICK EINES MÖRDERS

Von Sarah C. Blagrove

Hohlwangig, mit Ringen unter den Augen, die Rippen infolge seiner extremen Abmagerung nach dreiundvierzig Tagen Hungerstreik sichtbar; José María Ortiz de Zárates Blick spricht noch immer von dem irrationalen Hass, der einen Menschen dazu führt, einem anderen das Leben zu nehmen.

Kalt, distanziert und berechnend trat Ortiz de Zárate aus Vitoria in sehr jungen Jahren der ETA bei und stieg schnell in den Rängen auf, bis er die unbestreitbare Autorität im blutrünstigen »Kommando Madrid« war. Von seinen Entscheidungen hingen in jenen bleiernen Jahren Leben und Tod ab. Verhaftet im Februar 1987, wurde er vor Gericht gestellt und zu neunhundertachtzig Jahren Gefängnis verurteilt wegen seiner Beteiligung an dem schrecklichen Attentat in der Straße Guzmán el Bueno.

In dem Gerichtsverfahren wurde bewiesen, dass er es war, der eine mit 60 Kilo Ammonal und 40 Kilo Nägeln und Schrauben gefüllte Autobombe vor der Generaldirektion der Guardia Civil in der Straße Guzmán el Bueno in Madrid abgestellt hatte. Infolge der Explosion wurden vierundzwanzig Polizisten der Guardia Civil verletzt, ein härteres Schicksal jedoch traf die erst zweieinhalbjährigen Zwillingsbrüder Pablo und Fabián, die getötet wurden, als das Auto der Familie genau in dem Moment an dem Lieferwagen vorbeifuhr, da die Bombe explodierte.

Die Eltern der Kleinen, Arzt und Krankenschwester von Beruf, konnten bei der Beerdigung ihrer Kinder nicht dabei sein, weil sie im Koma lagen. Auch wenn sie ihre körperlichen Verletzungen mit der Zeit überwanden, führten das schreckliche Verbrechen und seine unauslöschlichen Folgen die Mutter, Marisa Puertas, dazu, sich drei Jahre später das Leben zu nehmen. Der Vater, Dr. Fernando Macías, übte seinen Beruf nie wieder aus und starb Mitte der neunziger Jahre an Lungenkrebs.

Das Blut dieser unschuldigen Kinder, ihrer Eltern und der vierundzwanzig in jener unheilvollen Nacht verletzten Guardia Civiles erfüllt noch den Blick dieses Mörders, der selbst vom Krankenhausbett aus meint, »Gerechtigkeit« fordern zu dürfen.

Ich lese die Geschichte nicht zum ersten Mal. Ich kenne alle Versionen, die es davon gibt. Manche rücken andere Details in den Fokus. Aber ich kriege nie genug. Woher kommt nur dieser Durst. Ich habe die Schleusen nicht geöffnet, aber nun, da sie offen sind, möchte ich eintauchen, versinken, den Atem so lang wie nötig anhalten. Mit einer guten Taucherbrille, damit ich alles sehen kann. Ich habe gegoogelt, was sich googeln lässt. Ich war in der Straße Guzmán el Bueno. Auch in der Straße, wo das Kommando gefasst wurde. Ich habe alles gesehen. Spaziergänge, bei denen ich keinen Verdacht zu erregen versuchte. Nur eine unverdächtige Runde, um den Kopf freizubekommen, nachdem ich den ganzen Tag vorm Computer gesessen habe. Kurze Spaziergänge, im zügigen Tempo.
Ich, beim Spaziergang.
Ich, auf diesem Bürgersteig.
Ich, plötzlich versteinert.
Ich, verloren in morbiden Gedanken.
Ich, beim Versuch, alles zu relativieren.
Ich spaziere weiter.
Die beiden Kinder. Ihre Eltern. Vor so langer Zeit.
Verloren in morbiden Gedanken.
Ich.

51 Aus der passenden Distanz betrachtet, können wir als perfektes Paar durchgehen. Du reichst mir die Creme.

Ich gebe dir das Wasser. Zwei ansprechende Körper, deren Verfall noch nicht begonnen hat. An einem Ende des Strands von Zarautz, auf der Suche nach einer unmöglichen Intimität. Das kantabrische Meer, über uns dahinsegelnde Paragleiter, am Horizont noch ferne Wolken. Dort oben der Campingplatz, und hier unten das perfekte Paar. Jeder in sein Buch vertieft. Du in einen Essay von Albert Camus über die Todesstrafe, denn du liest nie Fiktion - *erfundenes Zeug*, sagst du. Ich in ein Buch, das Tolstois Gedanken zu Christentum und Pazifismus zusammenfasst - damit ich das Gefühl habe, selbst in den Ferien noch zu arbeiten. Du unterstreichst mit einem Bleistift Passagen, die deine Aufmerksamkeit erregen, manche teilst du sogar mit mir.
— Wann, glaubst du, wurde der letzte Sträfling in Frankreich mit der Guillotine hingerichtet?
— Keine Ahnung.
— Na komm schon, sag was.
— Sicher schon irgendwann im 20. Jahrhundert.
— Klar, aber noch ein bisschen genauer, Frau!
— Mal sehen, 1918?
— Später!
— 1945?
— Später!
— Dann 1968, im April, ganz konkret.
— Ha! Es war 1977, am 10. September, um genau zu sein. Ein tunesischer Einwanderer war der Glückliche. Zack!
— Und dafür haben sie ihre Revolution gemacht.
— Allerdings. Mal zum Vergleich, bei unserer Garotte blieb der Kopf an seinem Platz und das ist, vom Showeffekt her, sehr viel armseliger, gar kein Vergleich.

Ich habe keinen Bleistift, ich unterstreiche nichts, und ich lese dir auch nichts vor, weil ich ehrlich gesagt gar nicht lese. Ich bin nicht in der Lage, einen kompletten Satz zu verstehen. Ich denke darüber nach, ob wohl jetzt gerade irgendein Paar am Strand von Aldeburgh unterwegs ist. Ob das Klima im Juli so was zulässt.
— Erzähl mir noch mal, was Sarah wollte.
— Was sie wann wollte?, fragst du gereizt zurück.
— Als sie dich neulich angerufen hat. In Lekeitio.
— Aber das habe ich dir doch schon gesagt. Sie wollte uns in einer Reportage für ihr Käseblatt unterbringen. »Touristen aus Madrid stürmen San Sebastián« oder so.
— Und woher wusste sie, dass wir nach San Sebastián fahren würden?
— Das haben wir ihr doch erzählt, als wir sie in Algorta gesehen haben, erinnerst du dich nicht?
— Nein.
— So war es aber. Hackst du nicht ein bisschen viel auf dem Thema herum?
— Bereust du es, ihr abgesagt zu haben?
— Natürlich nicht, soll sie doch ihre Arbeit machen, aber uns in Frieden lassen.
Drei Minuten lang habe ich wieder so getan, als würde ich lesen. Dann platzt es erneut aus mir heraus:
— Kommt es dir nicht so vor, dass sie uns gegenüber, dir gegenüber, ein bisschen zu vertraulich tut?
— Was möchtest du damit sagen?
— Sie setzt sich zu uns, ohne dass wir sie dazu auffordern, sie ruft dich unter jedem beliebigen Vorwand an ...
— Wir haben uns zufällig getroffen und haben uns freundlich miteinander unterhalten, so wie Bekannte es tun. Sonst

nichts. Und das mit den Anrufen … du weißt doch, wie Journalisten sind. Sie nutzen immer ihr Adressbuch aus.
— Hat sie dich nicht noch öfter angerufen? Vor der Reise?
Obwohl schon gleich, als ich die Frage stelle, ein großes Ja in meinem Kopf auftaucht.
— Nein.
— Nein?
— Kann sein, dass sie mich angerufen hat, um mir Bescheid zu geben, wann das Interview erscheinen wird. Ich weiß es nicht mehr.
— Und hast du ihr da von unserer Reise erzählt?
— Natürlich nicht! Das ist lange her, ich glaube, wir hatten die Reise noch nicht einmal geplant.
— Aha.
— Ulia, worauf willst du hinaus?
— Sag du es mir.
— Ich, was? Wenn du mir etwas zu sagen hast, dann sprich Klartext.
Da das nichts als eine rhetorische Aufforderung ist, kehrst du wieder zu deinem Buch zurück, ohne eine Antwort zu erwarten. Ich verschanze mich ebenfalls hinter meinem Buch und bringe ein paar mich quälende Gedanken ins Reine.
So machen wir das normalerweise.
Jeder mit seinem Buch.
Mal sehen. Wie kann sie es wissen? Durch meine Mutter, wenn sie ihr nachgeforscht hätte. *Cherchez la femme*, die Klassiker liegen nie falsch. Man darf nicht ausschließen, dass die Frau letztlich doch eine gute Investigativjournalistin ist. Noch ist der Name meiner Mutter nirgends veröffentlicht worden, allenfalls ist sie in der größeren Grup-

pe von »Nahestehenden und Freunden« aufgetaucht. Darin war sie scheinbar vorsichtig. Aber ich vermute, es wird nicht so schwer herauszufinden sein, falls irgendwer sich dafür interessiert, dass der Häftling eine Freundin hat. Diese besondere Person, die ihn in letzter Zeit so häufig besucht. Eintragungen über *Langzeit*besuche und solche Sachen, die unweigerlich auf Papier festgehalten werden. Denn das könnte eine Geschichte ergeben, wer mag schon keine Seifenopern? Also los. Schauen wir mal, wer ist diese geheimnisvolle Frau? Seit wann kennen sie sich? Und wie haben sie sich kennengelernt, wenn der Häftling schon ein halbes Leben lang im Gefängnis sitzt? Hat diese Frau Familie? Beschaffen wir uns ein gutes Foto für die Titelseite. Brutaler Gesichtsausdruck, moralische Komplizin, das soll man sehen, unbedingt. Aber der Story fehlt noch etwas an Biss, oder nicht? Alles sehr normal und sehr fade. Selbst das Aussehen der Frau ist vollkommen banal, das lässt sich nur schwer lange ausschlachten. Graben wir weiter, einen Pulitzer bekommt man nicht, wenn man sich mit dem Erstbesten zufriedengibt. Und plötzlich, Bingo!, taucht ein saftiger Brocken auf: eine geheime Tochter. Sie lebt, läuft herum, atmet, all diese Jahre lang. Und sie, die halb britische Woodward, hat durch eine Pirouette des Zufalls direkten Zugang zu ihr, EX-KLU-SIV. Plötzlich, in einer Cocktailbar in Bilbao, hat Ulia ihren Auftritt. Wie sie gerade einen *White Russian* trinkt. In Begleitung von zwei renommierten Juraprofessoren. Anscheinend ahnt sie nichts. Wunderbar, ganz wunderbar. Wo beginnen wir mit der Vivisektion?

Manche Details passen noch nicht, das ist mir bewusst. Aber ich bin sicher, nach und nach wird sich alles klären.

Wusste sie schon etwas, als sie Gustavo angerufen hat, um das Interview mit ihm zu vereinbaren, oder ist alles ein Produkt des Zufalls? Wie hat sie uns aufgespürt, wo wir doch auf Reisen sind, heute hier und morgen dort? Seit wann folgt sie unseren Schritten? Warum hat sie die Cocktailbar JK gewählt, um sich vor mir zu erkennen zu geben? Aber Moment mal, war sie nicht schon in dem Lokal, als wir hereingekommen sind? Wie ist das möglich?

52 — Ich möchte sie kennenlernen.
— Sie weiß nichts von dir.
— Ich wusste auch nichts von ihr, aber jetzt möchte ich sie kennenlernen.
— Du bist tot, es war ein Verkehrsunfall, vor vielen Jahren.
— Wie du willst, aber jetzt bin ich wiederauferstanden.
— Wie erklärt man so was?
— Zauberei, Wunder ... dir wird schon was einfallen. Ich lebe und habe eine Tochter, aber wahrscheinlich bin ich bald tot und möchte nicht in die Grube, ohne sie kennengelernt zu haben. Diesmal wird es keine Wiederauferstehung geben.
— Sag so was nicht.
— Sag du nicht, dass ich kein Recht habe, meine Tochter kennenzulernen.
— Du bist so ein Egoist.
— Na klar. Genau wie du.
— Sie weiß nichts von dieser Welt.
— Welcher Welt?

— Du weißt schon, das Gefängnis, dein Leben, all das.
— Du wusstest auch nichts.
— Ich wusste es sehr wohl, ich habe mich perfekt erinnert.
— Glaubst du, dass sie es nicht ertragen kann? Ist es das?
— Sie lebt wirklich in einer anderen Welt.
— Sie lebt in Madrid, näher an mir dran als du selber.
— Sie verdient so etwas nicht.
— Warum nicht?
— Und wie soll ich es ihr erzählen?
— Wenn dir das lieber ist, kann ich ihr einen Brief schreiben.
— Nein, auf keinen Fall.
So in etwa. Länger oder kürzer. Mit einer kleineren oder größeren Dosis an emotionaler Erpressung. Mit schmeichelnden Liebkosungen oder verzweifeltem Flehen. In der kurzen Distanz der Kuschelzelle oder mit der dicken Glasscheibe zwischen ihnen. Ein einziges Mal, überzeugend und definitiv, oder ein bei den letzten Besuchen obsessiv vorgetragenes Mantra.
Die Details spielen in diesem Fall keine besondere Rolle.

53 — Drei Dinge braucht es: Beständigkeit, Talent und eine Vorliebe fürs Frühstück. In dieser Reihenfolge.
Das waren die drei Eigenschaften, über die jede Sängerin verfügen musste, jedenfalls meiner Lehrerin an der Madrider Musikhochschule zufolge, einer eleganten Dame, die stets einen Turban trug. Beständigkeit, weil es kein klares Ziel gibt, man muss immer weitermachen, und wenn man zwischendrin eine Pause einlegt, kann das fatale Aus-

wirkungen haben. Talent, denn nur daran kann man sich klammern, wenn die guten Beziehungen versagen. Und eine Vorliebe fürs Frühstück, denn Mittag- und Abendessen werden von der Arbeit verschlungen. Du wirst dich mit einem kalten Lunch nach der Aufführung begnügen müssen, mit den schmierigen Tabletts in den Theaterkantinen, in den Pausen zwischen den Proben. Das Frühstück hingegen wird dein einziges freies Hoheitsgebiet sein, bevor der Kampf beginnt: Nutze jede Scheibe Toast, jeden Kaffee, jedes Rührei.

Die dritte Bedingung erfüllte ich im Übermaß, ich habe es immer gemocht, die erste Mahlzeit des Tages so lange wie möglich auszudehnen. Es gab eine Zeit, da glaubte ich, ich hätte Talent. Meine Achillesferse war die Beständigkeit. Von klein an merkte ich, dass mir schnelle Anfänge am besten liegen, mein Potenzial offenbart sich immer blitzartig. [Dich habe ich auch auf diese Art überwältigt, stimmt's?] Ich machte Aufnahmeprüfungen an drei Musikhochschulen - in San Sebastián, Madrid und Barcelona - und bekam von allen dreien eine Zusage. Auf diesen anfänglichen Siegeszug folgte eine Kaskade von Enttäuschungen. Mein Schicksal ist es, immerwährend vielversprechend zu sein. Eigentlich bin ich mit einem Vorteil gestartet, es half, dass die Stimmlage Mezzosopran nicht so häufig ist. Deshalb war es ein Leichtes für mich, die Solos im Chor, den Neid meiner Mitschüler und ein beginnendes Prestige unter den Lehrern zu erlangen. Doch darauf folgte - nichts. Die Blase platzte. Von einem Tag auf den anderen, wie es so schön heißt. Nicht alle Schuld kann man der Zyste zuschreiben. Ich kam mir monatelang wie eine Hochstaplerin vor. Im Sommer vor meinem Umzug nach Madrid begann ich etwas zu ahnen, und in meinen ersten Unterrichtsstunden an der Musikhochschule bestätigten sich allmählich all meine Ängste. Mein Talent glänzte vielleicht nicht ganz so sehr, und meine Berufung stand ebenfalls in Frage. Verglichen mit meinen Studienkollegen hatte ich von beidem deutlich weniger. Ohne Talent und ohne die Absicht, mich an die Beständigkeit zu klammern, blieb mir nur meine Begeisterung fürs Frühstück.

Im Grunde hat die Zyste mich davor bewahrt, mich vor aller Welt lächerlich zu machen.

Den Entschluss, nach Granada zu fahren, dich anzulügen, traf ich ebenfalls schnell und blitzartig. Nach mehreren Jahren fern der Partituren bereitete ich mich erneut darauf vor, in eine dramatische Rolle zu schlüpfen. Typisch für einen Mezzosopran. Sie bekommen immer die besonders ungraziösen Rollen: Hexen, alte Weiber, Prostituierte und zweitrangige Freundinnen der Sopranstimmen. Wer am Ende glücklich den diensthabenden Tenor abbekommt, ist in der Regel die Sopranistin. Wer sich aus Liebe zu diesem ein Messer in die Brust rammt, ebenfalls. Aber wer die Liebe seines Lebens hinterging und in einen Bus stieg, um einen unbekannten Bösewicht zu besuchen, das musste einfach ein Mezzosopran sein.

Die Rolle passte perfekt zu mir.

54 Benjamin Brittens »erste Erfahrung« geht auf das Frühjahr 1936 zurück, in Barcelona. Es ist nicht völlig klar, worauf sich besagte »erste Erfahrung« wohl bezieht. Sicher wissen wir jedoch, dass es sich in einer dunklen - von ihm selbst als schäbig beschriebenen - Taverne im Viertel El Raval zutrug und bedeutsam genug war, um in seinem Tagebuch festgehalten zu werden.[20]

Andererseits gefiel ihm Barcelona sehr. Die Reise im Flugzeug bis dorthin - es war auch das erste Mal, dass er durch die Luft reiste - war ein reiner Genuss, seine »Suite for violin and piano« wurde im Rahmen der Weltmusiktage[21] mit Bewunderung aufgenommen, und vor allem wusste er die Gastronomie der Stadt sehr zu schätzen. Dort nahm man das Kochen ernst, die Mahlzeiten bestanden aus drei kompletten Gängen, und abgesehen davon, dass sie billig waren (ein komplettes Menü für fünf Peseten, wie er in seinem Tagebuch festhielt), konnten die Mittagessen sich problemlos über zwei Stunden hinstrecken.

Die Reise nach Barcelona blieb auch in Erinnerung, weil Britten damals zwei Freunde kennenlernte, die in seinem Leben wichtige Rollen spielten. Lennox Berkeley, ein Komponist, der wie Britten ein Werk auf dem Festival präsentierte und wenig später zu Brittens Mieter in der Mühle von Snape werden sollte, sowie Peter Burra, ein mit Lennox befreundeter Schriftsteller und Geiger. Mit beiden flirtete Britten ergebnislos, und zu beiden nahm die Beziehung ein abruptes Ende. Die Freundschaft mit Berkeley endete 1941 mit einem Brief, in dem unglückseligen Sommer, den Britten in Kalifornien verbrachte. Peter Burra allerdings starb im April 1937 bei einem Unfall mit einem Sportflugzeug, ein Jahr, nachdem die beiden sich in Barcelona kennengelernt hatten.

Burra war ein harter Typ, er mochte extreme körperliche Anstrengung und liebte Geschwindigkeit und Risiko. Als ein Freund ihm vorschlug, einen Doppeldecker auszuprobieren, dachte er nicht zweimal darüber nach. Der Doppeldecker stürzte ganz in der Nähe von Burras Haus ab, in Bucklebury unweit Reading, fünf Minuten nach dem Abflug. Zu Hause wartete ein guter Freund vergeblich auf Burra: ein junger Tenor namens Peter Pears.

Pears hatte nicht gerade seine beste Phase: Er war sich seiner Stimme unsicher, wagte den Sprung in die Professionalität nicht und unterrichtete daher an einem Knabeninternat; ein Job, den er hasste. Seine Freunde fürchteten schon, er würde sich nie aus diesem Versteck heraustrauen. Doch so war es nicht. Sein Leben stand kurz davor, sich für immer zu verändern. Burras Haus war ein offener Raum, seine Freunde wussten, dass sie dort einfach hereinmarschieren konnten, um drinnen auf ihn zu warten, falls der Hausherr gerade nicht da war. Und das tat Peter Pears an jenem unglückseligen Tag im April, wie er es so viele Male getan hatte. Reingehen und warten. Und weiter warten.

Britten und er waren sich zwar schon beiläufig in den Londoner Musikerkreisen, die sie beide frequentierten, begegnet, aber erst nach Burras Beerdigung begann Britten Pears' Namen richtig zu schreiben. Vor dessen Tod war Pears für Britten »Piers«.

Nach der Beerdigung waren Pears und Britten auf einer Zusammenkunft von Burras Freunden diejenigen, die sich freiwillig erboten, das Haus des Verstorbenen auszuräumen und zu ordnen. Pears und Burra waren Freunde seit ihrer Kindheit, Britten seine neueste Bekanntschaft. Zusammen reisten sie mit dem Zug von London nach Reading, und von dort nahm Pears Britten auf dem Motorrad mit bis zu dem Haus in Bucklebury. Dort verbrachten sie mehrere Tage zwischen Staub, Traurigkeit und Vertraulichkeiten, während sie Papiere durchsahen und Gegenstände katalogisierten, gewaltsam mitten hinein in die tiefste Intimität ihres toten Freundes versetzt. Es regnete den ganzen Tag, unermüdlich. Es waren unwirkliche und feuchte Tage.

Von da an festigte sich die Beziehung zwischen Pears und Britten. Sie trafen sich in Brittens Wohnung in der Finchley Road zum Plattenhören, forderten sich in langen Tennis-Matches heraus. Oft sprachen sie von Peter Burra, doch nach und nach tat die Erinnerung an den toten Freund weniger weh. Die Zeit verflog Ende der dreißiger Jahre mit schwindelerregender Geschwindigkeit.

Doch zwischen ihnen war nichts Romantisches. Nichts weiter als die Freundschaft zweier junger Musiker.

Auden und Isherwood mühten sich, Britten in öffentliche Bäder zweifelhaften Rufs mitzunehmen, aber auch dort passierte nie irgendwas. Jedes Mal weniger Überraschung und Empörung. Britten war immer wieder aufs Neue hin und weg, wenn er einen bartlosen und klugen jungen Mann kennenlernte, aber wenn sein jeweiliger *protegé* unerwartet heranreifte — ein sich plötzlich, von einem Tag auf den anderen abzeichnender feiner Bartflaum —, suchte er im Höchsttempo Ersatz für ihn. Aber auch da passierte nichts. Konnte nichts passieren.

»Werden wir es je schaffen, unseren lieben Benjy aus der Reserve zu locken?«, schrieb Isherwood an Auden, aufrichtig besorgt. »Aber natürlich doch«, antwortete ihm der optimistischere Auden, »warte ab, du wirst schon sehen.«

Währenddessen wurde die Freundschaft zwischen Brit-

ten und Pears, ohne dass irgendwer es gemerkt hätte (nicht einmal sie selbst), immer vertraulicher. Während die Umbauarbeiten in der Mühle von Snape fertiggestellt wurden, zogen sie zusammen in eine Wohnung in Earl's Court. Zwei Freunde, die sich die Ausgaben teilten, keiner besonderen Erwähnung wert.
Diejenigen, die das Pärchen zu jener Zeit kennenlernten, sagen übereinstimmend, dass Pears sich Britten gegenüber wie ein Vater aufführte. Der Komponist war für sämtliche häuslichen Angelegenheiten komplett untauglich. Wenn Britten versuchte, das Bett zu machen, lief Pears ihm hinterher, um das Chaos zu beseitigen. Niemand sah jene Freundschaft romantische Knospen treiben. Alle waren zutiefst überrascht, als die beiden verkündeten, dass sie gemeinsam in die Vereinigten Staaten gingen.
Doch das taten sie, sie flohen gemeinsam, als die Flucht noch möglich schien. Und es war auf eben diesem Schiff, das sie nach Quebec brachte, wo endlich etwas passierte, wenngleich das Zeugnis, das beide von der Reise hinterlassen haben, zumindest kryptisch war. Britisches Phlegma, mit Sicherheit. Was auch immer dort auf dem Schiff seinen Anfang nahm - nie würde es zerbrechen.

55 Kaum hat der Tag begonnen, ist er schon hinüber. Etwa gegen Mittag mussten wir unseren ganzen Krempel am Strand zusammenpacken, es regnete. Wir essen irgendwas, umgeben von missmutigen Touristen. Anschließend erreichen wir im Handumdrehen San Sebastián, da wir unsere eigenen Regeln missachten und diesmal doch die Autobahn nehmen. Wir treffen auf eine wenig einladende Stadt, die Strände sind leer. Eine Gruppe nordamerikanischer Touristen hält sich die Handtücher über die Köpfe und platscht in Flip-Flops durch die Pfützen, dabei lachen sie dumm. Die Straßen sind vom Verkehr verstopft. Mehrere Eiswagen auf dem Rückzug. Hupen. Schlechte Laune. Das ist Juli *dans la côte basque*.

Während du dich der einförmigen Masse anschließt, in die sich der Stadtverkehr verwandelt hat - der BMW ist nun ein weiterer Fisch, der im Aquarium seine Kreise zieht -, konzentriere ich mich darauf, jedes Hotel, jede Pension und jede Unterkunft durchzutelefonieren. Alles voll. Es gibt keine Zimmer. Heute nichts zu machen. Ui, nein, wir sind randvoll.

Als wir an einer Ampel auf der Avenida halten, klingelt das Telefon, das du neben der Handbremse abgelegt hast. Wir sehen beide den Namen, der auf dem Bildschirm aufblinkt. Du wirst bleich. Mich hingegen überrascht es nicht. Ich nehme in deinem Gesicht die Versuchung wahr, den Anruf abzuweisen und so zu tun, als wäre nichts passiert. Einen Moment lang schaust du dem Scheibenwischer zu, zur einen Seite und dann zur anderen, wie hypnotisiert, aber es ist schon zu spät und das weißt du. Geh dran, sage ich, geh dran. Und ich möchte wirklich, dass du drangehst. Ich weiß sowieso schon, dass Sarah uns nicht in Frieden lassen wird, wozu das Unvermeidliche länger hinauszögern? Warum sie nicht mit offenen Armen erwarten, oder besser noch, ihr selbst entgegengehen? War es nicht das, was Tolstoi in seiner persönlichen Interpretation der Bergpredigt forderte? Vielleicht aber auch nicht, letztlich habe ich dem Buch heute Morgen kaum Beachtung geschenkt.

Endlich gehst du dran. Antwortest einsilbig. Als du fertig bist, sage ich nichts. Ich möchte, dass du die Initiative ergreifst. Die Ampel springt auf Grün und du konzentrierst dich eine Weile auf den Verkehr. Aber schließlich spuckst du alles aus.

— Das war Sarah. Die Journalistin, du weißt schon.

— …

— Ihr war eingefallen, dass wir vielleicht Schwierigkeiten haben könnten, eine Unterkunft zu finden. Die hatte sie nämlich auch.

— …

— Na ja, und sie wollte uns einen Ort empfehlen.

— Und woher wusste sie, dass wir gerade in San Sebastián angekommen sind?

— Das weiß sie gar nicht, woher sollte sie auch! Das war reiner Zufall. Ich habe ihr nicht einmal gesagt, dass wir schon hier sind.

— Und was wollte sie dann?

— Was ich dir gesagt habe, uns einen Ort empfehlen, wo es doch noch freie Zimmer gibt.

— Na, wirklich sympathisch, unsere Frau vom Reisebüro.

— Ja, klingt, als würde sie auf Provision arbeiten, was?

Du versuchst ein Lächeln, das nicht so ganz gelingt.

— …

— Also, sie hat Platz in einer Unterkunft etwas außerhalb gefunden, zwischen den Stadtteilen Martutene und Loyola.

— Dann sagst du ihr jetzt wohl Danke.

— Sie schickt mir jetzt gleich die genaue Adresse in einer Nachricht. Aber gut, wir können natürlich auch auf eigene Faust weiter nach einer Unterkunft suchen.

— Natürlich.
Ich mache weitere fünf Anrufe, ich bin schon fast durch mit der Hotelliste. Anschließend müsste man sein Glück in den umliegenden Orten probieren: Hernani, Usurbil, Errenteria. Ich bin nicht mal sicher, ob es in diesen Orten überhaupt Hotels gibt.
Da piept die Nachricht von Sarah. Ich nehme dir das Telefon ab. Eine Adresse und eine Telefonnummer. Du sträubst dich, aber ich lasse nicht locker. Ich rufe an. Reserviere ein Zimmer. Fertig.
Was wirst du denn so nervös, *bobo mío*?
Es wird alles gutgehen.

56

— Gabon!
Nach dieser knappen Begrüßung des Publikums auf Baskisch legt Jackson Browne auf seiner Gitarre los. Er beginnt mit »I'm Alive«. Einem der Stücke, mit denen er nach einem Jahrzehnt (den Achtzigern) des Protestsongs zum eher klassischen Rock zurückkehrt, erklärst du mir. Die Mehrzahl seines Publikums danke es ihm, fügst du hinzu.
Pfeifen und Applaus. Unermüdlicher Regen, der uns allmählich durchnässt. Ich lebe. Wir leben.

Yeah now I'm rolling down this California five
With your laughter in my head
Gonna have to block it out somehow to survive
'cuz those dreams are dead
And I'm alive.

Vor Publikum und auf einer Bühne zu singen, ist eine der tollsten Sachen im Leben. Der Genuss ist körperlich, sinnlich, intim und findet trotzdem im Publikum Widerhall, wird zu einer kollektiven, unaufhaltsamen Energie. Ein Instrument zu spielen, ist nicht dasselbe, das Instrument ist ein Vermittler, es kann sogar ein Hindernis sein, nie wird es ganz genau das übermitteln, was du möchtest. Beim Singen bist du das Instrument. Bist du transparent. Pur. Es ist keine Täuschung möglich. Eine Kraft hält dich auf den Brettern fest, verwurzelt dich, und doch dehnt sich die Stimme weit über das Sichtbare aus. Und inmitten dieser beiden entgegengesetzten Kräfte stehst du. In diesen Momenten ist es wichtig, die Augen nicht zu schließen, die Verbindung zum Publikum nicht zu verlieren. Man singt auch aus den Augen. Das habe ich nicht vergessen.
In jedem Instrumentalisten steckt ein frustrierter Sänger. Schaut mal, wie zufrieden der Bass guckt, wenn er beim Refrain mitsingen darf.
Jackson Browne hat vierzig Jahre auf der Bühne hinter sich. Er weiß genau, wovon ich spreche. Heute Abend am Strand von Zurriola, glücklich. Nicht eine einzige Falte in der Kehle. Als er »Barricades of Heaven« anstimmt, geben du und ich uns hemmungslos der Euphorie der Vokalmusik hin. Wir vergessen den Regen, den Wind, den immer schlammiger werdenden Sand und die Plastiküberwürfe, mit denen wir uns schützen mussten. Ich vergesse, wie viel Nacht noch vor uns liegt, die wenigen Meter, die uns von Sarah trennen.
Als wir in der Unterkunft ankamen, haben wir sie nicht gesehen. Wir haben die Koffer abgestellt und sind gleich wieder abgezischt, denn wir wollten vor dem Konzert noch

etwas essen, und die Zeit drängte. So hatten wir es beschlossen.

Plötzlich eine Störung auf der Bühne. Zwei Männer, zwei Jungs, springen auf das Podium. Sie haben die Absperrungen zum Schutz der Musiker überwunden und es geschafft, auf die Bühne zu klettern, stehen nun rechts und links von Jackson Browne. Sie tragen weiße Masken und Schilder in den Händen: EUSKAL PRESOAK EUSKAL HERRIRA. REPATRIATION BASQUE PRISONERS. Alles ist sehr schnell gegangen, der Sänger hat verwirrt aufgehört zu singen, aber seine Band hat weitergespielt, ganz professionell, alle zusammen, Schlagzeug, Bass, Keyboard. EUSKAL PRESOAK EUSKAL HERRIRA. REPATRIATION BASQUE PRISONERS. Die bulligen Sicherheitsleute haben sofort ihren Job erledigt, effizient und grob.

— *Sorry, guys*, hat Jackson noch gesagt, als die beiden Jungs mit den Gorillas vom Sicherheitsdienst verschwunden sind, ohne so ganz verstanden zu haben, was eigentlich geschehen ist, jedoch mit dem Respekt, den jeder gute Rocker den gewaltfreien Formen von Protest entgegenbringt.

Im Publikum hat es kaum Gelegenheit für eine Reaktion gegeben. Einige Pfiffe waren zu hören, vereinzelter Applaus. Die Presse wird sich schon darum kümmern, die entsprechenden Deutungen vorzunehmen. Wenn sie ein Foto bekommen, kann es das sogar bis aufs Cover schaffen. Ein Akt der Solidarität. Pro-ETA-Sabotage. Zwischen uns, vielleicht, ein leichtes Erschauern. Du fragst mich mit den Augen. Ich antworte mit einem Achselzucken. Du nimmst meine Hand wieder in deine, und das Konzert nimmt seinen natürlichen Lauf. Ein Kuss auf die Wange. Schon kommt die Euphorie zurück.

Durch Live-Musik reisen wir immer in diese ferne, urtümliche Ära, in der es zwischen uns keine Geheimnisse, Lügen oder falschen Absichten gibt. Dieses Glück haben wir.

57 Was passiert, wenn ein Häftling Besuch erwartet und dieser Besuch taucht einfach nicht auf? Wird man den Häftling während dieser Zeitspanne, in der es noch so scheint, als handle es sich um eine Verspätung, in das Besuchszimmer bringen? Wird der Häftling dann weiter auf die Tür jenseits des Glases starren? Werden sie ihn irgendwann unfreundlich auffordern aufzustehen und ihn zurück in die Zelle bringen, ohne irgendeine Erklärung? Oder werden sie ihn die ganze Zeit lang in der Zelle lassen, auf Nachrichten wartend, die nie kommen? Wird der Häftling protestieren, ohne die Gründe für die Abwesenheit zu kennen, weil er denkt, dass alles ein schmutziger Trick der Gefängniswärter ist? Wird er schreien und sich auflehnen, oder wird er sich damit begnügen, leise vor sich hinzufluchen? Bleibt jemandem, der seit vierundzwanzig Jahren in Haft ist, noch Wut? Oder senkt er einfach nur den Kopf und macht sich aufs Schlimmste gefasst, dass man ihm von einem Unfall erzählt, von einem schrecklichen Unglück? Wann wird er begreifen, dass er einfach nur versetzt worden ist? Ein Versetztwerden, das ihm nie erklärt werden wird, zu dem er keine Entschuldigung bekommen wird, weil diejenige, die ihn versetzt hat, weiß, dass der Häftling bleiben wird, wo er ist, und sich nichts ändern wird? Kann der Häftling es schaffen sich vorzustellen, dass diejenige, die ihn besuchen kommen wollte, in Méndez Álvaro heimlich in einen Bus gestiegen und dann in Granada einfach nur durch die Straßen gezogen ist, von Bar zu Bar, Bier und Tapas zu sich genommen hat bis in die frühen Morgenstunden? Wird er ihre Zweifel verstehen und die Gründe, die sie im letzten Moment bewogen haben, den Sprung nicht zu wagen? Wird er schließlich akzeptieren, dass nichts anderes zu erwarten war und es so vielleicht sogar besser ist? Wird er diesen Moment des ehrlichen Eingestehens in der Nacht haben, während er die Risse in der Decke zählt, weil er nicht schlafen kann? Besser so, weil nicht einmal er bereit dafür war? Besser so, weil er es vielleicht nie sein wird?

58 Es ist nach drei, als wir vor der Unterkunft ankommen. Zum ersten Mal auf dieser Reise schlagen wir uns die Nacht um die Ohren. Du stoppst den Wagen und ziehst die Handbremse fest an. Aber wir rühren uns nicht vom Fleck, vermögen die Energie nicht aufzubringen, die wir brauchen, um die vierzig Meter bis zum Eingang der Unterkunft zurückzulegen. Vom Parkplatz des Kursaals bis hierher waren es nur neun Minuten, aber wir sind durch derart viele Kurven gefahren, dass ich nicht mehr weiß, wo die Stadt liegt. Vielleicht hinter diesem Hügel, oder vorbei an dem Wald dort. Vielleicht ist sie verschwunden, zusammen mit allen anderen Städten der Welt. Für immer. Du und ich allein auf der Welt. Du und ich und dein geliebtes Auto. Ein perfektes Trio. Postapokalyptische Helden. Wir bleiben hier, *forever*, was hältst du davon? Die Rücksitze werden unser Schlafzimmer sein; die vorderen

das Wohnzimmer. Wenn wir Hunger bekommen, braten wir uns ein paar Eier auf dem Motor und können auf ganz allgemeine und simple Weise glücklich sein.
Der Regen wird müde, zieht sich zurück, Hat schon alles sauber gewaschen. Ich habe vier Bier getrunken. Nur vier? Auch ein paar Weinchen, zu den *pintxos*, die wir gegessen haben, aber das ist eine Ewigkeit her. Aber du hast keinen Tropfen Alkohol angerührt. Du musstest das Auto fahren. Jetzt bin ich betrunken, und du frisch, aufmerksam und schön.
— Bist du müde?, fragst du mich.
— Ist zwar komisch, aber ganz und gar nicht.
— Morgen müssen wir zuerst tanken.
— Da drüben ist eine Tankstelle.
— Habe ich schon gesehen. Geht's dir gut?
— Lass uns reingehen. Falls wir nicht schlafen können, nutzen wir die Gelegenheit zum Reden.
— Zum Reden?
— Ja, zum Reden.
— Ist gut.
An meiner Miene erkennst du, dass ich es ernst meine. Dein Blick verdunkelt sich auch, und du öffnest die Tür. Ich werde dir folgen, wir werden von Angesicht zu Angesicht reden, ich werde dir mein Herz öffnen. Es ist Nacht, ich bin ein bisschen betrunken, das wird nicht mehr als eine Generalprobe sein. Wenn es schief geht, ziehe ich einige wertvolle Lehren daraus und am Morgen ist alles vergessen. Ein neuer Tag, um bei null anzufangen. Auf, Ausflügler, und täglich grüßt das Murmeltier!
Wir gehen fünfzehn Schritte, zwanzig. Jemand wartet auf der Steinbank am Eingang auf uns. Das Erste, was wir in

der winzigen Glut der Zigarette sehen: ein Gesicht, das sich dann im schwachen orangenen Licht erhellt.
— Guten Abend, *chicos*.
Da du abrupt stehenbleibst, pralle ich gegen deinen Rücken.
— Ich wusste nicht, ob ihr wirklich in diese Herberge wolltet. Willkommen. Wie geht's?
Sarah trägt eine rosa Regenjacke und eine sehr kurze Hose, an den Füßen nichts als Flip-Flops. Ihr Oberkörper ist für den Herbst gewappnet, während der Unterkörper in der Karibik zu leben scheint. Ich glaube, ich grüße sie auch, mit einem leisen Knurren.
— Ich gehe mit euch rein, wenn es euch nichts ausmacht.
— Sie tritt die Zigarette mit einem Flip-Flop aus und streckt sich.
Alle drei stehen wir vor der Tür, versuchen eine Entscheidung zu treffen, wer zuerst über die Schwelle treten wird. Schließlich ergreift Sarah die Initiative. Wir dackeln ihr einfach nur hinterher.
— Wie geht's? Wart ihr auf dem Jazzfestival? Kein schlechter Plan … Nicht, dass ich Jazz sonderlich mag, aber hier ist es vielleicht langweilig. Die Bar ist schon lange zu, aber im Gang gibt es einen Getränkeautomaten. Trinken wir was? Ich kann nicht schlafen …
— Okay, sage ich ohne nachzudenken.
Mit diesem kleinen Wörtchen ist der Plan, der sich so klar abgezeichnet hatte, verflogen, oder vielleicht hat er auch schon zu bröckeln begonnen, seit ich Sarahs Zigarette gesehen habe. Sie hat mich daran erinnert, dass das Schicksal bereits seinen Plan entworfen hat, dass es vergebene Liebesmüh wäre, eigene Entscheidungen zu treffen. Was habe

ich denn geglaubt? Einfach entspannen und das Schicksal seinen Job machen lassen.
Ich habe Durst.
Wo sind wir?
Wir folgen Sarah durch einen geheimen Gang. Da sind wir. Ich bin nicht müde. Ich habe dich an meiner Seite. Du flüsterst mir ins Ohr:
— Bist du sicher? Willst du nicht lieber ins Bett?
— Sofort. Trinken wir erst was. Ich habe Durst.
Das stimmt. Ich habe Durst.
Sarah hat wie durch Zauberhand schon ein paar Münzen parat:
— Ulia, was möchtest du?
— Ein Bier bitte.
— Gustavo?
— Für mich bitte nur Wasser.

59 Sie zieht sich die Regenjacke aus. Setzt sich aufs Sofa. Mit einem einzigen schwungvollen Tritt schießt sie die Flip-Flops weit weg und legt die nackten Füße auf den Zeitschriftentisch. Ich setze mich neben sie, Füße auf dem Boden. Plötzlich sind wir Freundinnen, wir sind dreizehn Jahre alt, sind im Sommerlager. Wir sind zusammen aus dem Schlafsaal ausgebüxt und hierhergekommen, um die Freiheit zu genießen und verbotene Dinge zu tun.
Nein.
Du bist auch hier, sitzt auf einem Stuhl. Deine Gegenwart macht meiner Phantasie ein Ende.
Ich reiße heftig am Verschlussring meiner Bierdose und

der Schaum läuft über, tropft auf meine Hose. Da es dunkel ist und das einzige Licht von den Straßenlaternen draußen kommt, merkt niemand etwas. Ich war sowieso schon nass vom Konzert.

— So ein Scheiß, ich kann nicht schlafen, seit ich mit diesem Job angefangen habe. Zum Glück seid ihr gekommen. Es ist so still hier, ich dachte schon, mir explodiert gleich der Kopf. Und ehrlich gesagt sehne ich mich zurück nach Hause.

— Das nennt man *síndrome del Norte*, das haben viele, die mit ETA-Terror zu tun hatten, das ist normal, sage ich daraufhin.

— Und wann fährst du?

Du hast die Frage in einem Ton gestellt, der ein klein wenig unfreundlich ist, aber ich glaube, Sarah hat das nicht gemerkt, weil sie noch dabei ist zu überlegen, ob mein Kommentar ein Witz war oder nicht. Außerdem hat Sarah eine hohe Meinung von sich und versteht das Unbehagen der anderen nicht. Um nichts in der Welt wird sie die Führung bei dieser trüben *soirée* abgeben. Wie beim letzten Mal erzählt sie uns, was sie so alles gemacht hat, während ich auf professionelle Weise trinke, sprich, ohne so etwas wie Genuss zu empfinden. Sie hat die letzten Tage hier in der Stadt verbracht, hat die Schauplätze des Terrors (*sic*) besucht. Wussten wir, dass San Sebastián nach Madrid die Stadt ist, die die meisten Mordanschläge der ETA erlebt hat? Sechsundneunzig Tote, um genau zu sein. Sie war damit beschäftigt, einige dieser schwarzen Flecken auf der Karte aufzusuchen, um anschließend eine Rose dort zu lassen und ein Foto zu machen. Vergangenheit und Gegenwart dieser Parkplätze, Restaurants, Gärten, Bars, Bahn-

höfe. Sie ist überall gewesen. An all diesen Orten ist Blut vergossen worden. Heute jedoch laufen die Leute vorbei, als sei nichts gewesen, keiner erinnert sich, keiner will sich erinnern.
— Ich habe die Rechnung für die Rosen verloren, die werden mir jetzt sicher nicht das Geld zurückerstatten.
Jetzt bin ich es, die nicht weiß, ob das ein Witz sein soll. Sie hat deine Frage immer noch nicht beantwortet. Bis wann sie noch hier in der Gegend unterwegs sein wird. Aber sie nähert sich dem Thema schon langsam. Bald. Sie wird bald gehen. Sobald sie weiß, wie die Sache mit Ortiz de Zárate ausgeht, dem Gefangenen. Das ist momentan die heiße Frage (*sic*). Wenn er im Gefängnis bleibt, mit seinem Hungerstreik, werden die Proteste auf der Straße weitergehen. Erst gestern gab es Krawall in der Altstadt, ob wir das mitbekommen haben? Die Radikalen haben zwei Container abgefackelt. Ein hübscher Anblick für die Touristen, stimmt's? Na, wir können uns ja vorstellen, was passieren würde, wenn der Gefangene stirbt. Dann würden größere Dinge brennen als ein paar Container. Wenn sie ihn aber freilassen, werden die Proteste sich anderswohin ausdehnen, und dann werden sie sicher noch größer!
— Auch wenn ich glaube, dass er irgendwie damit durchkommen wird. Jetzt wird man ihm irgendeine Verbesserung zugestehen, und wenn die mediale Aufmerksamkeit weg ist, lassen sie ihn laufen. Unglaublich, wie viel Macht diese Terroristen noch haben.
— Na ja, aber du wirst nicht bestreiten, dass die Art, wie sie seine Strafe verlängert haben, wenig orthodox ist, um es freundlich zu sagen.
Dank der Dunkelheit, in der wir sitzen, bekommt keiner

mit, wie ich die Bierdose mit der rechten Hand zerquetsche. Auch ich kann nicht sehen, was Sarahs Finger jetzt gerade machen. Wahrscheinlich hatte sie keine Antwort erwartet. Ich auch nicht. Es ist das erste Mal, dass ich von dir einen Kommentar über den Gefangenen höre. In meinen Phantasien habe ich manchmal sogar gedacht, du wüsstest absolut nichts von der ganzen Sache. Ich habe davon geträumt, dass ich dich, wenn es so weit wäre und ich dir endlich alles enthüllen würde, pur und jungfräulich antreffen könnte, unwissend, nicht durch die Medien verseucht. Aber so ist es nicht,
so
ist
es
nicht.
Aber wie sollte es das auch sein? Erinnere ich mich etwa nicht mehr, dass das alles mit einer unerwarteten Fernseh-Offensive angefangen hat? Habe ich denn vergessen, wie ich, nachdem ich völlig verwirrt vom Besuch bei meiner Mutter zurück nach Hause gekommen war, meine Sorgen mit dir teilen wollte, weil ich mich nach nichts als nach Trost von dir sehnte? Weiß ich nicht mehr, wie ich ängstlich auf dich wartete, mir wünschte, mit dir sprechen zu können, wie du aber unterwegs warst, in Sevilla oder Valencia oder Santander, auf einem Kongress oder bei einem Symposium oder bei einem Kurs? Und was ist dann geschehen. Schauen wir uns diese Tage noch mal an. Dann geschah, dass alle Nachrichtensendungen, alle Titelseiten sich miteinander abgesprochen haben. Die Top-Schlagzeile, ein landesweiter Skandal. *Perfect timing*, eine schöne Sauerei. Plötzlich war der Name des Gefangenen im Munde

des Ministers, im Munde der Stammtischbesucher, im Munde des Fleischers in unserem Viertel. Und plötzlich kannte alle Welt den Namen MEINES VATERS. [Ich habe immer noch das Gefühl, ich muss das leise sagen, habe Angst, dass ihr meine Gedanken hören könnt.] Den Namen meines Vaters. Den Namen meines Vaters. Den Namen meines Vaters. In allen Nachrichtenblättern. In allen Sendungen. In allen Metzgereien. Denn er würde bald entlassen werden. Nach vierundzwanzig Jahren. Vierundzwanzig Jahre Nichts. Die Rechnungen sind einfach: so und so viele Jahre für Verletzte, so und so viele für Tote. Diese toten Kinder. Nein, wir werden die Bilder von damals nicht wieder ausgraben, sie sind zu hart. Deontologie, Sie wissen schon. Jedenfalls ist es eine Schande. Unerträglich. Ein Skan-dal! Schaut mal, wie gut er noch dazu aussieht. Prostatakrebs? Dieser Krebs ist heilbar, das weiß jeder. Der kleine Neffe aus der Krebsfamilie, der Neffe, der nicht so viel taugt. Unkraut vergeht nicht. Schalten wir live einen Arzt zu, damit der uns etwas darüber erzählt; er wird es bestätigen. Ja, es geht ihm gut, der täuscht keinen. Er lächelt, er ist ruhig, wen er wohl anlächelt aus dieser Art Glaskasten, in den sie ihn während der Gerichtsverhandlung gesetzt haben? Zeigen wir noch einmal Bilder von all diesen Gerichtsverhandlungen. Die können wir zeigen. Sehen Sie? Er lächelt, er grüßt irgendwen freudig, bevor er sich für seine Aussage hinsetzt. Odontologie. Was für ein perfektes Gebiss! Und alles aus der Tasche der Steuerzahler finanziert, das ist die Höhe. Und die Kinder sind tot. Immer noch. Für immer. Und der Gefangene bald frei. Nicht nur das. Wenn es nur das wäre. Zudem wird er auch noch wie ein Held empfangen werden. Vielleicht bekommt

er sogar einen politischen Posten. Und man wird diese ganze schwülstige Rhetorik und die gründliche Geschichtsverfälschung ertragen müssen. Prostatakrebs? Ernsthaft? Er sieht doch blendend aus. Nein. Eine gesunde Gesellschaft, eine demokratische Gesellschaft, kann so etwas nicht hinnehmen. Jetzt kommen die Vertreter der Opfer-Vereinigungen. Schickt jetzt einen Reporter nach Guzmán el Bueno, wo, seit die Nachricht von der Freilassung durchgesickert ist, täglich Blumen für die Verletzten und die Toten niedergelegt werden. Noch mehr Archivbilder. Ikonologie. Demonstrationen und noch mehr Demonstrationen, Schweigeminuten. Überall Bilder vom Gefangenen und der Name des Gefangenen, mit all seinen Buchstaben. In scharlachroten Buchstaben. Dämonologie. Nein, nein, nein. Eine demokratische Gesellschaft, nein. Wenn nötig, werden neue Anschuldigungen konstruiert, sagt der Minister, und wir können uns gleich ein ganzes Juristen-Team vorstellen, das vierundzwanzig Stunden am Tag arbeitet, in drei Schichten. Die Demokratie funktioniert.
Und du, wo hast du hingeschaut?
Du warst währenddessen in Sevilla, in Valencia oder in Santander. Du, *mi amor.* Hast die Zeitung gelesen, na klar. Hast Fernsehen geschaut, wenn du abends ins Hotel gekommen bist (was solltest du auch sonst schon machen?). Hast den Fall mit Kollegen kommentiert (das Thema liegt euch mehr oder minder nahe).
Sie haben ihn schon in der Tasche. Rückwirkende Verlängerung der Strafe. Das kann man machen, versichert der Minister, und ob man das kann. Demonstrationen. Hungerstreik. Unruhen auf der Straße.
Alles live und direkt. Alles zur *prime time.*

Ratsche. Ratsche. Ratsche.
Genau in dem Moment (genau dann!) kamst du aus Sevilla, Valencia oder Santander.
Das Kratzen des Schlüssels im Schloss.
Willkommen, mein Schöner. Was es Neues gibt? Nicht viel, wirklich.
Ich gehe duschen, anschließend erzähle ich dir, wie es auf dem Kongress, bei dem Symposium oder bei dem Kurs in Sevilla, Valencia oder Santander war.
Na klar, geh ruhig duschen. Du bist zu Hause, entspann dich und genieß es. Ich mache solange schon mal Abendessen. Weißt du was. Ich habe ein paar Spinatburger aufgetaut. Ich mache auch ein bisschen Salat, wenn es dir recht ist.
Ist es dir recht?
Ah, du hörst mich nicht. Wie sollst du mich auch hören, wenn du schon unter der Dusche stehst. Sei ganz ruhig, ich kümmere mich schon um das Essen. Weißt du was. Vor kurzem habe ich erfahren, dass mein Vater noch lebt. *Kra-wumm*. Deshalb wollte meine Mutter mich so dringend sehen. Weil sie mir etwas Dringendes zu erzählen hatte. Deshalb bin ich sie besuchen gefahren. Lustig, oder? Hahaha. Nein, du lachst nicht, denn du bist in der Dusche und hörst mich nicht. Aber wie ich gerade sagte, es hat sich herausgestellt, dass ich jetzt einen Vater habe. Einen Vater! Einen von diesen biologischen, meine ich, und er lebt. Du wirst dich fragen, warum sie mir das die ganze Zeit lang verheimlicht haben. Na ja, es ist so, und das ist zweifellos das Komischste, dass er die ganze Zeit lang im Gefängnis gewesen ist, denn er ist ein sehr, sehr böser Mann. Zum Kaputtlachen. Meine Mutter hat es echt gut hinbe-

kommen, mich zu verarschen. Ganz zu schweigen von Josebas Mitwirken, das findest du noch bemerkenswerter, ja? Zwanzig und etliche Jahre Spaß auf meine Kosten, ist das nicht die aberwitzigste Story, die du seit Jahrhunderten gehört hast? So etwas hast du nicht erwartet? Na, dann sind wir schon zu zweit. Hm, ein hübscher Salat wird das, ich habe Nüsse und Apfelstückchen reingetan. Du hast sicher Hunger mitgebracht.
Dann kamst du aus der Dusche. Mit Ringen unter den Augen, ein Handtuch um die Hüfte gewickelt. Hattest den ganzen Stress von deinem vollen Terminplan noch nicht abgelegt. Ich habe zwei Kerzen angezündet, ein Exzess.
Und wenn ich dir erst mal gar nichts erzähle? Hast du etwa nicht ein wenig Ruhe verdient nach so vielen Tagen außer Haus? Haben wir etwa nicht ein wenig Frieden verdient, nach so vielen Tagen, die wir getrennt voneinander waren? Sechs lange Tage, sechs siderische Tage. Wir mussten uns erst wieder kennenlernen, langsam, neue Falten in unseren Gesichtern entdecken. Außerdem stand nichts unmittelbar an, der Gefangene würde noch nicht entlassen werden, es würde noch eine ganze Weile lang keine Sonntagsessen im Haus meiner Mutter geben.
Letztlich hatte ich die Gelegenheit, den passenden Moment auszuwählen, ihn falls nötig zu schaffen. Zum Beispiel mitten auf einer Reise, hier im Herzen der *Patria*, in einer billigen Unterkunft zwischen den Stadtteilen Martutene und Loyola.
Zum Beispiel hier.
Zum Beispiel jetzt.
Aber welche Rolle spielte in dieser Szene noch mal genau die plappernde Reporterin? Sie veränderte alles.

— Ist ja schon gut, lasst uns den Abend nicht mit diesen finsteren Themen verderben. Stoßen wir lieber an. Du nicht, Gustavo, Anstoßen mit Wasser bringt Unglück.
Sarahs Dose prallt gegen meine, obwohl ich keinen Muskel rühre. Anschließend trinkt sie schweigend. Zum ersten Mal, seit ich sie kenne, sieht sie verschüchtert aus. Ich würde sagen, sie betrachtet dich mit Schlangenaugen. Die Stille dehnt sich über das erträgliche Maß hin aus. Endlich begreife ich, dass ich diese Frau nicht begreife. Macht sie sich die Sache ihrer Zeitung zu eigen, oder ist das nichts als ein Zeitvertreib für sie? Und hat sie mich wirklich im Visier oder will sie mich nur als naive Gefährtin für eine schlaflose Nacht?
Ich wollte etwas sagen, um die Stille endlich zu durchbrechen, aber Sarah kommt wieder zu sich und spricht.
— Und was habt ihr morgen vor?
— Schlafen, richtig lang, sagst du gähnend, damit keine Zweifel bleiben.
— Ernsthaft? Na, ich glaube, ich werde nicht mehr schlafen. Um sieben Uhr früh muss ich los nach Vitoria. Wie spät ist es? Fast vier. Dafür ... Hör mal, gerade fällt mir ein, dass bei mir im Zimmer eine Kaffeemaschine steht. Wollt ihr einen?
Das ist der letzte sinnvolle Satz, an den ich mich aus jener Nacht erinnern kann. Ab diesem Moment war ich dermaßen raus aus dem Gespräch, dass ich nicht einmal mit Sicherheit sagen könnte, ob es ein Gespräch gab. Es gab Kaffeeduft, Lachen von Sarah, ein Nickerchen von mir auf dem Sofa, aus dem ich wegen des obszönen Lachens der Reporterin erwachte, ich erinnere mich auch an deinen plötzlich ernsten Tonfall, meine wirren, fast realen Träu-

me, sehr kurze Momente klaren Bewusstseins. Ich war müde, sehr müde, tief unten im Traum festgeklebt ohne Möglichkeit hochzukommen. Aber wann würde Sarah mich endlich nach meinem Vater fragen? Sollte ich mich nicht ein wenig aufrappeln für den Moment, wenn es so weit wäre? Wann wird sie mich um ein Exklusiv-Interview bitten? Jetzt? Ist es schon so weit? Nun erzähl uns, Ulia, wie lebt es sich in dem Wissen, dass der eigene Vater zwei Kinder getötet hat? Antworte noch nicht gleich, wir müssen uns zwei Minuten Zeit für die Werbung nehmen. Sicher hat sie in ihrem Kopf schon die Schlagzeile formuliert. Bevor sie mich auch nur irgendetwas gefragt hat. Die Schuld des Vaters. Die Last der Tochter. Ich werde die Schuld meines Vaters tragen.

Nein, zu poetisch.

Eigentlich möchte ich nur schlafen.

Kurz darauf (kurz?) war ich schon im Bett, mein Wunsch war in Erfüllung gegangen. Ich erinnere mich nicht, wie ich dorthin gekommen bin oder ob du mir helfen musstest, mein Sommernachthemd anzuziehen. Vermutlich ja. Obwohl ich dich, als ich mit geschlossenen Augen nach dir tastete, nicht im Bett fand. Du kamst später rein, fünf Minuten oder zwei Stunden später, ließest das Licht aus dem Flur ins Zimmer fallen, es fiel auch auf dich, barfuß, mit erschöpfter Miene. Der Zeitraum, der sich zwischen meinem Tasten im Bett und deinem Erscheinen erstreckt, ist daher das schwarze Loch, der tote Winkel. Der Zeitraum, der mich zum Zittern brachte, als ich das Geschehen am nächsten Morgen Revue passieren ließ. Denn Sarah hätte den miesen Weg wählen können. Sich an dich zu wenden, statt mit mir zu sprechen. Mich aus dem Spiel lassen und den Seitenweg einschlagen. Aus reiner Bosheit. Hör mal, und seit wann weißt du das mit deinem Schwiegervater? Glaubst du, es könnte deine Karriere beeinträchtigen, wenn das rauskommt? Antworte noch nicht gleich, wir müssen uns zwei Minuten Zeit für die Werbung nehmen.

60 Die Ruhe nach dem Sturm. Der Hangover nach dem Sturm. Das Frühstück nach dem Sturm. Madeleines, Toast und Marmelade. Die hartnäckige Erinnerung an die Biere vom Vorabend, an den Schläfen und im Magen. Du bist frisch geduscht, frisch rasiert, schön, wie du es nur am Morgen sein kannst. [Wie oft habe ich schon erwähnt, wie gut du aussiehst? Wird dir das zu Kopf steigen? Ist ja schon gut, ich versuche, mich zu mäßigen, oder den Text noch mal durchzusehen.] Um uns herum frühstücken diverse junge Touristen, fast alle lärmend. Seid bitte still, ich bin mitten in einem Gespräch. Gustavo versucht, mir etwas zu sagen. Ich muss es schaffen, ihm irgendwie zusammenhängend zu antworten. Seid bitte still, lasst mich nachdenken. Wo ist Sarah? Sie ist für immer weg. Wohin? Nach Vitoria, das hat sie selbst gesagt. Wozu? Das hat sie nicht gesagt. In meine Geburtsstadt, in die Geburtsstadt des Gefangenen. Wozu? Das hat sie nicht gesagt.

— Fahren wir endlich?, sagst du ungeduldig zu mir, die Schlüssel in der Hand.

— Wann immer du willst.

— Aber he, lass dir ja nicht einfallen, mein neues Auto vollzukotzen!

— Ich verspreche nichts.

61 Bei Joseba zu Hause finden wir keinen Pedro-Ximénez-Sherry, und zehn Minuten lang verbringen wir damit, das Ausmaß des potenziellen Desasters ins Auge zu fassen, und wir ahnen, dass dies gut die Katastrophe des Tages oder sogar der ganzen Ferien werden kann. Wir beschließen, unsere Anstrengungen zu verdoppeln und noch einmal alle Schränke und Schubladen mit fast irrem Eifer zu durchsuchen. Endlich, ein reines Wunder, kommt in einer alten Anrichte im Wohnzimmer eine Flasche Málaga Virgen zum Vorschein, und du urteilst mit akademischer Strenge, dass das fragliche Gebräu ein würdiger Ersatz ist und wir uns entspannen können. Drei erleichterte Seufzer. Das geplante Kaninchen in Sojasauce ist in letzter Minute gerettet. Wir beginnen, wieder normal zu atmen. Nachdem das Krisenkommando erfolgreich aufgelöst ist, schlüpfe ich schnell aus der Küche und lasse die Köche in Ruhe ihr Werk tun.
Es freut mich zu sehen, wie gut du dich mit Joseba verstehst. Wie viele Male hast du ihn in deinem ganzen Leben gesehen? Nicht öfter als vier oder fünf Mal. Aber für die meisten Männer ist es leicht, einen kumpelhaften Umgang mit anderen Männern zu finden, das passiert ganz natürlich. Nicht zu sehr, und auch nicht sonderlich tief, aber mehr als ausreichend, um mit Schürzen und spaßigen Kommentaren einen angenehmen Sommerabend miteinander zu verbringen. Keine Falschheiten.
Selbst an einem der sonnigsten Abende in diesem Juli ist mir in dem großen Landhaus von Joseba noch immer unbehaglich: Das Haus liegt für sich allein, alles hier zerfällt, in einer vergessenen Ecke des vollkommen brachliegenden Gemüsegartens rostet eine Hacke vor sich hin, dazu

der gespensterhafte Nachklang des Jaulens all der Tiere, die hier irgendwann einmal gelebt haben. Dieser Geruch. Aber Joseba ist der Ansicht, zu den Ursprüngen zurückgekehrt zu sein, zu erträumten Ursprüngen, denn er kommt aus der Stadt, und er scheint sich hier wohlzufühlen. Zumindest wirkt er gelassen. Wie ein Mönch. Vermutlich gibt es an diesem Ort, in dieser Gegend etwas, das ich nicht sehen oder fühlen kann: eine spirituelle Tiefe, eine Brüderlichkeit, die nur in kleinen Gemeinden auftritt, eine kosmopolitische Frau, die sich aus obskuren Gründen in dieses idyllische Tal flüchtet. Aber da ist keine Spur von irgendeiner Frau, weder im Haus noch in der näheren Umgebung. Allem Anschein nach lebt Joseba hier allein, hat sich schon an diese Stille gewöhnt, Musik und Fahrrad sind seine einzigen Gefährten, vielleicht ein bisschen Marihuana, um dem Schlaf nachzuhelfen, ab und an erfrischende Spritztouren in die Pyrenäen. Eine Einsamkeit, aus der es kein Zurück mehr gibt. Langsam begreife ich.
Es ist acht Uhr, und wir sitzen schon am Abendessentisch. Joseba mag gern frühe Essenszeiten, er erwähnt seine Probleme mit Sodbrennen. Das vierhändig zubereitete Kaninchen sieht nicht schlecht aus. Joseba erzählt uns von seiner Arbeit, von seinen kleinen Klavierschülern. Fürs nächste Schuljahr würde er gern eine Big Band mit allen Musikschülern aus dem Tal zusammenstellen. Man merkt, wie er sich danach sehnt, dass das neue Schuljahr so bald wie möglich anfängt. Die Schulferien sind zu lang für jemanden wie ihn. Wir erzählen ihm gut gelaunt von unserer touristischen Besichtigungstour des Tages. Mit dem Auto haben wir die Route zurückgelegt, die die Dörfer Urdazubi, Zugarramurdi und Sare miteinander verbindet,

sehr schnell, wieder gierige Touristen. Wir haben Höhlen, Wälder, Friedhöfe gesehen. Nicht gesagt haben wir ihm, dass wir fast den ganzen Weg schweigend zurückgelegt haben, dass ich den Kater als Entschuldigung vorgeschoben habe und du nicht einmal eine Entschuldigung versucht hast.

Joseba fasst sich an den Kopf. Er kann verstehen, dass wir die Berge nicht mögen, wir wüssten die Anstrengung bergauf einfach nicht mit dem epischen Gefühl wettzumachen, den Gipfel zu erreichen, ist ja schon gut. Aber dass wir einen ebenen, entzückenden Weg mit den Reifen unseres Autos beschmutzt haben, das kann er nicht nachvollziehen. Früher wurde er von Schmugglern über die Grenze verwendet und ist heute perfekt in Schuss noch für die faulsten Sonntagsausflügler, es gibt sogar asphaltierte Streckenabschnitte und die uralten Kastanien und Eichen werfen einen sehr angenehmen Schatten. Uns ist wirklich nicht zu helfen.

— Dein Mädchen hatte einen dicken Schädel, deshalb sind wir mit dem Auto gefahren.

Du bist vielleicht ein Lügner.

— Ich weiß nicht, was in letzter Zeit mit ihr los ist, drei Bier und sie ist völlig ausgeknockt.

Na klar, drei Bier. Wegen dieser drei Bier haben wir zwischen einer Höhle und der nächsten fast kein Wort gewechselt.

— Das Alter ist unerbittlich, schalte ich mich endlich ein, das müsstet ihr besser wissen als ich.

So ist das Abendessen zu Ende gegangen, mit künstlichem Lachen und ehrlichem Lob für Josebas hausgemachte *cuajada*. Die frische Milch dafür kauft er bei einem Bauern

im nahegelegenen Beartzun. Ihm gebührt das Lob, besser gesagt seinen Schafen.
Mit einer Empfindung, die dem Mitleid nahekommt, folge ich anschließend Josebas Einladung, ans Klavier zu treten und ein paar Stücke durchzugehen. Wir singen zweistimmig die bekannte »Barcarole« aus der Oper »Hoffmanns Erzählungen«, und ich stelle fest, dass Joseba immer noch wundervoll singt, wenn er seinen Kontratenor auspackt. In einer kurzen Anmerkung, bei der er mal wieder in den Tonfall eines Musikschullehrers fällt, erklärt er dir, dass das Libretto auf Erzählungen von E.T.A. Hoffmann basiert, und dass Hoffmann selbst an einigen Stellen als Figur auftaucht. Du verfolgst das Konzert vom Sofa aus, mit einer Bewunderung, die ehrlich wirkt. Anschließend singen wir, um etwas Lokalkolorit hinzuzufügen, das traditionelle »Maite ditut maite gure bazterrak«, für das ich mehr schlecht als recht eine obere Stimme improvisieren muss.
Du applaudierst zufrieden.
Josebas Stimmung hingegen verdüstert sich, wie immer, wenn die Sprache auf meine ruinierte Stimme kommt. Er sagt mir, ihm sei es so vorgekommen, als ginge es wieder viel besser, man höre dieses verfluchte Pfeifen ja kaum noch, das zwischen den Stimmbändern hervorkam. Er nennt mir den Namen eines Spezialisten in Barcelona, er habe sich erkundigt und alle meinen, er sei der Beste, vielleicht gibt es ja die Möglichkeit einer zweiten Operation, die Medizin entwickele sich in Riesenschritten. Ich sei doch noch so jung, wie könne ich da so schnell das Handtuch werfen? Gustavo, du solltest sie überzeugen, du weißt ja nicht, was für ein Talent deine Frau hat. Du bist diploma-

tisch gewesen, und ich habe »Ja, werde mal darüber nachdenken« gesagt, aus reiner Routine. In Barcelona, sagst du? Um elf ziehen wir uns völlig erschöpft zurück.

62 Die Holzstufen knarzen, als Joseba die Treppe in seinen Hausschuhen und einem abgetragenen, nicht zugebundenen Bademantel hinuntersteigt. Er öffnet einen Schrank. Füllt ein Glas mit Leitungswasser. Reißt den kleinen Umschlag auf, schüttet den Inhalt in das Glas und nimmt einen langen Schluck. In dem Moment bemerkt er meine Anwesenheit, hinter der Küchentheke liege ich ausgestreckt auf dem Wohnzimmersofa.

— Ich bin hier, Joseba, nicht erschrecken.

— Hab dich schon gesehen.

— Ein Almax?

— Ja, das verflixte Kaninchen, oder besser gesagt die Sojasauce. Ich bekomme kein Auge zu, und du?

— Genauso.

Er schlurft in seinen Pantoffeln auf mich zu, gleich ist das Brennen im Magen etwas besser. Ich erinnere mich an Josebas nächtliche Gänge zur Toilette, als wir noch zusammenlebten. Auch wenn er es nicht wusste, waren wir Gefährten in der Schlaflosigkeit. Damals nahm er Almax-Kautabletten.

— Nimm die Beine hoch, mach mir mal Platz.

Er setzt sich dicht, ganz dicht neben mich, schon stecken wir beide unter derselben Decke, und diese Nähe fühlt sich für mich so gemütlich an wie immer. Wir sitzen schweigend da, lauschen auf die Klänge des großen Hauses, die

stillstehende Zeit. Wie schnell Josebas Haare und sein Bart ergraut sind! Im rechten Ohr trägt er noch immer den so charakteristischen silbernen Ohrring. Vom Tisch neben dem Sofa nimmt er eine Messingdose und holt einen schon gerollten Joint heraus. Gleich darauf tauchen auch das Feuerzeug und der Aschenbecher auf. Nach wenigen Sekunden sind wir von einer Marihuanawolke umhüllt.
— Glaubst du, das wird gegen das Brennen helfen?
— Gegen das Brennen vielleicht nicht, aber gegen andere Dinge. Nimm.
Er hält mir den Joint hin und nutzt seine freien Hände, um ein kleines Radio mit Kopfhörern aus der Bademanteltasche zu ziehen. Ich nehme einen Zug. Spüre nichts. Nehme noch einen, diesmal länger. Joseba schaut währenddessen auf den Apparat, wiegt ihn hin und her, ich weiß nicht genau, worum es geht, aber irgendwas wägt er ab.
— Du wirst es noch nicht gehört haben. Sie haben ihm letztlich Hausarrest zugestanden. Erst vor ein paar Stunden. Er hat den Hungerstreik abgebrochen. Sobald er die Erlaubnis der Ärzte bekommt, kann er nach Vitoria reisen.
Er sagt mir das alles im selben emotionslosen Tonfall. Als wäre der Gefangene irgendein Häftling. Vielleicht sagt er es resigniert, müde. Wir schweigen wieder. Ich habe ihm viel zu erzählen, werde mir aber nicht über die Reihenfolge der Prioritäten klar. Innerhalb eines Jahres, in dem wir uns nicht gesehen haben, haben sich Themen in großer Unordnung angesammelt. Warum haben wir so viel Zeit verstreichen lassen? Ich weiß nicht mehr, wie ich mit ihm sprechen kann. Ich habe die Codes vergessen. Jetzt merke ich, dass er mir gefehlt hat. Ich gebe ihm den Joint

zurück und er nimmt einen sehr langen Zug. Und dann spricht er weiter, fast flüsternd.

— Ulia, wir haben nie darüber gesprochen, aber ich kenne dich besser, als du glaubst, und ich bin sicher, in deinem Kopf ist deine Mutter an allem schuld, so ist es doch, habe ich recht? Du hast immer sehr hart über sie geurteilt. Ich vermute mal, das geht allen Töchtern so. Aber ich kann dir versichern, dass es nicht allein ihre Schuld war. Ich weiß, dass du mir alles verzeihst, dass du weich mit mir bist, aber ich versichere dir, dass ich auch meinen Teil der Schuld trage.

Joseba schweigt, um Kraft zu schöpfen. Um zu schauen, ob ich etwas einschieben möchte. Nein, möchte ich nicht. Eigentlich möchte ich am liebsten zurück ins Bett, das Plumeau bis zu den Ohren hochziehen, deine Wärme suchen. Aber nein, ich muss hierbleiben, weil hier gerade Schuld verteilt wird, und sicher bekomme ich auch etwas ab.

— Du weißt ja, dass du ein Baby warst, als ich Mariluz kennengelernt habe. Erst vier Monate alt. Du warst das erste Baby, dem ich in meinem Leben Beachtung geschenkt habe. Aber dich hatte ich zu jeder Tages- und Nachtzeit auf dem Arm, habe stundenlang versucht, dich zum Schlafen zu bringen, dich anzuziehen, mit dir zu spielen, und du warst so süß und rein … Das war eine richtige Offenbarung für mich, diese Zärtlichkeit und Liebe. Ich war ganz vernarrt in dich. Ich sah dich an, und Mitleid überkam mich, du sahst so schutzlos aus … Deine Mutter hat mich mehr als einmal mit Tränen in den Augen erwischt, und sie hat mich ausgelacht, sie sagte, es sehe ja aus, als sei ich derjenige mit einer postnatalen Depression, ohne eine Geburt hinter mir zu haben oder auch nur dein Vater zu sein. Dieser Wunsch,

dich vor allen Übeln dieser Welt zu bewahren, der hat mich dazu gebracht, Mariluz zu überzeugen, dich bezüglich deines Vaters anzulügen. Es war alles meine Idee, Ulia. Die Jahre vergehen, die Lügen häufen sich, man schaut auf das Durcheinander und weiß nicht mehr, wer damit angefangen hat. Aber ich habe ganz ehrlich in meinem Gedächtnis gegraben und mich an meine Entschlossenheit von damals erinnert. Deine Mutter tat nichts weiter, als meiner Ansage zu folgen, es ging ihr nicht besonders gut damals, das kann ich dir versichern. Daher habe ich die Führung übernommen, im Grunde habe ich die Situation ausgenutzt. Fällt es dir etwa schwer, das zu glauben?
Noch immer möchte ich am liebsten aufstehen und weglaufen. Aber ich tue es nicht. Eine Übung in Willenskraft und Mut, auf die ich weiterhin stolz bin. Als Joseba nach zwei Minuten Stille den Faden wieder aufnimmt, habe ich mich schon wieder mehr an seine Stimme gewöhnt, fühle mich aber nicht behaglicher.
— Eigentlich hätten wir dir, wenn es nach mir gegangen wäre, gesagt, dass ich dein biologischer Vater bin, aber dagegen wehrte Mariluz sich, langfristig wäre das eine schwer aufrechtzuerhaltene Lüge, irgendein Papier würde auftauchen, irgendein Hinweis, und es wäre viel schlimmer für alle, die Lüge einzugestehen. Deshalb wählten wir einen Mittelweg. Wir dachten uns den Unfall aus, suchten einen konkreten Ort an der Straße aus, ließen die Details des Unfalls im Gespräch miteinander ganz natürlich werden. Dir würden wir, wenn du größer wärst, nur das Wesentliche erzählen, er war gestorben, ohne auch nur zu wissen, dass er Vater werden würde, er hinterließ keine weiteren Angehörigen. Sonst nichts, auch keine Fotos oder Erinne-

rungen. Das vereinbarten wir alles ohne Gewissensbisse. Haben wir schlecht daran getan? Damals schien es mir nicht so, wir taten alles zu deinem Wohl, für ein Baby, das frei von jeglicher Sünde geboren war.
Da es so aussieht, als erwarte Joseba eine Umarmung, stehe ich schnell auf und gehe zur Spüle, fülle ein Glas mit Wasser, trinke, kehre zum Sofa zurück und frage ihn, ohne mich hinzusetzen:
— Liebst du sie noch? Meine Mutter, meine ich.
Seinem Gesichtsausdruck entnehme ich, dass er mit dieser Frage nicht gerechnet hat. Zumindest nicht jetzt. Aber die Antwort hat er mehrfach mit sich selbst geprobt, das merkt man:
— Ich werde sie immer lieben, ich habe nicht mal versucht, damit aufzuhören, aber allein geht es mir besser. Ich nehme ihr nichts übel, hege keinen Groll gegen sie, falls deine Frage darauf abzielt. Wenn du nicht wärst, würde ich sagen, sie hat alles Recht der Welt zu tun, was sie gerade macht. Wer mag schon eine zweite Chance nicht? Und was den Typen angeht, naja, er hat seine Strafe schließlich verbüßt, was auch immer sie sagen. Ja, ich vermute mal, ich glaube fest an zweite Chancen. Was mich nervt, ist, dass unsere Lüge aufgedeckt worden ist, und damit auch unser Egoismus. Denn ja, ich könnte dir noch mal wiederholen, dass wir es zu deinem Besten gemacht haben, aber ganz offensichtlich habe ich es auch für mich gemacht. Vor allem deshalb. Für mich war es am zweckmäßigsten, dass dieser Mann tot war. Er hatte keinen Platz in unserer Familie und sollte den auch nie haben. Wie leicht sich Egoismus doch verkleiden lässt, wie bequem wir mit dieser Maskerade gelebt haben.

Ich bin es nicht gewöhnt, dass Männer ihr Herz sperrangelweit für mich öffnen. Das macht mir Angst, ich würde ihnen gern den Mund mit den Händen zuhalten und fest zudrücken: Sei ein Mann, verdammt noch mal, schluck deinen Kummer schweigend runter, an einer dreckigen Theke in einer Kneipe, so wie man es immer gemacht hat, aber sei still, um Himmels willen, sei still! Aber ich mache oder sage nichts dergleichen. Also rauche ich einfach schweigend weiter, ich habe mich wieder hingesetzt.
— Ich bin nach Granada gefahren, hat meine Mutter dir das erzählt?
— Ja, und auch, dass du am Ende nicht zur Besuchszeit aufgetaucht bist.
— Ich konnte nicht, nicht bevor ich es Gustavo erzählt hatte.
— Verstehe. Er weiß noch nichts, richtig?
Er sagt das auf so schlichte Art, mit so leichten und unverfälschten Worten, dass mir plötzlich alles viel einfacher vorkommt. Eine Last fällt mir von den Schultern. Berauscht vom Rauch entspanne ich mich.
Also nein, er weiß noch nichts.

63 Du wachst gut ausgeruht auf, mit der Energie desjenigen, der neun Stunden am Stück geschlafen hat, meine Schlaflosigkeit hast du nicht mitbekommen. Du schnupperst ein bisschen an mir, während ich mich zwischen den Laken fläze: Was hattet ihr gestern Abend? Eine kleine Privatparty nur für Joseba und dich? In deinen Worten liegt kein Vorwurf. Du ziehst mir die Decke weg: *Allez,*

allez, ma chérie, wir haben einen langen Tag vor uns. Obwohl mein Körper das Gegenteil von mir verlangt, stehe ich auf. Ich verdiene einen kräftigen Applaus.
Wir treffen Joseba in der Küche an, er ist frisch geduscht und schneidet Brot. Wir frühstücken in derselben guten Laune wie am Vorabend. Ich versuche vergeblich, an Joseba irgendeine Spur von Niedergeschlagenheit zu entdecken. Ich hoffe, dass er auch an mir nichts entdeckt. Er wird jetzt in die Bárdenas fahren, zu einer Fahrraddemo gegen den Schießplatz. Er lädt uns ein, mitzukommen, wir hätten Gelegenheit, Navarra von Nord bis Süd zu durchqueren, im Auto, wie wir es mögen. Anschließend wird er bei einer Freundin in Tudela übernachten, und er ist sich sicher, dass auch wir dort unterkommen könnten. Die Erwähnung dieser »Freundin« macht mir Hoffnung. Dennoch lehnen wir die Einladung freundlich ab. Wir umarmen uns schwungvoll, machen Pläne, uns bald wiederzusehen, und kehren zurück auf die Straße, unser natürliches Habitat. Zwischen Joseba und mir hat es keinen weiteren Austausch mehr gegeben. Er hat mich nicht in einem ruhigen Moment noch mal beiseitegenommen, um mir unter vier Augen letzte Ratschläge oder Erklärungen zu geben. Es ist alles gesagt. Für den Augenblick. Wir müssen weiterfahren. Ainhoa, Souraïde, Ustaritz, Bayonne und schließlich Biarritz warten auf uns. In Biarritz hast du dir in den Kopf gesetzt, ins Casino zu gehen und ein bisschen *roulette anglaise* zu spielen, um dich wie ein mit dem Sud-Express frisch aus Sankt Petersburg eingetroffener dekadenter Aristokrat zu fühlen. Es ist in Ordnung, du fährst. Heute beginnt der August. Ein neuer Monat, ein neues Leben. Weiter, immer weiter.
— Mach das Radio an, sage ich zu dir, aber keine Musik.

Lass uns lieber die Nachrichten hören. Ich glaube, es ist etwas passiert.

64 Ich habe lange gezweifelt, ob es wirklich nötig ist, dieses letzte Kapitel unserer Reise zu erzählen. Im Grunde könnte ich mich auch hier mit der Ellipse verbünden und als bekannt, als erzählt voraussetzen, was uns auf der Nationalstraße N-121-B passiert ist. Ich könnte die Geschehnisse direkt ins Krankenhaus verlagern, an das Gespräch erinnern, das wir dort hatten. Ich möchte nicht melodramatisch werden. Möchte keine Knalleffekte setzen. Der Zauberer zieht die Taube aus dem Zylinderhut und nutzt den Moment der Ablenkung, um dem Publikum das Portemonnaie zu klauen.

So was möchte ich nicht machen. Ich brauche das nicht. [Oder bin ich zu müde und möchte, wo wir an diesem Punkt angelangt sind, nur so bald wie möglich den Schlusspunkt setzen? Werde ich wieder eine prachtvolle Auflösung mit dramatischem Potenzial ruinieren, so wie nur ich es zu tun verstehe? Eine nicht zu verachtende Hypothese.]

Jedenfalls würde die ganze Geschichte an Glaubwürdigkeit verlieren, wenn ich die Dinge genau so erzählen würde, wie sie sich zugetragen haben. Selbst für dich, der bei allem mit dabei war. Aber ein paar Dinge hast du nicht mitbekommen. Ich bin sicher, du erinnerst dich nicht, dass du, als du das Radio anmachtest und nach einer Nachrichtensendung suchtest, bei einem Lied hängenbliebst. Das hast du sicher unbewusst gemacht. Mir ist es aufgefallen. Wie jemand, der an einer gescheiterten Liebe leidet, das

Gefühl hat, alle Popsongs sprächen von ihm, genauso denkt der, der ein Geheimnis verbirgt, alle Songs werden ihn auffliegen lassen.

Gidatu, gidatu beti aurrera
Ahaztea deritzon lekura
Zu esistitzen es zaren
Lur zati hortara.[22]

Diese bebende Stimme. Wie sollte ich sie vergessen. Wovor hatte sie Angst? Was verbarg sie? Irgendetwas. Ganz sicher.
Bebend, aber kraftvoll. Mutig. Weiter, immer weiter.
Go on, go on.
Ich blieb ebenfalls an diesem Lied hängen und bat dich nicht, weiter nach dem nächsten Sender zu suchen, weil wir doch eine wichtige Nachricht hören mussten. Stattdessen erinnerte ich mich an Sarah, denn von Anfang an habe ich geglaubt, dass sich durch sie alles klären würde, Sarah wäre unser persönlicher *deus ex machina*, der aus dem Nichts kommen und nach Vollendung seiner Aufgabe für immer verschwinden würde. Während ich mit einem Ohr den Nuancen des Liedes folgte, sagte ich so was zu dir wie: dass Sarah früher oder später mit mir würde reden wollen. Ich hätte keinen besseren Soundtrack für meine Enthüllung wählen können. Beim Sprechen folgte ich dem Rhythmus des Liedes, nahm denselben Ton an. Das Lied war auf faszinierende Weise komponiert: zuerst nur die Stimme *a cappella*, die Gitarren, die antworteten, das Schlagzeug kam diskret und bestimmt dazu, und schließlich das Violoncello, eine zweite Altstimme, ein perfekter

Kontrapunkt. Warum sagst du das? Was hat sie dir gesagt?, antwortetest du mir nervös. Und ich: Zu mir nichts, hat sie mit dir gesprochen? Und dann verlorst du ohne jede Vorwarnung die Nerven und schautest nicht mal mehr auf die Straße. Ich weiß nicht, was du mitbekommen hast, neulich ist alles ein bisschen aus dem Ruder gelaufen, aber … Du wurdest immer aufgeregter, und auch das Lied gewann immer mehr an Intensität. Sieh mal, Ulia, ich werde dir alles erzählen, ich habe dieses Spiel mit den Andeutungen satt, ich weiß nicht, ob du das machst, um mich zu quälen oder was, ich verstehe dich nicht … was zwischen Sarah und mir passiert ist …
Und dann fiel dir ein, das Radio auszumachen. Was du mir gleich sagen wolltest, verdiente eine solche musikalische Begleitung nicht. Und in diesem unbedeutenden Moment verlorst du die Kontrolle über das Steuer. Das Auto begann zu schlingern, und wir schlingerten mit, wehrlose kleine Geschöpfe in diesem Metalluterus. Eine Kraft warf uns zur Seite, du versuchtest, ihr entgegenzuwirken, indem du kräftig auf die Bremse tratst. Dann überschlug sich das Auto, ich weiß nicht, ob ich das wirklich bewusst mitbekam oder es nur weiß, weil man es mir erzählt hat. Sehr wohl spürte ich aber die scharfe Umarmung des Sicherheitsgurtes, und dann nichts, eine außerordentliche Leichtigkeit, ein Gefühl zu fliegen, wie man es nur im Traum hat. Das waren die längsten Sekunden, die intensivsten und auch die befreiendsten: der Genuss, sich vor einer höheren Gewalt geschlagen zu geben, ein kleiner Tod.
Ich sah nicht mein ganzes Leben in schnellen Standbildern vorbeiziehen, geordnet und voller Sinn. Eigentlich sah ich gar nichts, ich ließ einfach alles mit mir geschehen, gab

mich auf. Ich dachte - hatte ich Zeit zu denken -, dass es ein Glück war, in diesem Augenblick mit dir zusammen zu sein. Und dass wir genau in dem Moment, als ich dir von dem falschen Unfall erzählen wollte, der unwissentlich mein Leben geprägt hatte, einen wirklichen Unfall erleiden würden, gerade als ich dir die ganze Wahrheit enthüllen wollte. Ich interpretierte das - ich hatte Zeit, alles zu interpretieren - als eine Buße: Ich müsste eine Zeit lang meine Büßerkappe tragen, aber danach wäre mir vergeben. Ich dachte nie, dass ich auf dieser Straße sterben würde. Du schon, nicht wahr? Aber gut, wir sind beide mit dem Leben davongekommen. Und ich werde diese Angelegenheit nicht mehr länger hinauszögern, denn ich bin es wirklich müde.

65 Alle Lichter gehen aus. Der Taktstock hebt sich. Ein phantasmagorisches Schweben. Es gibt kein Zurück mehr. Wer gerade husten wollte, unterdrückt das Husten. Der verspätete Hintern sinkt endlich auf seinen Platz. Das Orchester beginnt mit der Ouvertüre. Ein erbärmliches *pianissimo* der Streicher, das nichts Gutes verheißt.

Fast völlige Dunkelheit.

Da lässt der Inspizient die Bühne erleuchten. Nur eine Ecke. Links. Fünfhundert Augenpaare richten ihren Blick dorthin, auf dieses Bett.

Es ist ein Krankenhausbett. Hoch. Stabil. Erschreckend. Umgeben von Apparaten. Krankenhausapparaten, solchen, die kontinuierlich piep-piep-piep machen. Die sind ebenfalls erschreckend. Und in dem Bett liege ich. Tatsächlich,

ich. Alle Zuschauer schauen gebannt auf diesen verletzten Körper. Mir gefällt die Szene nicht, ich hasse es, so im Mittelpunkt zu stehen. Ich bin der Mezzosopran: die Hexe, die Nutte, die hässliche Freundin des Soprans. Eine, die es versteht, sich diskret im Hintergrund zu halten. Was glotzen die fünfhundert Augenpaare denn so? Können sie diesen Moment der Intimität nicht ein wenig respektieren? Wo ist der Sopran? Und der Tenor?
Crescendo.
Der Lichtkreis wird größer. Da ist ja der Tenor, er steht neben meinem Bett. Mit gebrochenem Handgelenk, der Gips ist noch frisch. Da steht er, weinend, den Kopf gesenkt. Nein, noch weint er nicht.
Es muss sich erst noch zeigen, ob das hier eine komische oder eine tragische Oper ist. Keine leichte Entscheidung. Eher eine Frage der Perspektive. Oder besser gesagt, eine Frage der Zeit: Wenn der Blick nur weit genug reicht, kommt irgendwann unweigerlich das Lachen.
»Gianni Schicchi«, von Puccini, um nur ein Beispiel zu nennen, beginnt auch auf einem Bett. Buoso Donati ist gerade gestorben. Um ihn herum schluchzt die Familie. Ein Wettbewerb der Klagelieder. Handelt es sich um ein Drama? Ganz und gar nicht, sobald das Weinen in einen Kampf um das Erbe umschlägt, bewegt sich die Geschichte auf das Terrain der Komödie zu. In diesem Fall könnte es genauso gehen. Deshalb Vorsicht.
Besser überprüfen wir die Inszenierung, wir wollen niemanden irreführen. Nehmen wir diesen Apparat weg, der piep-piep-piep macht. Wir brauchen keine billigen Tricks. An dieser Stelle bin ich der Wahrheit verpflichtet. Es gab keinen Apparat, der piep-piep-piep machte. Gerade mal ei-

nen Tropf. *Plopp-plopp-plopp.* Werden wir unser Publikum auf diese Art enttäuschen? Wird der eine oder andere schon sein Mobiltelefon zücken, um nach anderer Unterhaltung zu suchen? Ein bisschen Vorstellungskraft, bitte! Sie müssen verstehen, der wahre Knoten verbirgt sich nicht in dem Kabel, das einen vermeintlichen Apparat und meinen schmerzenden Körper verbindet, sondern in diesem seltsamen Knäuel, das uns beide, mich und dich, verbindet.
Agitato.
Die Bläser kommen hinzu. Getöse von Trompeten und Posaunen. Der Tenor ist kurz davor, etwas sehr Ernstes zu verkünden. Etwas sehr Schlimmes. Zumindest glaubt er das. Er beichtet, von Schuld zerfressen. Wegen des Unfalls? Der Mezzosopran versteht überhaupt nichts, ist müde, verletzt, verwirrt. Gebrochene Rippen, traumabedingter Pneumothorax.
Und dann, *tatamm*, hat der Chor seinen Einsatz, singt vierstimmig. Zwei Ärztinnen, eine Krankenschwester, dann eine Helferin fragen, ob der Mezzosopran Unterstützung braucht, um zur Toilette zu gehen. Alle zusammen haben sie es geschafft, das Rezitativ des Tenors zu ruinieren. Die Magie ist gebrochen. Er verstummt.
Rallentando.
Nach und nach finden wir uns wieder in der Intimität der Streicher ein. In dem Moment presche ich vor, ich habe dir etwas zu sagen. Du, nein, du seist es, der etwas zu beichten habe. Und wir verstricken uns in einer absurd komischen Debatte. Du hast es eilig, fürchtest eine neue Unterbrechung durch den Chor. Du möchtest mir ALLES erzählen, sagst du in Großbuchstaben. Obwohl du schon vor längerem zu dem Schluss gekommen warst, es sei das Beste,

mir nichts zu erzählen. Ich möchte dir auch ALLES erzählen, das war von Anfang an mein Wunsch.
Unser Publikum versteht gar nichts. Sie fangen schon an, auf ihren kleinen Bildschirmen nach der Uhrzeit zu schauen. Gleich werden sie irgendein Spiel starten. Denn ja, da war etwas mit Sarah. Denn nein, in Wirklichkeit bin ich nie nach Aldeburgh gefahren.
Und du: Was? Und ich: Wie?
Und so wie in einem komischen Duett von Mozart, gleichzeitig und ohne sonderlich auf das zu achten, was der andere sagt, sortieren wir Lügen und Wahrheiten. Auf diese Art gelingt es uns wenigstens, die Aufmerksamkeit des Publikums zurückzugewinnen. Geschmeichelt davon, so sehr im Mittelpunkt zu stehen, erklärtest du mir, dass dieses etwas mit Sarah gleich am Tag des Interviews geschehen war, während ich in Aldeburgh war / nicht war, dass es aber eine Dummheit war, ihr habt es beide noch im selben Moment bereut und beschlossen, euch nicht mehr wiederzusehen und es niemandem zu erzählen, weiter, immer weiter. In dieses »niemand« war ich selbstverständlich eingeschlossen, ich vor allem, ich war es, die nie davon erfahren sollte.
Eine Pause, um Luft zu holen. Die Klarinetten machen die Stimmung ein wenig süßer, und dafür sind wir ihnen dankbar.
Cantabile.
Und warum das? Nun, weil eine Beichte mir gegenüber nur dazu dienen würde, dein Gewissen zu erleichtern, doch das wäre nichts weiter als ein Akt des Egoismus, ein Aufzwingen. Manchmal ist Ehrlichkeit die reine Strafe. Außerdem hatten wir schon hypothetisch, rein theoretisch,

darüber gesprochen, wie wir vorgehen würden, falls wir uns in einer solchen Situation befänden. Erinnerte ich mich etwa nicht?

Das war keine improvisierte Rede und selbst der zerstreuteste unserer Zuschauer merkte das.

Doch aus purem Zufall mussten wir auf Sarah treffen, zwischen *White Russians* und Gin Tonics, und anscheinend ist die Frau tollkühner, als es den Anschein hatte. Auf der Suche nach starken Gefühlen hatte sie wohl ihren Spaß dabei, uns zu folgen, mit uns, mit dir zu spielen. Was suchte sie? Keine Ahnung, vielleicht wollte sie sich einen Spaß machen. Du verstehst es einfach nicht. Vielleicht ist sie schlicht und ergreifend durchgeknallt. [Klar, natürlich, der Ehebrecher verschanzt sich immer hinter dem Schutzwall der geistig verwirrten Frau.] Jedenfalls hattest du dich nicht gut verhalten, du warst immer weiter in Fettnäpfchen gestapft, eine ziemlich lange Liste.

Es tat dir so leid.

Die Pauken erbarmen sich deiner und unterstreichen deine Ernsthaftigkeit.

Risoluto.

Oh, die Enttäuschung des Mezzosoprans! Jemand hat ihre griechische Tragödie mit einem typischen Liebesabenteuer vom Ramschtisch ausgestochen. Aber natürlich gefällt das dem Publikum besser als die Geschichte von meinem Vater. Und du, warum schenkst du meiner Geschichte nicht die Aufmerksamkeit, die sie verdient? Ich mache unbeirrt weiter, versuche meine Linie in diesem Duett zu halten und erzähle dir Details. Und an dem Punkt vermischt sich alles, gerät durcheinander, und zusammenhanglos erzähle

ich dir von den Tapas, die man in Granada gratis zum Bier bekommt, und du erwähnst deine fünf Jahre zu früh kommende Midlife crisis, dein neuer BMW ein Totalschaden, die unglaublichen Überschläge, die er gemacht hat, bevor er für immer liegenblieb, die mehreren Erscheinungen von Sarah entlang unserer Reise, ich erwähne das Foto vom bärtigen Mann und die verliebte Frau, du schlägst mit Einzelheiten des »etwas mit Sarah« zurück, und nun vermengen sich ohne jede Harmonie meine Paranoia, deine Ignoranz, meine Mutter, dein Vater, die vergeblich heruntergerissenen Kilometer, deine dummen Widersprüche rund um die Monogamie, mein letztes Gespräch mit Joseba.
Bis unerwartete Nebendarsteller auftreten: eine achtzigjährige Frau, die in dem Bett neben mir untergebracht wird und bei der gleich morgen in der Früh eine Lungenbiopsie gemacht werden soll.
So endet der erste Akt.
Alle Lichter gehen aus.
Völlige Dunkelheit.
Kein einziger Applaus.

66 Wieder eine gerade Linie. Am Horizont der Nordsee. In Aldeburgh. Ich bin hier.
Kuckuck.
Diesmal stimmt es wirklich. Endlich habe ich den Ort kennengelernt, der so viele Jahre lang Brittens Zuhause war. Leider ist mir sein Geist noch nicht erschienen. Der Ort ist ganz reizend, aber die Atmosphäre am Strand ist schrecklich unfreundlich, zumindest um diese Jahreszeit. Ich kom-

me kaum voran zwischen diesen grauen Steinen, gegen diesen grauen Wind. Britten ging jeden Nachmittag an genau diesem Strand spazieren, sommers wie winters. Ich tue es jeden Morgen, das Erste, was ich tue. Ich bin auf der Suche nach natürlichem Licht unterwegs, ich brauche diese Energie. Der Herbst ist grausam an der Küste von Suffolk. Um vier Uhr nachmittags ist das Fest zu Ende. Sogar die Möwen gehen schlafen. Auch ich gehe früh ins Bett.
Jeden Tag esse ich in meinem Lieblingspub, *The Pelican*, ich habe eine Vorliebe für das Roastbeef entwickelt, das sie dort zubereiten. Keine Ahnung, ob das als Mittag- oder als Abendessen anzusehen ist, denn ich komme etwa gegen drei Uhr. Da um diese Zeit normalerweise niemand da ist, setze ich mich immer an den Tisch im Obergeschoss, ans Fenster: Von dort sieht man das Meer. Fast immer komme ich allein, so kann ich verzückt aufs Meer starren. Manchmal akzeptiere ich Gesellschaft: Jeppe, den dänischen Komponisten, oder Adela, die rumänische Bildhauerin. Hier sind alle aus reiner Trägheit freundlich. Die Kellner, die Polizisten, die Ladenbesitzer und meine Kollegen.
Im Haus ist die Stimmung ziemlich gut. In den ersten Tagen herrschte Snobismus, aber allmählich haben wir uns entspannt und schaffen nun, ihn auf ein historisches Minimum herunterzudrücken. Wir kommen alle aus Europa, sind unter dreißig und sind *Künstler*. Wir arbeiten alle mit Blick auf die Hundertjahrfeier von Brittens Geburt. Sechs junge Künstler, ausgewählt nach strengen Kriterien der Geschlechtergleichstellung und der Nord-Süd-Achse. Sechs subventionierte Künstler, weiß und europäisch.
Das Letzte, was ich bei der Rückkehr von unserer Reise erwartet hatte, war, die Antwort auf einen Antrag vorzu-

finden, den ich sieben Monate zuvor gestellt und bereits vergessen hatte. Zuerst stellten wir die Koffer mit möglichst erschöpfter Miene auf dem Boden ab. Dann öffnete ich den Brief und begann, ein Licht am Ende des Tunnels zu sehen. Du erstarrtest, du erinnertest dich auch nicht mehr, dass ich dieses Stipendium beantragt hatte, warfst mir vor, es dir nicht gesagt zu haben.
Und dennoch bin ich hier.
Vom Haus aus kann man das Meer auch sehen, von dem Dachboden aus, den wir als Gemeinschaftsraum benutzen. Das Erdgeschoss ist den bildenden Künstlern vorbehalten. Ich schaue dort lieber nicht vorbei, weil die Unordnung und der Dreck mich aus der Fassung bringen. Die Musiker arbeiten gewöhnlich in einem Saal im ersten Stock, dort steht der Salonflügel. Die von uns, die zum Schreiben gekommen sind (eine Waliserin und ich), arbeiten an den Tischen in unseren Zimmern. Ich verstehe mich nicht besonders mit dieser Frau, deshalb habe ich sie nie nach Einzelheiten zu ihrem Projekt gefragt. Ich weiß, dass Jeppe gerade Variationen zu Brittens »Cello Sonata« komponiert. Sie sollen in anderthalb Jahren auf dem Festival von Aldeburgh uraufgeführt werden. Das ist gar nicht schlecht für ihn, er ist erst siebenundzwanzig. Adela arbeitet an einer Skulptur, die am Strand aufgestellt werden wird, neben der Riesenmuschel. Die Muschel wurde dort vor etwa zehn Jahren aufgebaut und hat niemandem gefallen. Adela macht sich ziemlich viele Sorgen deswegen, aber ich sage ihr, dass es dem Eiffelturm ebenso ging, anfangs hassten ihn alle. Als Inspiration dient ihr Brittens letzte Oper, »Death in Venice«, und es wird eine Art Mobile aus Metallrohren und -bändern sein, das vom Wind bewegt werden wird und da-

durch überwiegend harmonische Töne hervorbringen soll. Auch Adela geht viel am Strand spazieren, sie probiert die Akustik ihrer Metallteile und ihrer Rohre aus. Manchmal setzen wir uns zusammen hin und rauchen Zigaretten, oder der Wind raucht sie uns weg.

Ich weiß nicht genau, womit die anderen subventionierten Künstler beschäftigt sind. Hier ist alles ein Geheimnis, mit hochtrabenden Worten, die eher verdunkeln als erklären. Fast alle nutzen falsche Bescheidenheit als Vorwand, keine Details zu verraten. Ich an erster Stelle. Ich habe erzählt, dass ich ein Buch über Brittens Jugend schreibe, und keiner hat mehr gefragt. Ich habe ihnen nicht erzählt, dass mein ursprünglicher Plan war, eine Doktorarbeit über ihn zu schreiben, und der noch ursprünglichere, als Sängerin seine Musik zu interpretieren. Ich habe ihnen nicht erzählt, dass es mein Ding ist, Leute zu täuschen, die über die Vergabe von Stipendien entscheiden, das, und Sachen halbfertig liegen zu lassen. Ich habe ihnen auch nicht gesagt, dass ich besagtem Buch nicht allzu viel Zeit widme, dass meine Stunden damit verstreichen, diese Erzählung für dich fertigzustellen.

Wir schreiben uns Mails. Sprechen auf Skype. Ich gebe dir zu verstehen, dass die Jungs im Haus besser aussehen, als sie es in Wirklichkeit tun. Manchmal rufst du mich an - der Bildschirm bebt - und ich gehe nicht dran, damit du denkst, dass ich ausgegangen bin, damit du dir vorstellst, wie ich in guter Gesellschaft bin. Manchmal rufst du mich an - der Bildschirm bebt -, nur damit ich weiß, dass du zu Hause bist, dass du bald ins Bett gehst, dass du dich benimmst, dass du in einer Reuephase bist.

Du machst Pläne, mich besuchen zu kommen. Beharrst da-

rauf. Ich sage »auf keinen Fall« und in meinen Phantasien stelle ich mir vor, wie du trotzdem hier ankommst. Du kommst zu Pferd aus London, schweißgebadet und dreckbespritzt, und alle starren dich mit offenem Mund an, du lieferst ihnen Rohmaterial für *ihre Kunst*.
Aber tatsächlich begnügst du dich damit, per Mail hartnäckig zu bleiben.
Auch meine Mutter schreibt mir oft. Was sie mir nicht erzählt, erfahre ich dann gewöhnlich aus der Presse. Das hat sich nicht verändert, ich hänge immer noch am Informationstropf, vielleicht jetzt sogar noch mehr. Es gibt weiter Druck, damit der Häftling wieder zurück ins Gefängnis kommt. Momentan ist er zwar weiter inhaftiert, aber zu Hause, obwohl die Anwälte gute Aussichten sehen. Der Fall liegt am Gerichtshof in Straßburg. Dass die ETA diesen Oktober einen Schlussstrich unter ihre Aktivitäten gezogen hat, kann hilfreich sein, damit sich alles klärt. Das glaubt meine Mutter. Bis Weihnachten kann alles geklärt sein, vielleicht mag ich sie ja dann besuchen kommen.
Weihnachten ist weit weg, zu viele Stunden trennen mich davon.
Momentan geht es mir gut hier an der Nordsee. Hier kennt mich niemand, so kann ich ein weiteres Projekt halbvollendet lassen, als wäre es das erste Mal. Mir geht es gut hier, doch wenn du schließlich beschließt, dir in London ein Pferd zu besorgen und herzukommen, mal im Trab, dann im Galopp, sollst du wissen, dass du mich im *The Pelican* findest, mit einem Pint *Ale*. Das ist ein Bier, das lauwarm serviert wird, und fast ohne Kohlensäure, perfekt für diese dunklen Herbstnachmittage, köstlich.
Ich habe dir noch so viel zu erzählen.

Endnoten

1 Bist du etwa die siebte Tochter? Im Norden, mächtige Wälder; im Süden, nackte Felder. (Anm. d.Ü.)

2 An einem halbverborgenen Ort der Felder von Álava, steht eine bescheidene Mühle in schöner Einfachheit. (Anm. d.Ü.)

3 Weiß wie Tauben sieht man die Häuser dort im Dorf. (Anm. d.Ü.)

4 Homosexualität war in England und Wales seit den Zeiten von Heinrich VIII. eine Straftat (Buggery Act, 1533). Bis zum Jahr 1861 wurde die Todesstrafe über die Verurteilten verhängt. In Folge des Wolfenden-Report wurden 1967 sexuelle Beziehungen zwischen zwei Männern (sofern sie im Privaten und nicht in Gegenwart Dritter stattfanden) in England und Wales legalisiert. In Schottland geschah selbiges 1980, in Nordirland 1982.

5 Dieses von Britten arrangierte Werk basiert auf einem Gedicht von W.B. Yeats, der seinerseits von einem traditionellen irischen Lied inspiriert war. Das Gedicht geht so, und so sang es auch Peter Pears an jenem Abend: »Down by the Salley gardens my love and I did meet / She passed the Salley gardens with little snow-white feet. / She bid me take love easy, as the leaves grow on the tree; / But I, being young and foolish, with her did not agree. / In a field by the river my love and I did stand, / And on my leaning shoulder she laid her snow-white hand. / She bid me take life easy, as the grass grows on the weirs; / But I was young and foolish, and now am full of tears.«

6 Zwanzig Jahre sind doch gar nichts, der Blick so fiebrig. (Anm. d.Ü.)

7 Ministerpräsident der autonomen Region Baskenland (Anm. d.Ü.)

8 Polizeibeamte der baskischen Autonomiepolizei Ertzaintza (Anm. d.Ü.)

9 Auden würde dieses in den heißen Tagen rund um den Ausbruch des Zweiten Weltkriegs verfasste Gedicht sogleich verwerfen, weil es »von einem unheilbaren Mangel an Aufrichtigkeit infiziert« sei. Obwohl es im Oktober 1939 von der Zeitschrift »New Republic« veröffentlicht wurde, sorgte Auden selbst dafür, dass diese Verse in seinen folgenden Gedichtbänden nicht mehr auftauchten. In einer Wendung des Schicksals kehrte das Gedicht jedoch just nach den Attentaten vom 11. September 2001 wieder ins Leben zurück, als die Zeitschrift »Slate« es neben einem Artikel mit dem Titel »Auden on Bin Laden« veröffentlichte. Geschrieben im Zweiten Weltkrieg, schien das Gedicht auch haargenau zu passen, um den Anschlag von Al-Qaida zu untermalen, und so überschwemmten die geächteten Verse, via Ketten-Mails und

Fotokopien von Fotokopien, bald Postfächer, Schreibtische, Pinnwände in Büros und Wartezimmerwände in Krankenhäusern. Zum Glück erfuhr Auden nichts davon, da er bereits in einem anderen September gestorben war, damals im Jahr 1973.

10 Abgesehen von den politischen Gründen, die Britten gern anführte, waren die japanischen Behörden wohl auch nicht so angetan davon, dass es sich um eine »Sinfonia da Requiem« handelte (in einem Land ohne katholische Tradition, das zudem ein Jubiläum feiern und nicht sein Ableben musikalisch begleiten wollte) und das Stück Brittens Eltern gewidmet war. Er hätte es Japan widmen sollen, nicht einem Zahnarzt und einer Amateurpianistin aus der englischen Grafschaft Suffolk. Siebzig Jahre nach dieser Ablehnung »akzeptierte« der japanische Konsul Masaru Tsuji in einem in der Jordan Hall in Boston abgehaltenen symbolischen Akt endlich Brittens Requiem, auch wenn dieser schon Jahrzehnte zuvor aus dieser Welt geschieden war.

11 Ich allein besitze den Schlüssel zu dieser wilden Parade. (Anm. d.Ü.)

12 Baskenmütze (Anm. d.Ü)

13 Nationalflagge der Basken (Anm. d.Ü.)

14 »The whole of my life has been devoted to acts of creation and I cannot take part in acts of destruction. (...) I believe sincerely that I can help my fellow human beings best, by continuing the work I am most qualified to do by the nature of my gifts and training.« Benjamin Britten, Brief datiert vom 4. Mai 1942, aufbewahrt in der Britten-Pears Foundation, Aldeburgh.

15 »It was in California, in the unhappy summer of 1941, that coming across a copy of the ›Poetical works‹ of George Crabbe ... I first read his poem ›Peter Grimes‹, and (...) I suddenly realized where I belonged and what I lacked.« Benjamin Britten, BBC Radio, Aufnahme vom 11. August 1965, aufbewahrt in der Britten-Pears Foundation, Aldeburgh.

16 »I must get some reputation of gallantry before I could successfully and usefully declare my principles.« Wilfred Owen, »Collected Letters«, London, 1967.

17 Baskischer Soldat (Anm. d.Ü.)

18 Erika Mann (1905–1969), älteste Tochter des Literaturnobelpreisträgers Thomas Mann, Schauspielerin und Schriftstellerin. Obwohl sie nie zusammenlebten (beide waren homosexuell), waren Auden und sie Zeit ihres Lebens gute Freunde und blieben auch bis zum Schluss verheiratet.

19 Ich stoße auf die Frauen an, die Sympathie verströmen. (Anm. d.Ü.)

20 »My 1st and not particularly pleasant experience. The dancing – mostly male (and dressed as females) is very lovely. But my god the sordidity –, and the

sexual temptations of every kind at each corner.« »Journeying Boy: The Diaries of the Young Benjamin Britten 1928–1938.«

21 Die Weltmusiktage der International Society for Contemporary Music (ISCM) waren schon im vierzehnten Jahr das wichtigste internationale Festival für Neue Musik. Die Ausgabe in Barcelona, die vom 19. bis 23. April 1936 stattfand, ist aus zweierlei Gründen denkwürdig: weil sie mit dem weltberühmten Violinkonzert des vier Monate zuvor verstorbenen Alban Berg eröffnet wurde und weil es die letzte große internationale Kulturveranstaltung der Republik war.

22 Fahr, fahr immer weiter nach vorn / zu diesem Ort namens Vergessen / Zu diesem Stück Land / in dem es dich nicht gibt.

Danksagung

Es war eine lange Reise, die ich nur dank der großzügigen Unterstützung von Freundinnen und Freunden vollenden konnte. Zu nennen sind:

Vielen Dank an Eugenia dafür, dass sie auf der Suche nach Brittens Haus mit mir im Regen durch Brooklyn geirrt ist.

An Jon dafür, dass er mich mit dem Auto bis nach Aldeburgh gefahren hat.

An Iñaki Encina für die Oper. An all meine lieben singfreudigen Freunde.

An Txile dafür, dass er mir vergessene Gegenden von Álava gezeigt hat.

An Edorta Jiménez und Karmelo Landa dafür, dass sie mir die Geschichte der Cocktailbar JK erzählt und mich dorthin mitgenommen haben.

An Aixa de la Cruz und Amaia Agirre, frühe und genaue Leserinnen, danke.

An María Azkarate für die Fotos, tausend Dank.

An María Pop, es lebe die Anarchistische Jugend von Ávila.

An Xabier Mendiguren dafür, nicht den Glauben zu verlieren.

Marta Gonzalo möchte ich um Verzeihung bitten, dass ich sie ohne ihre Erlaubnis einfach so vereinnahmt habe.

Tausend Dank wie immer an meine Eltern, für die unaufhörliche Unterstützung, und für die nicht in Rechnung gestellten Babysitter-Stunden, während ich geschrieben habe.

Für die Übersetzung des vorliegenden Werks wurde Silke Kleemann
mit dem Übersetzerstipendium des Freistaats Bayern 2020 ausgezeichnet.

Die Übersetzung des Buchs wurde
vom Etxepare Euskal Institutua großzügig gefördert.

ETXEPARE
EUSKAL
INSTITUTUA

Deutsche Erstausgabe

Originaltitel: *Atertu Arte Itxaron*, Elkar, Vitoria-Gasteiz, 2015
dann ins Spanische übersetzt von der Autorin selbst unter
Los turistas desganados, Pre-textos, Valencia, 2017.

Übersetzung: Silke Kleemann.
Lektorat: Frank Henseleit, Monika Lustig.
Korrektorat: Judith Krieg.
Umschlag nach einer Originalzeichnung von Chaza Charafeddine.
Umschlag, Layout und Satz: Fagott Ffm.
Gesetzt aus der Adobe Odile
Gedruckt auf säurefreiem und chlorfrei gebleichtem Papier
100g/qm Munken Premium Cream.
Druck und Bindung: Beltz Grafische Betriebe, Bad Langensalza
Printed in Germany

ISBN: 978-3-9822252-1-0

BERGARA

ARANTZAZU

TOLOSA

GETARIA

ZARAUTZ

DONOSTIA-SAN SEBASTIÁN

URDAZUBI

ZUGARRAMURDI

ELIZONDO

AINHOA

ZURAIDE

UZTARITZ

BAIONA

BIARRITZ